W0381189

Dr. Mabuse
Der Spieler

Norbert Jacques

Dr. Mabuse

Der Spieler

area

Norbert Jacques: Dr. Mabuse – Der Spieler
Copyright © by Günter Scholdt und area verlag gmbh, Erftstadt
Alle Rechte vorbehalten

Einbandgestaltung: rheinConcept, Wesseling
Einbandabbildung: picture-alliance/KPA Honorar und Belege
Satz und Layout: Bernhard Heun, Rüssingen
Printed in Germany 2006

ISBN 3-89996-833-6

www.area-verlag.de

1

Der alte vornehme Herr stellte sich selber vor. Wie üblich verstand niemand den Namen. Aber er war elegant und in diskretes bestes Tuch gekleidet. Er hatte als Vorstecknadel eine einfache weiße Perle, etwas barock, aber von der Weiße eines blonden Frauenrückens, wie Karstens sagte, und legte gleich so gegen zwanzigtausend Mark vor sich auf den Spieltisch.

Der junge Hull, Stämmling eines Industrie-Millionen-Vermögens, an dem sein Vater ihn reichlich teilnehmen ließ, hatte ihn mitgebracht.

Man begann gleich zu spielen. Der Gast nahm mit einer stummen Verbeugung das Spiel an, das man vorschlug: Einundzwanzig. Die Sätze waren unbegrenzt. Ritter hielt die Bank als erster.

Zunächst zeigte das Spiel durchaus nichts Ungewöhnliches. Verlust, Gewinn gingen reihum.

Aber bald fing Hull an zu verlieren. Das begann fast mit demselben Augenblick, da die Reihe, die Bank zu halten, an den alten Herrn kam. Hull verlor zuerst Hundertmarkscheine. Er spielte gelassen und in sein Pech ergeben. Vor dem alten Herrn mischten sich kleinere Noten in den Haufen der Tausender, die er vor sich hingelegt hatte.

Nur nach außen spielte Hull gelassen. Innerlich befand er sich in einer heißen Erregung. Es gingen Schleier vor seinem Hirn hin und her. Seine Noten chassierten zu dem Gast hinüber, ohne daß er es eigentlich merkte. Seine Sinne waren wie von einem feinen und unsichtbaren Spinnweb belegt, das ihn immer mehr einengte. Er trank einige Kognaks und ließ sich dann eine Flasche Sekt bringen. Das half aber zu nichts weiterem, als daß er das Fach seiner Brieftasche wechselte und zu den Tausendern griff. Er hatte sie nachmittags von der Bank geholt.

Sein Spielpech wurde unwahrscheinlich. Hatte er gute Karten, so war ihm, als ob aus irgendeinem im Dunkel verhüllten Winkel seines Innern heraus eine mahnende Hand sich auf seinen Mund legte. Er verließ die Höhe seiner Einsätze und nannte eine geringfügige Summe.

Der alte Herr sollte nun die Bank weitergeben. Aber er erbot sich, Hull zuliebe, sie noch zu behalten. Er sagte: »Wenn die Herren einverstanden sind, so behalte ich die Bank noch einige Runden. Sie sehen, wie sich vor mir das Geld häuft. Ich bin der Gast Ihres liebenswürdigen Klubs. Tragen Sie meinen peinlichen Gefühlen gegen Herrn Hull Rechnung, und gestatten Sie mir, um was ich Sie bitte.«

Aber obgleich das in bescheidener Redeform gesagt wurde, klang es doch herrisch, jede Abweisung fortschiebend.

Der Klubdiener beäugte den Gast argwöhnisch. Aber er spielte mit den Karten, die der Klub selber stellte und die stets eben erst aus der Hülle gebrochen wurden.

Das Spiel feuerte in den Kreis. Man trank auch viel. Ein leichter Rausch umspann den Tisch. Der Gast schloß sich beim Trinken nicht aus. Er benahm sich in keiner Weise auffällig. Er hatte einen ruhigen, lang in jedem Auge, das ihn anschaute, verweilenden Blick, große graue Augen, die etwas Herrenhaftes hatten und die das Spiel kaum zu begleiten schienen. Seine Hände waren groß, massiv und ruhig, als seien sie aus Holz. Den andern, viel jüngeren, zitterten schon die Finger vom Widerschein innerer Erregtheit.

Hull spielte weiter, obgleich er seine Tasche immer dünner werden spürte.

Was ist los? fragte er sich immer. Er wollte aufstehen und ein Spiel vorübergehen lassen, um an einem Fenster Luft zu schöpfen und einmal in die Stille der Nacht hinauszuschauen, aus der er einen Strom Ruhe für sich selber atmen zu können hoffte. Aber er saß wie gefesselt auf dem Leder, preßte die Ellbogen auf den roten Filz, und alle Gedanken fielen unbeherrscht aus ihm in eine Leere, wie in die Dimensionslosigkeit eines Schlafs.

Sonst war er nicht gerade ein leichtsinniger Spieler. Er überlegte, verfolgte den Gang des Glücks und war immer dran, ihn auszunutzen, wenn er ihm günstig war, oder sich zu dämpfen, wenn ein anderer an der Reihe war.

Doch an diesem Abend kannte er bald keine Hemmungen mehr. Keine Note hatte einen Wert für ihn. Ja, es war fast, als ob er mit Lust verlöre, mit Genuß seine Noten hinüberwechseln sah. Es mußte nur immer etwas geschehen. Man teilte die Karten viel zu träg. Man verzögerte ins Endlose das Nennen der Einsätze. Das Geld schlich um den Tisch für ihn wie kranke Kröten.

Dazu trank er, und alle Sinne, über die er die Herrschaft verloren hatte, wurden feurig wie Vollbluthengste, die auf einer Heide dem Kutscher durchbrennen. Sie rannten mit ihm in eine Wüste. Es gab keinen Weg mehr. Ja, die Luft schien weggeatmet. Er fiel nur hin im Spiel.

Man begann sein Pech zu besprechen. Er bekam schlechte Karten, das war gewiß, aber er spielte auch schlecht. Er war unvernünftig. Man begann von befreundeter Seite aus das Spiel zu zügeln und sprach von letzten Runden.

Hull erfaßte das Wort zuerst nicht. Man mußte es ihm begreiflich machen. Da lehnte er sich auf. Er ward unvermittelt jähzornig, schrie und schlug mit der Faust auf den Tisch.

Das große Auge des Unbekannten zog sich da leicht etwas von ihm und den andern zurück, und es schien, als glitte es nach innen. Leis erlosch etwas von dem Glanz. Der Gast legte die Karten hin und stopfte das Geld in die Tasche; doch tat er das nur so nebensächlich, als sei es ein Taschentuch. Es stand aber noch eine Runde.

Hull schrie: »Va banque!«

Der alte Herr gab die Karten. Hull deckte die seinigen rasch für sich auf. Er hatte einundzwanzig.

Da geschah etwas in ihm, etwas ganz Unverständliches, Widersinniges. Er warf seine Karten mit den Bildern nach unten auf das Paket der andern, beiseite geschobenen, und rief: »Ich habe wieder verloren!«

Rasch deckte der alte Herr seine Karten auf. Sein Auge erflammte wieder, hastig und blitzschnell verlöschend. Er zählte die Summe, nannte eine Zahl und warf seine Karten mitten auf den Tisch.

Hull geschah es, als fiele er von einem schwankenden Brett, das irgendwo in einer Finsternis schwebte, in unsichtbare Dinge aufgehängt.

Wo war ich? fragte er sich zaghaft und verblüfft.

Er begann, alles um sich neu zu sehen, so als träte er jetzt erst in den Kreis: die drei Glühbirnen, rund, matt unter dem Schirm, das rote, lichtbeschienene Tuch, seine Freunde, den fremden alten Herrn, zerstreute Karten und Geld.

»Wo war ich? Wo war ich?« stammelte er.

Seine Gedanken erwachten, wurden aus einem nebelhaft Umfangenen zu einer kleinen, nüchternen Klarheit. Es war so, als ob er Behänge von ihnen fortzöge, um sie zu entkleiden.

Dann wurde er von einem plötzlichen Mißtrauen gegen sich selber erfaßt, das ihn krank machte. Eine Weile grub er den Kopf in die Fäuste, badete die Augen in den Handhöhlen, die wie mit eisigem Reif belegt sich anfühlten, und sich aufrichtend, sagte er: »Was habe ich getan? Ich hatte einundzwanzig! Da hat jemand mit meiner Stimme gesagt: Ich habe wieder nichts! Da ...«

Er riß die fortgeworfenen Karten vom Haufen und deckte sie auf. Es waren ein As, eine Zehn und ein Bube!

Einundzwanzig!

Der alte Herr zog seine großen grauen Augen nun ganz in sich hinein. Sie wurden klein und sahen aus, als ob sie in einer großen

Ferne stünden. Durch den Körper des Fremden ging sichtbar ein gewaltsames Reißen – rasch, hastig besiegt. Dann dehnte sich der Brustkorb, und der Atem ging einige Male tief und schwer, als müsse er Luft unmittelbar in die Seele pumpen.

»Zu spät!« sagte er dann leis und streng.

Hull schüttelte nur den Kopf.

»Meine Bemerkung ging nicht gegen Sie«, antwortete er wieder gefaßt, »sondern gegen mich. Wieviel schulde ich?« fragte er liebenswürdig.

»Dreißigtausend!«

Hull leerte seine Brieftasche.

»Sie müssen sich bis morgen nachmittag vier Uhr mit zehntausend Mark begnügen und einem Schuldschein natürlich. Wollen Sie die Freundlichkeit haben, mir Adresse und Summe in mein Notizbuch zu schreiben!«

Als Hull sein Buch zurückbekam, stand darin:

Balling
Hotel »Excelsior«, Zimmer 15

Er übergab mit einer lächelnden Verbeugung seinen Schuldschein dagegen.

»Zur Revanche bereit, Herr Hull!« sagte Balling, indem er sich erhob. »Meine Herren, darf ich Ihnen für die Gastfreundschaft des Abends danken? Gute Nacht!«

Er sagte das in einem fast unhöflichen Ton, aber mit einer Entschiedenheit, die die anderen Herren auf die Beine brachte.

Karstens bot ihm sein Auto an.

»Nein, danke, mein eigenes erwartet mich unten.«

Er ging etwas steif, als sei er ermattet, hinaus, ohne weitere Höflichkeitsbezeigung. Der Klubdiener führte ihn zur Haustür.

»Hull, du bist verrückt«, sagte Karstens, als der Fremde den Raum verlassen hatte.

»Was ist nun eigentlich geschehen?« fragte Hull ruhig dagegen.

»Frage deinen Geldbeutel!«

»Meine Geldtasche ist leer. Wer hat mein Geld gewonnen?«

»Dein Freund!« sagte Karstens, indem er zur Tür hinauszeigte.

»Wieso mein Freund? Ich sehe den Mann zum erstenmal. Wie kam er hierher?«

»Hull, entschieden, du brauchst die Adresse von einem guten Arzt. Emil, Telefonbuch!«

Karstens blätterte: »Da, Dr. Schramm, psychopathologische Behandlung, Ludwigstraße 35.«

»Ich verstehe deine Scherze nicht, lieber Karstens!«

»Wer hat denn diesen herrlichen Einundzwanzig-Spieler mitgebracht? – Du!«

»Das ist nicht wahr, Karstens!«

»Ludwigstraße 35, mein Teurer! Rasch!«

»Natürlich haben Sie ihn hergebracht, Hull«, sagte ein anderer.

»Ich? Ich? Ich erinnere mich jedenfalls nicht mehr. Es kann sein.«

Hull zog sich dann zurück, erschlafft, erstaunt, grübelnd über das Rätsel, das dieser Abend so unerwartet und brutal über ihn geworfen hatte.

Gegen Morgen, als er einmal erwachte, kam ihm eine blasse, rasch vergehende Erinnerung, als ob der fremde alte Herr an einem Tisch im Cafe Bastin mit ihm gesessen und als ob sie zusammen gesprochen hätten, und zwar über das Theater. Aber was sie gesagt, wußte er nicht mehr, noch über welches Theater gesprochen wurde. Das dunkle Gewebe seines Hirns hielt nur noch die blitzende Empfindung eines schrillen Scheinwerfers fest, der ihn während des Gesprächs bestrahlte. Er bohrte sich, nicht mehr zum Schlaf kommend, hinter den grauen Fetzen dieser Erinnerungen her; aber weiteres wurde ihm nicht klar.

Das Erlebnis gewann nicht an Klärung durch das, was Hull am Nachmittag des dem Spieltag folgenden Tages widerfuhr.

Er hatte bis vier Uhr die zwanzigtausend Mark flüssig gemacht und brachte sie ins Hotel »Excelsior«.

Man telefonierte ins Zimmer 15.

Herr Balling sei da, hörte Hull, und bitte um die Karte des Herrn. Die gab er und fuhr bald hinauf.

Mitten im Zimmer 15 stand ein Mann, den Hull in seinem Leben noch nicht gesehen hatte. Ein kleiner, dicker, glattrasierter Mann mit amerikanischen Zügen. Er machte auch eine puritanische Verbeugung.

»Ich bin wohl falsch geführt worden. Verzeihen Sie!« sagte Hull zu ihm. »Ich wollte ins Zimmer 15.«

»Da sind Sie!« antwortete der andere.

»Dann hat Herr Balling mir eine fremde Nummer aufnotiert.«

»Ich heiße Balling!«

Diesmal träume ich nicht. Ich bin ganz bei Sinnen. Ich spiele nicht Einundzwanzig, sagte sich Hull und fuhr dann laut redend zu dem Fremden fort: »Aber das Rätsel wird sich ja gleich lösen. Haben Sie das geschrieben?«

Er hielt Balling sein Notizbuch hin, in das der Fremde von gestern abend Namen und Adresse eingetragen hatte.

»Nein!« antwortete der Dicke.

»Dann bin ich Ihnen auch nicht beim Einundzwanzig zwanzigtausend Mark schuldig geblieben?«

»Meine Zeit ist kurz bemessen. Ich erwarte einen Geschäftsfreund«, sagte der Dicke und zog seine Uhr.

»Ich überlasse Sie sofort Ihrem Freund, mein Herr, und bitte nur noch eine Frage stellen zu dürfen. Es ist nicht meine Schuld, daß ich Sie belästige. Ich bin irgendwie irregeführt worden.«

Der andere nickte.

Hull fuhr fort: »Ist Ihnen dann vielleicht ein Herr bekannt, der große graue Augen hat, etwa sechzig Jahre, weiße Favorites, grauer Zylinder, elegant diskret gekleidet, große Nase, und der auch Herr Balling heißt?«

»Ich kann Ihnen immer nur nein sagen!« antwortete Balling von Zimmer 15.

Da empfahl sich Hull. Er fragte unten, ob nicht ein zweiter Herr Balling im Hotel wohne.

Nein!

Ob Zimmer 15 nicht vielleicht von einem inzwischen verreisten Herrn Balling …

Nein!

Ob die Schrift hier bekannt sei.

Nein!

Zum ersten Male in meinem Leben kann ich eine Spielschuld nicht an den Mann bringen, sagte sich Hull, als er das Hotel verließ.

Allmählich aber wurde er unruhig.

Welche geheimnisvollen Zusammenhänge! So etwas war ihm nie geschehen. Er hatte gewonnen – verloren – viel und wenig. Er war in Geldnöten gewesen. Er hatte Pech mit einem Mädchen gehabt. Er hatte sich einmal seriös auf Pistolen geschossen. Aber das konnte man alles mit der Hand greifen sozusagen …

Doch diese Geschichte mit dem Herrn Balling und den zwanzigtausend Mark flatterte immer irgendwie hinter einem. Er hatte vergessen, daß er selber den Fremden in den Klub gebracht. Er hatte gespielt, als habe er den Kopf in einem Sack. Er war zwanzigtausend Mark schuldig geblieben; der andere gibt eine Adresse an, die zwar besteht, aber nicht die seinige ist, und auch das Geld will er nicht haben?

Wenn nicht Hull gerade ohne Geliebte gewesen wäre, so hätte er sich mitteilen können. Nun fraß er es in sich hinein, während er über den Lenbachplatz und die Promenade hinaufschlenderte und allen Menschen ins Gesicht schaute, ob nicht vielleicht zufällig der alte vornehme Herr unter ihnen komme. Er ging ins Cafe Bastin und schaute jedem, der dort saß, unter die Nase. Er setzte sich hin und wartete darauf, ob nicht vielleicht, wie er sich sagte, der genius loci seinen Erinnerungen unter die Arme greife.

Aber es endigte alles in einem wüsten Durcheinander. Er fand sich immer weniger zurecht und bekam allmählich mit einer kleinen, aber zähen Beunruhigung zu tun. Es war ihm, als liefe unsichtbar neben ihm eine zweite Kraft, die mit ihm nichts zu tun hatte, als daß sie darauf drang, auf ihn aufzuhocken wie ein Affe und ihn zu irgendwelchen bösen Abenteuern zu führen.

Hull drückte sich daran vorbei, in seine einsame Junggesellenwohnung zu gehen. Da traf er Karstens. Er rief ihn erleichtert an.

Aber Karstens fragte: »Nun, ist die Erinnerung gekommen?«

»Mein Lieber, mir geht es böse!«

»Mit den Zwanzigtausend?«

»Da sind sie!« Er klopfte auf die Brusttasche. »Nein, die will keiner haben, denke dir. Im Zimmer 15 im ›Excelsior‹ wohnt ein Herr Balling, aber es ist nicht der meinige. Wir haben uns nie gesehen. Er hat nie Einundzwanzig gespielt, und niemand ist ihm zwanzigtausend Mark schuldig. Ich werde die zwanzigtausend Mark nicht los! Aber dafür bekomme ich das Gruseln. Es geschieht etwas mit mir. Wer ist um mich? Und ich sehe ihn nicht! Mit mir wird es noch böse gehen!«

»Auf in den Klub! Vielleicht kommt dein Herr Balling sich heute sein Geld selber holen!«

»Und der wirkliche Herr Balling von Zimmer 15 im ›Excelsior‹?«

»Ja, Mensch, du hast Sorgen! Ich gestehe dir's zu. Komm!«

»Gut! Vielleicht kommt er.«

Abends im Klub kam es nicht zum Spiel. Der Fall regte die Phantasien dermaßen auf, daß niemand den Pfeffer des Hasards nötig hatte. Man überhäufte Hull mit dummen oder gleichgültigen Ratschlägen.

»Emil«, fragte einer den Diener, »wie war denn sein Auto?«

»Förstklassig, Herr Baron, geschlossen, elegant, eine Karosserie wie die Wiege eines Kronprinzen, wenn man diesen Vergleich heute noch machen darf, so – gerundet, geschweift, so – so ... Er setzte mit einem Sprung von fünf Metern an, und fort war er. Aber auf die Finger hab' ich ihm geschaut, wie er das Sauglück gegen den Herrn von Hull gehabt hat. Reinlich gespielt hat er.«

Mehr erfuhr man nicht über den Fremden. Es meldete sich niemand, weder im Klub noch bei Hull, um die zwanzigtausend Mark einzukassieren oder Revanche zu geben.

Hull lernte tags darauf ein Mädchen kennen, das in der »Bonbonniere« Grotesktänze aufführte. Sie war halb mexikanischer Abstammung, sagte sie. Sie beschäftigte ihn sofort in ausgiebigem Maße, lenkte ihn ab, und bei ihr befreite er sich rasch vom Druck der zwanzigtausend Mark, die er nicht an den Mann bringen konnte.

»Es war halt bestimmt, daß du sie an die Frau bringen solltest«, sagte ihm Karstens, als er diesen von der wieder zurückgekehrten Sorglosigkeit unterrichtete.

2

Etwa vierzehn Tage später waren die Kreise der Menschen, in denen das Leben des Tages nur ein langweiliges Verplempern von Zeit ist, vor Anbruch der Stunde des Spiels, in der die Nerven aus dem Blut Spannung, Leben und Kraft pumpen, mit der Märe eines Fremden erfüllt, der, wo er in einen Spielsaal eindrang, sich mit Geld belud.

Es war immer ein anderer. Es war bald ein junger Sportsmensch, bald ein gesetzter Provinzpapa, bald ein blondbärtiger, wie ein Künstler zurechtgemachter Mann, bald ein entsprungener Raubmörder – bald ein entthronter Fürst – heute Franzose, morgen aus Leipzig. Er verschob im Nebenberuf Steinkohlen von der Saar über die Schweiz nach Bayern oder machte Valutageschäfte mit New York und Rio de Janeiro. Es war immer ein anderer, aber die Phantasie legte die verschiedenen Bilder übereinander und machte eines daraus.

Geschlossene Gesellschaften gab es ja um 1921 nicht mehr. Das Geld war ein Schlüssel auf alle Schlösser, ein Pelzmantel bedeckte jeden Beruf, wenn man ihn anhatte, und eine Brillantnadel überstrahlte jeden Charakter. Man kam, in welche Gesellschaft man wollte.

So war keiner mehr vor dem anderen sicher, und in jeder Gesellschaft wurde der Sagenhafte, wurde der Glücksspieler an jedem Abend erwartet und gefürchtet. Jeder Nachbar konnte es sein.

Bei den Behörden liefen Klagen über räuberische Spieler ein. Es konnte ihnen wohl in keiner Weise Falschspiel nachgewiesen werden. Aber ihr Glück im Spiel war derart, daß man nicht glauben konnte, es ginge von selbst.

Hull kam jetzt durch die Dame aus der »Bonbonniere« in mehrere Gesellschaften, in denen gespielt wurde. Er hörte viel von dem Spielräuber und von verschiedenen Seiten; denn die Kulissenleute beschäftigten sich gern mit solchen Erscheinungen, die, wie ihr eigenes Leben, den Rahmen des ans Alltägliche Gebundenen sprengten, und waren bedacht, es ins große Phantastische, aus unheimlichen Kräften sich Nährende abzuschieben.

Aber Hull hatte einen kleinen, alltäglich gescheiten Kopf. Er dachte wohl noch immer an die Geschichte seiner zwanzigtausend Mark, jedoch mehr von dem heiteren Punkt aus, daß er sie nach einer radikal anderen Richtung untergebracht hatte als derjenigen, zu der sie bestimmt gewesen waren. Er wußte heute, wo er sich gänzlich von dem Vergessen-Spuk befreit hatte und immer mehr zur Überzeugung gekommen war, seine Freunde hätten ihm mit jener Nacht einen konsequenten, aber schlechten Scherz serviert, daß sein Schuldschein und die zwanzigtausend Mark erledigt seien und daß das einzig Anrüchige an jener Sache jener Balling gewesen war, der irgendwie mit seinem Spielglück trotz des Dieners Emil sich nicht sicher gefühlt habe.

Um so mehr war er erstaunt, als sich bei ihm eines Tages ein Herr von Wenk meldete und ihm die Geschichte aus jener Nacht neu aufgewärmt auf den Tisch stellte.

Hull verhielt sich ablehnend.

Aber da sagte der andere, er sei Staatsanwalt. Der Herr von Wenk wurde in den höflichsten Formen sogar zudringlich und zog ein Schriftstück hervor. Das sei er gezwungen, in seiner Eigenschaft als Beamter vorzulegen, wie er sagte.

Hätte Hull sich wenigstens mit der Cara Carozza, der Freundin aus der »Bonbonniere« besprechen können, statt allein da vor dem Mann zu sitzen und allein nachzugrübeln, was zu sagen oder wegzulassen für seine Bequemlichkeit am zuträglichsten wäre.

Er befand sich wohl in seinem Liebesglück mit Cara Carozza und hielt nicht im mindestens darauf, im Namen der Jugend des Landes von alten Speisen zu essen.

»Sie unterhalten, verübeln Sie mir die Einmischung in so persönliche Verhältnisse nicht, Beziehungen zu Fräulein Cara Carozza von der ›Bonbonniere‹«, sagte nun gar der Besucher.

Uff, mein Gott! seufzte es in Hull.

»Können Sie mich mit der Dame zusammenbringen? In Erfüllung meines Amtes, das mir der Staat übertrug. Wenn ich Sie freilich bitten dürfte, dem Fräulein gegenüber mich als Privatperson gelten zu lassen. Unnütz, Ihnen zu versichern, daß ich Sie für einen durch und durch makellosen Mann halte, der vollkommen unverdächtig ist. Auch über die Dame ist mir Nachteiliges nicht bekannt. Sie erweisen aber dem Land und wahrscheinlich sich selber einen Dienst. Sie stehen von heute an unmittelbar unter dem Schutz der Polizei. Beunruhigen Sie sich nicht. Noch ist das nichts anderes als eine vielleicht übertriebene Vorsicht. Sie sollen jedoch sicher sein, in keiner Weise an den Diensten zu Schaden zu kommen, die Sie Volk und Staat zu erweisen in der Lage sind.«

»Wie soll ich das alles verstehen, Herr Staatsanwalt?« fragte Hull unsicher.

»Sie werden sich doch Gedanken über Ihren glücklichen Gegenspieler gemacht haben?«

»Ganz offen gesagt, ich hatte eine Weile Angst, Herr Staatsanwalt. Es schien mir etwas Unheimliches bei der Sache zu sein. Schließlich habe ich mein vermutliches Vergessen, daß ich selber jenen Herrn mitgebracht hätte, auf einen schlechten Spaß meiner Freunde geschoben.«

»Aber dieser Herr Balling, der im Hotel ein anderer war als abends zuvor im Klub?«

»Der ist mir noch heute unklar. Man gibt sonst falsche Adressen an, um zu prellen. In diesem Falle aber war es geschehen, um zwanzigtausend Mark nicht zu bekommen.«

»Können Sie es sich nicht so erklären«, fuhr der Staatsanwalt fort, »der fremde alte Herr muß in irgendeiner Weise falsch gespielt haben? Er begnügte sich, vorsichtig oder gewarnt durch einen Zufall, dessen Kenntnis sich Ihnen entzieht, mit dem Geld, das er in bar gewonnen hatte. Er nannte einen Namen, der ihm gerade einfiel und von dem er durch irgendeinen Zufall Kenntnis hatte. Wenn nicht der Herr Balling vom Nachmittag im ›Excelsior‹ nichts anderes als eine Ummaskierung des Herrn Balling aus Ihrem Klub war. Aber Sie sagen ja, der erste sei ein kleiner, dicker Mann gewesen, der andere aber von auffallender Körperform … Spielen sie noch, Herr Hull?«

»Ein bißchen, so dann und wann!«

»Zusammen mit Fräulein Carozza? Ich bin mit einem Ihrer Kameraden befreundet. Mit Karstens! Er wird mich Ihnen vorstellen, und wir werden eine Bekanntschaft gesellschaftlich erneuern, der amtlich vorgegriffen zu haben mir nicht allzusehr verübelt werden möge. Ich hoffe, Sie auf meine Seite zu bekommen.«

Dann ging Wenk. Er begab sich in sein Amtszimmer.

Wenk hatte einen Monat vor diesem Besuch in einem Prozeß, in dem er als Staatsanwalt wirkte, zum ersten Male gesehen, wie die Spielwut als eine Seuche die Stadt fiebern machte. Er selber liebte den Anreiz, den das Hasardspiel der Phantasie und den Nerven, und die Abwechslung, die es seinem Beruf zwischen Anwälten, Richtern, Angeklagten gab. Früher hatte er regelmäßig gespielt. Nicht aus Leidenschaft, aber mit einer eifrigen Liebe, im Spiel die Macht über eigene Beherrschung ausprobierend, Menschen beobachtend und dem reizvollen, nervenprickelnden Zickzack des Glückes anheimgegeben.

In dem Spielerprozeß hatte er erlebt, welche Gefahr dem Volk durch das Spiel drohte. Das Auslaufen des Krieges in den keineswegs abspannenden Zustand, den die Bedingungen von Versailles dem deutschen Volk brachten, hatte die Phantasie nicht beruhigt, sondern hielt sie angestachelt.

Hunderttausende waren nach und nach an ein untätiges Leben gewöhnt worden. Dies Leben war durch Jahre nichts anderes gewesen als eine Lotterie um Sein oder Nichtsein. Es hatte sich in nichts anderem betätigt als einesteils im Bewußtsein der Macht über Nebenmenschen und anderenteils rein in den Nerven. Hirn wie Gemüt waren verhängt worden.

Sie brachten in die von nun an lebenssicheren Verhältnisse, in die sie jetzt wieder hineinkamen, die immer zum Spiel gespannte Phantasie. Sie waren immer gewohnt und entschlossen, auf eine Karte zu setzen. Sie führten das ehemalige Leben weiter, in dem sie die Atmosphäre der Zufälle, der rasch aber hastig und vorübergehend die Nerven betäubenden Zustände aus der Kriegszone in das ganze zum Frieden zurückgekehrte Volk warfen, sein Klima zu ihren Bedürfnissen umschufen.

Das war begreiflich, gewiß! Aber die bestimmt waren, die Geschicke des Volkes über den laufenden Tag hinaus zu leiten, hätten nun mit letzter Selbstverleugnung am Werk sein müssen. Dann wäre eine Genesung zu erhoffen gewesen.

Der Spielerprozeß hatte Beispiel über Beispiel gezeigt, wie die Entwicklung sich gemacht hatte.

Dieser Prozeß hatte Wenk weit herum in den Gesellschaften geführt, die in dem neuen Laster – im Spiel – lebten und auch von ihm lebten. Seine Überzeugungen waren verankert, seine Kenntnis und sein Erkennen der Gefahr schreckhaft vergrößert worden.

Man spielte im Sous-sol um fünf und im ersten Stock um Fünftausende von Mark. Man spielte straßein, straßaus, hausauf und -ab. Man spielte mit Karten, mit Waren, mit Gedanken und mit Genüssen, mit der Macht wie mit der Schwäche, mit dem Nächsten wie mit sich selber.

Heute spielten auch die Menschen, deren Natur das Spiel nicht lag, die, bequem und gelassen, gewohnt waren, Gelegenheiten abzuwarten und nicht sich ihnen entgegenzuwerfen.

Wenk war ein Beamter gewesen, der sein achtunddreißigstes Jahr in einer ebnen und gut temperierten Karriere erreicht hatte. Im Krieg hatte er sich bei den Fliegern als Freiwilliger gestellt, weil er Liebe zum Sport hatte und von seiner lebhaften Jugend her die Erinnerung an den Reiz der Gefahr in sich bewahrte. Diese Tätigkeit hatte ihn aufgepulvert, und er ging in seinen Beruf mit heftigeren Gefühlen zurück, als er ihn verlassen hatte. Der Spielerprozeß, und was er in seiner Atmosphäre gesehen, hatte ihn aufs leidenschaftlichste aufgerührt.

Er war sofort zum Minister gegangen, hatte geschildert, was er gesehen und erkannt, und ihm dargestellt, daß gegen diese neue Cholera gekämpft werden müsse, sonst zermürbe sie den Volkskörper. Bei der Wertlosigkeit des Geldes und den gesteigerten Bedürfnissen könne sich das Volk nicht anders helfen als die zahllosen Papierscheine rastlos immer wieder aus einem Besitz in den andern zu jagen. Der normale Produktions- und Vertriebsverkehr ergebe dazu aber nicht das nötige Tempo und beanspruche auch Arbeit. So geschehe es nach und nach, daß das Spiel den Herzschlag hergeben müsse, in dem das wirtschaftliche Leben pulsiere.

Der Minister lächelte. Er war ein neuer Mann. Er sagte: »Unser Volk ist gesund. Sie sind ein Pessimist!«

Aber Wenk fuhr gegen ihn an: »Es ist durch und durch krank! Woher kann es gesund sein – nach solchen Jahren und einem solchen Leben?«

Da gab der Minister, der sich unsicher fühlte und nichts unversucht lassen wollte, nach und schuf einen neuen Posten, den Wenk einnahm.

Der ehemalige Staatsanwalt und Beamte wurde wie in einem Wirbel in sein neues Amt aufgerissen. Er widmete ihm alle Anstrengung und Energie. Er schaffte sich nicht zu seinem Titel einen

Klubsessel und ein bequemes Büro, sondern bildete sein Amt vom geringsten auf, ward Spitzel und Detektiv, unermüdlich immer sich selber hinausstellend, sammelnd, was er erreichen konnte. Alles tat er selber. So war er bald, da er das geringe Ausmaß seiner Kräfte im Kampf gegen die Ausdehnung des Lasters früh erkannte, auf den Gedanken gekommen, aus den Kranken selber eine Garde zu schaffen.

Und er fing bei jenen Menschen an, deren Reichtum nicht wie ein zugelaufener Hund im Haus herumlief, sondern die durch ihren Zusammenhang mit der Gesellschaftsordnung, die gestürzt war, politisch und menschlich in die Opposition gedrängt worden waren.

Er wußte: keines Schuld an den bestehenden Verhältnissen war stärker als die dieser Menschen, weil sie zu einer Zeit, wo Widerstand nötig gewesen wäre, feig sich versteckt hatten. Aber er wußte auch, daß in ihnen eine neue Entschlußkraft empor wollte, daß sie gutzumachen sich sehnten, was sie gesündigt hatten.

Das waren vor allem die reichen jungen Männer ohne Beruf. In der Formlosigkeit, in die die Entwertung und Verschiebung des Geldes das Land gestürzt hatte, war es ihnen verwehrt, ihr bisheriges Leben fortzuführen. Ihre Gesellschaft hatte sich mit neuen Reichen durchsetzt, die sie gebrauchten, weil sie sich von ihnen gebrauchen ließen.

Der Staatsanwalt von Wenk hatte sich an ehemalige Korpsbrüder gewandt, von denen das unterschiedliche Leben seines Amts ihn seit langem getrennt hatte; und den er zuerst wiedergefunden und auch gewonnen hatte, war Karstens gewesen. Von ihm hatte er Hulls sonderbares und verdächtiges Spielabenteuer mit allen Einzelheiten erfahren.

Er verglich die Geschichte Hulls mit dem Material, das sich rasch bei ihm angesammelt hatte. Es kamen immer neue Klagen über räuberische Spieler, die so ausgezeichnet arbeiteten, daß ihnen ein Makel nicht nachgewiesen werden konnte, so andauernd aber gewannen, daß nichts anderes denkbar war, als daß sie dem Glück nachhalfen.

Wenk war geneigt, aus einigen, wenn auch sehr weitläufigen Ähnlichkeiten alle diese Fälle auf eine zusammenarbeitende Bande zurückzuführen. Ja, er hatte den Eindruck, als sei hier ein einzelner Mann am Werk. Aber dieser Eindruck war nur gefühlsmäßig. Hulls Erlebnis war nun in dieser Reihe das sonderbarste, rätselhafteste und gefährlichste. Aber Wenk witterte, daß in ihm dafür auch der Schlüssel zu den andern läge.

Als Wenk gegangen war, stritt Hull lange Zeit mit sich. Die unnachsichtige Form, in der Wenk bei aller Höflichkeit bei ihm auftrat, hatte auf ihn gewirkt. Er ahnte, was der Staatsanwalt wollte. Denn er selber mußte sich oft unzufrieden erklären mit seinem Leben, wenn auch meist die Bequemlichkeit derartige Gedanken von ihm fernhielt.

Er hätte in gewöhnlichen Zeiten hemmungslos und ohne Bedenken sein genießerisches Leben so lange geführt, bis seine Gesundheit ihm das übliche Ende gesetzt hätte, oder bis es in eine der herkömmlichen oder unvorhergesehenen Ehen ausgegangen wäre. Hull stimmte nicht überein mit dem Verlauf, den die Dinge in Deutschland nach Versailles genommen hatten. Zugleich fragte er sich: Wo warst du 1918, als die Wendung kam? Und früher, als sie sich vorbereitete? Bist du nicht mit schuld, du, Hull, und ihr alle? – Das meinte der Staatsanwalt.

Aber Hull sah in sich nicht das geringste jener Persönlichkeit, die zur Rettung fehlte, und er schüttelte das Bedenken von sich ab, fuhr zu Cara Carozza und erzählte ihr vom Besuche Wenks. »Um Gottes willen, bringe uns nicht in die Tinte mit deinem Staatsanwalt, lieber Gardi«, sagte die.

»Aber – aber – spielen wir falsch? Betrügen wir? Wuchern wir, schieben wir? Wir lassen uns doch nur leben. Wo denkst du hin, Maidscherl?«

»Gardi, ein aufgefaltetes Spiel Karten – ein Bankhalter – geschlossene Türen und ein Staatsanwalt! Das kann einen an den Galgen bringen!«

»Ich versprach's ihm aber!«

»Dumm!« sagte sie nur mehr. »Du hättest dich anders herausziehen können. Die Escha bringt heute ihren Freund mit. Wir gehen zu Schramms. Karstens telefonierte vorhin, er komme auch.«

»Dann kommt Wenk sowieso. Als gut, es ist nun einmal so!«

Der Oberkellner des kleinen Weinrestaurants von Schramms, das sich kürzlich in einer der vornehmen Villenstraßen auf getan hatte und von einem raffinierten Kunstgewerbler in einem verschrobenen Geschmack ausgestattet worden war, führte Karstens und Wenk nach dem Nachtmahl in einer Loge nach hinten und eine Wendeltreppe hinauf in ein Zimmer, das keinen anderen Ausgang und überhaupt keine Fenster zu haben schien.

In der Mitte des Sälchens stand ein Tisch von einigem Umfang, oval, aber bei jedem Sessel zu einer Nische ausgehöhlt, in die sich der Platzinhaber hineinsetzen konnte, so daß die Tischplatte rechts und links unter seinen Ellbogen ihn umgab. Die Platte war aus einem barock geäderten, flammigen Kiefersfeldener Marmor. Nur in der Mitte war ein vollkommen weißes Oval eingelassen. Um den Tisch herum, hinter den Sesseln der Spieler erhöhte sich der Fußboden, aber die Wände waren mit verdehnten Liegediwanen ganz angebaut, auf denen mild himbeerfarbene Polster mit schwarzen Ornamenten aufquollen. Eine gläserne geschliffene Tonne hing an Messinggestäng tief über dem Tisch und erstrahlte von elektrischen Birnen, die aus silbernen Armen niedergriffen. Die Wände oberhalb der himbeerfarbenen Polster waren mit demselben freudigen Marmor belegt, aus dem die Tischplatte bestand.

Wenk wurde der Carozza vorgestellt.

»Ich konnte den Mund nicht halten, Herr Staatsanwalt. Meine Freundin ist unterrichtet. Verübeln Sie mir das nicht, bitte!«

Wenk machte eine leichte Verbeugung, in der ein Bedauern nicht unterdrückt war. Für Karstens und Wenk waren Plätze am Tisch zurückbehalten worden. Sie setzten sich mit Verbeugungen, aber ohne daß jemand sie weiter vorstellte.

Man spielte Bakkarat.

Karstens neigte sich zu Wenk: »Nur der junge Mann mit dem blonden Vollbart ist fremd. Die anderen spielen immer hier.«

Wenk warf einen Blick auf den Genannten und traf dessen Augen. Er sah, daß auch sie ihn anschauten, und er blickte gleich über sie weg in die Höhe. Aber er fühlte, daß der andere gemerkt hatte, man habe von ihm gesprochen. Sooft in der Folge er nun zu dem Fremden hinüberblickte, fand er dessen Augen wie aufpassend auf sich liegen.

Der Fremde spielte kühl und zurückhaltend. Er verlor oft. Da ließ Wenk seine Aufmerksamkeit von ihm ab und wandte sich den andern zu, die er der Reihe nach beobachtete. Sie waren alle mit ihren Blicken in dem weißen Oval, auf das die Karten aufgeschlagen wurden. Selten kehrte einer den Blick ab. Es waren Herren in Frack und Damen, dekolletiert und übermäßig modisch gekleidet. Das Spiel hatte sie ins Genick gebissen und ritt auf ihnen.

Da ist niemand, sagte Wenk sich, es sei denn der mit dem blonden Vollbart. Er begann wieder, ihn zu beobachten. Aber es fiel ihm nichts anderes auf, als daß jener seine Blicke erwiderte. Wenk widmete zugleich der Carozza seine Aufmerksamkeit. Er sah sie hingegeben spielend neben Hull sitzen, aus dessen Kasse sie sich bediente, wenn sie verlor. Gewann sie, so häufte sie aber das Geld vor sich auf. In einem Spieler zu ihrer andern Seite glaubte er einen bekannten Tenor der Staatsbühne zu erkennen, dessen Bild oft in den Schaukästen hing.

»Ist das Märker?« fragte er Karstens.

Der nickte.

Wenk gewann etwas. Er spielte nicht länger, als bis er sich überzeugt hatte, daß für ihn nichts los sei. Dann überließ er seinen

Platz einem älteren Herrn, der schon eine Weile hinter ihm saß und ihm mit Bemerkungen über seine Art zu spielen lästig gefallen war. Er setzte sich in eines der Polster und schaute noch ein Stündchen dem Spiel zu. Dann empfahl er sich. Karstens ging mit. Hull blieb mit der Carozza. Als Wenk schon einige Stufen hinuntergegangen war, blickte er nochmals zum Tisch zurück.

Da war es ihm, als ob der Blondbärtige mit seinen großen mausgrauen Augen gierig sein Fortgehen verfolgte und dann blitzschnell, wie in einer bezwingenden Drohung die Augen auf die Carozza richtete. Aber es mochte auch eine Täuschung des Lichts sein. Als Wenk unten an der Treppe angekommen war, stand er unversehens einen Blutschlag lang Brust an Brust mit einer Dame, die die Hand schon auf das Treppengeländer gelegt hatte. Er sah ihr mitten in die Augen. Betroffen trat er zurück, indem er sich tief wie zu einer Huldigung verneigte, und ging. Er wollte zu Karstens sagen: »So schön sah ich nie eine Frau!«

Dann aber kam ihm das wie ein Verrat vor, und er trug, mit Wünschen umbrennend, das rasche Bild ihrer Erscheinung schweigsam durch die Nachtgassen. Zu Hause geriet er bald in Schlaf. Doch die zwei mausgrauen Augen, die viel älter waren als der gepflegte leuchtende Bart, hockten ihm im Schlaf auf der Brust und versuchten, das rote As unmittelbar aus seinem Herzblut herauszumischen.

Als er am Morgen erwachte, empfand er jedoch nichts als eine weite Sehnsucht, die Frau an der Wendeltreppe wiederzusehen.

3

Am Abend darauf war Wenk in der Nähe von Schramms zu einem musikalischen Abend geladen. Eine junge Klavierspielerin spielte moderne Geräusche. Wenk langweilte sich, ward unruhig und die Beute von immer abirrenden Vorstellungen. Es war ihm, als verabsäume er irgend anderswo etwas. Das wurde so quälerisch in ihm, daß er sich heimlich aus dem Haus entfernte und nur der Dame des Hauses eine Entschuldigungskarte hinterließ.

Er kam bei Schramms vorbei und wollte hastig vorübergehen. Da fiel ihm ein, auf dem ersten Stockwerk der Villa, in der dies neue Speise- und Spielhaus war, nach den Fenstern des Sälchens zu schauen, in dem er gestern abend gespielt hatte. Die Fassade hatte unten im Hochparterre große Fenster, hinter denen malvenfarbene Vorhänge ein sachtes Licht spendeten. Auf dem obersten Stockwerk waren nur vier Fenster. Doch alle sah er leblos und dunkel. Da sagte er hinauf: »Und hinter euch lichtlosen Fenstern leuchtet doch ihr Licht – ihr Licht.« Da ging er hinein, voll von Hoffnung, die Frau wiederzusehen.

Der Oberkellner kam sofort auf ihn zu, nahm Hut und Mantel, indem er flüsterte: »Marmortisch?« und den Gast gespannt anschaute. Das war, wie es schien, das Losungswort für die Wendeltreppe. Wenk nickte: Ja. Der Oberkellner ging rasch vor ihm her nach hinten. Wenk folgte gemessen. Dann wurde er die Wendeltreppe hinaufgeleitet.

Der erste Mensch, den er am Spieltisch sah, war der Blondbärtige. Er saß in seiner Nische, mit breiten Schultern vorgebückt, die

Augen fast erstarrt über den Tisch auf einen Spieler geheftet. Er saß da, aufgeballt, wie ein Raubtier, das seiner Beute schon einen Tatzenhieb versetzt hat und wartet, was das Opfer noch tun könne. Er schien nur Muskel zu sein. Diese Empfindung hatte Wenk. Sie flog ihn so stark an, daß er erschrak.

Ein Platz war leer. Er setzte sich und zog seine Geldtasche. Er war durchkreuzt von Vorstellungen, als ob etwas am Tisch geschehen sei. Er sah die Spieler, niedergebeugt über die Gier ihres Erwartens, rundum hocken. Sie waren allein einer deutlichen, wenn auch nicht absichtlichen Bewegung eines von ihnen zugewandt.

Der Blondbärtige hielt die Bank.

Da erst sah dieser auf. Wenk bemerkte, wie er erst unwillig durch die Störung die Augen zu ihm hob. Dann geschah es, ganz gewiß zu erkennen, daß der Fremde leise mit dem Gesicht zurückzuckte. Aber mit derselben Bewegung schon bissen sich seine Kinnladen aufeinander, daß der Bart rundum sich hochhob. Alles andere war nur Eindruck gewesen. Dies aber war für Wenk ganz sicher. Ein Schauer überlief ihn wie vor einer plötzlichen gefährlichen Begegnung.

In demselben Augenblick drehte der Bankhalter die Karten um.

Einer sagte: »Basch hat schon wieder verloren!«

Alle schauten nun deutlich auf den blassen, mageren Mann, dem sie heimlich zugewandt gewesen, als Wenk eintrat.

Basch schob mit einer milden, verschlafenen Bewegung die Geldnoten, die er in das weiße Oval vor sich gelegt hatte, dem Blondbärtigen zu. Der hackte danach wie ein Raubvogel. Der Verlierer sank zurück, fingerte eine neue Tausender-Note heraus und legte sie mit derselben langsamen, traumhaft befangenen Sanftheit vor sich, mit der er die verlorenen Scheine fortgeschoben hatte.

»Wieviel verlieren Sie jetzt?« fragte eine Dame vom Polster hinter Basch her. »Sie werden Glück im Leben haben. Wenn man so verliert! Ich schaue Ihnen zu wie einem Wettlauf. Sie müssen einen Rekord aufstellen. Im Verlieren! Dann werden Sie im Leben so glücklich sein, daß Sie …« Dazu lachte sie verwegen. Da erkannte Wenk mit einem süßen Erschrecken in seinen Adern in der Sprecherin die schöne Frau, die er gestern an der Wendeltreppe fast überrannt hatte.

»Alles fertig!« rief der Blondbärtige mit einer strengen Stimme und schlug der Sprechenden das letzte Wort vom Munde zurück.

Basch hatte ihr nicht geantwortet. Er machte nur, als der Bankhalter rief, eine melancholische Bewegung der Hand über seinen Tausendmarkschein, eine Bewegung, lose, verschwommen und geheimnisvoll, als wolle er das Papier beschwören, dahinzugehen.

Er schaute seine Blätter an. Er hatte die Hand, und außer ihm hatte diesmal niemand pointiert.

»Ich gebe«, sagte der Blondbärtige scharf.

Basch wiegte träumerisch: Nein, mit dem Kopf.

Wenk sah den gefärbten, lohenden Haarschopf der Carozza, hoch und lose aufgetürmt, hinter einem Gesicht leuchten. Aber seine Augen gingen immer wieder zu der anderen Frau.

Der Bankhalter kaufte eine Figur und deckte seine Karten auf. Er hatte nur vier. Auch Basch legte seine Karten um, auf einmal, mit einem fieberhaften Anlauf. Er hatte drei.

»Er spielt, als habe er Äther getrunken!« flüsterte Wenks Nachbarin. »Bei drei keine Karte zu nehmen! Idiotie!«

Der Blondbärtige im Geldeinziehen warf einen raschen Blick über Wenk. Der fühlte sich gegen den Gewinner gereizt. Er erhöhte seine Einsätze. Er gewann, verlor manchmal dazwischen und gewann wieder.

Basch verlor weiter, jedesmal. Wenk nahm innerlich immer mehr seine Partei. Er setzte sein Geld, als sei es eine Waffe, für Basch und gegen den Blondbärtigen – als schlüge er damit auf den Blondbärtigen ein.

Wenk sah, der Blondbärtige schaute niemanden an als Basch und ihn. Er nahm also den Kampf auf. Wenk stürzte kopfüber ins Spiel, heißblütig, von einer dunklen Kraft bezwungen, die gegen den Bankhalter aus seinem Blut in sein Hirn wuchs. Er verlor sich von sich selber. Er spielte nicht mehr, um zu beobachten und zu entdecken. Er war dem Spiel unterlegen. Er spielte wie alle Menschen, die er dem Spiel zu entreißen hergekommen war. Er vergaß sogar die schöne Frau. Als er das leis zu erkennen begann, schämte er sich, und es kam ihm zum erstenmal am Abend der Gedanke, im Zimmer umzuschauen, ob Hull das nun sähe.

Aber es war gar nicht Hull, der hinter der Carozza saß. Wenk schaute vergeblich umher. Hull war nicht da. Die Carozza saß mit einem fremden Kavalier hinter einem Spieler, mit dem sie gemeinsame Einsätze machte. Da fand sich Wenk wieder zurück. Er hörte auf zu spielen und verließ gleich den Saal im Ärger gegen sich.

Als er auf der Wendeltreppe war, sah er, daß auch der Blondbärtige sich erhob.

Wenk hatte sein Auto zur Villa der Musikfreunde bestellt. Daran erinnerte er sich erst, als er schon ein Stück Weges der Stadt zu gegangen war. Er ging also rasch zurück und fuhr heim. Er legte sich gleich ins Bett. Aber er fand keinen Schlaf, weil ihn der Gedanke nicht verließ, daß er nicht hätte weggehen, sondern bleiben sollen. Daß er hätte mit Basch sprechen sollen.

Er stand wieder auf und ging ein Bündel Akten durch, um sein Gewissen zu beruhigen. Bei diesem Durchlesen von Angaben fremder Menschen bekam er den Eindruck, sie alle, die in dem Maße verloren hatten, daß sie an nichts anderes als an Falschspiel glauben konnten, möchten so ähnlich wie Basch am Spieltisch gesessen haben. Wäre er geblieben und hätte er sich vernünftig benommen, so hätte er also zum erstenmal Gelegenheit gehabt, selber zu sehen, was bis dahin sich erst durch fremdes Bewußtsein durchsieben mußte, bis es zu ihm kam.

Da war Wenk ganz verzagt. Ich muß anders arbeiten, ganz anders! Der gute Wille genügt nicht. Fleiß genügt nicht. Selbstverleugnung und unerbittliche Disziplin und ein wenig mehr Schlauheit! Ich muß auch mit allen Tricks arbeiten, die der Gegner anwendet – mit Maskierung, heimlicher Überwachung. Ich muß mich selber aufs Spiel zu setzen vermögen, muß selber Leimrute sein, um nicht als Gimpel darauf gefangen zu werden. Der Herr Staatsanwalt mit einem falschen Bart – den Browning im Handballen versteckt – Jockeymütze und Zylinderhut mit Perücke und so weiter – wie im Kino.

Vor dem Spiegel beschaute er sein bartloses Gesicht, und er fand, Grimassen schneidend, den Mund verziehend, die Kinnladen auseinanderspannend, aus Papierfetzen geschnitzte Bartschemen vorklebend, daß sich sein Kopf zum Maskieren sehr eignen würde.

Am nächsten Tag ließ er sich von der Fahndungs-Polizei eine ganze Ausstattung besorgen. Mit Hilfe eines Fachmannes der Polizei probierte er alle Requisiten durch, lernte Bärte kleben, durch eine Schminke Gesichtsfarbe ändern und älter oder jünger machen. Entstellungen durch Narben und anderes mehr. Er konnte nun als Onkel aus der Provinz, als roter Eilradier, als Taxameterchauffeur, als Dienstmann, Kellner, Hausmeister, Fensterputzer, Arbeitsloser und so weiter losgehen. Den Vormittag über studierte er das kriminalistische Museum durch, das die Polizei angelegt hatte, begab sich wieder mit Fotografien, die er dort gefunden, zu seinen falschen Bärten zurück und arbeitete mit fanatischem Eifer.

So verging der Tag, und abends war ihm, als sei er ein stärkerer Mensch geworden. Er war zugleich bescheidener und wagemutiger. Er wäre am liebsten gleich durch alle Spielhäuser der Stadt gelaufen.

Aber er ging nur zu Schramms. Lange hatte er sich überlegt, ob er nicht in irgendeiner Ummaskierung dort erscheinen sollte, mehr um sie ein erstes Mal auszuprobieren und zu lernen, sich sicher darin zu fühlen, als um etwa unter ihrer Deckung ans Werk zu gehen. Er wurde auch weniger durch die Aussicht, etwas zu erreichen, hingeführt, als um ein neues Mal vielleicht den Blondbärtigen spielen zu sehen; er wollte so sich selber gegenüber gutmachen, was ihm von seinem Versagen am vergangenen Abend her so peinigend nicht aus der Erinnerung weichen wollte. Auch Basch hätte er gern gesehen und versucht, mit ihm über das Kartenpech zu sprechen, unter dem er so gelitten. Er ging also, wie er war.

Es war schon spät, als er hinkam. Hull war dort. Aber es zeigte sich weder der Blondbärtige noch Basch. Von dem ersten hörte er nur, er sei gleich nach ihm fortgegangen, und das sei allgemein aufgefallen. Basch habe nach dem Weggehen des Blonden wie erschlafft und ohne weiterzuspielen in seinem Sessel gesessen und sei auf einmal verschwunden gewesen. Niemand kannte ihn recht. Er sei sonst nie zu Schramms gekommen.

Die Frau, die hinter Basch gesessen hatte, schätzte seine Verluste auf dreißig- bis fünfunddreißigtausend Mark. Der Blonde habe das alles gewonnen. Er habe aber erst gewonnen, als er die Bank selber hielt. Es sei wohl alles in Ordnung zugegangen. Der Diener, der die Karten liefere, sei sehr zuverlässig.

Unter den Gesprächen über den gestrigen Abend hörte man auf zu spielen.

Die Carozza sagte: »Es gibt Menschen, die sind zum Spielen geboren, und wenn sie nur eine Karte in die Hand nehmen, ist es ein As. Sie können tun, was sie wollen. Es ist stärker als sie. Es ist ihr Geist, ihr Gott.«

Aber das glaubte die Escha nicht. Sie meinte, ein jeder Spieler treffe einmal in seiner Laufbahn auf die Seite der Glücksstunden. Sie lägen vorbereitet vor ihm, von langer Hand hingehängt von seiner guten Fee. Denn sie glaube an die gute Fee eines jeden Menschenkindes. Man dürfe es nicht aufgeben, diesen Stunden entgegenzuspielen. Man werde sie einmal pflücken können wie Äpfel im Herbst vom Baum.

Den Blonden kannte keiner. Basch hatte ihn mitgebracht. Am ersten Abend seien sie auch zusammen fortgegangen. Am zweiten

Abend zusammen gekommen. Man hielt ihn für einen entthronten Fürsten. Er war so herrenhaft und so kurz in der Sprache. Für einen entthronten Fürsten, der Geld brauche.

»Es ist mir sonderbar mit ihm«, sagte Hull, »es ist mir, als ob ich schon einmal mit ihm gespielt hätte.«

»Blödsinn!« sagte die Carozza.

In seinem Innern jedoch lebten diese Vorstellungen sich weiter aus: Nicht, als ob ich mit ihm gespielt hätte. Als habe er mich in irgendeiner Weise beleidigt, ganz schwer, bis ins Blut hinein. Aber wie? wo? wann? das weiß ich nicht. Es ist mir fast, als sei es in einem Traum gewesen.

»Böse Augen hat er«, sagte eine Frauenstimme. Die Stimme schien Wenk bekannt. Er schaute hin. Vor dem hellen Licht über dem Tisch war der Winkel so finster wie ein Loch. Er sah niemanden darin.

Die Carozza sagte gegen die Stimme im Dunkeln mit einem Ton, der Wenk gereizt vorkam: »Böse Augen! Was will das sagen! Beim Spiel schaut niemand darein wie der heilige Aloysius.«

Aus der finsteren Ecke kam es zurück: »Er sah Basch an wie ein Raubtier seine zu Tode gehetzte Beute!«

Wenk rief: »Genau denselben Eindruck hatte ich!«

Lebhaft erhob er sich und ging auf den Winkel zu, trat in die dunkle Nische und schrak zurück. Denn die Sprecherin war die schöne fremde Frau. Wenks Gesicht überströmte Blut. Sein Herz begann zu klopfen, daß ihm war, als ob die Schläge aus der Brust heraus rundum in den Raum klopften. Da faßte er sich. Er sagte sich: Das ist nun ganz toll! Ich suche Verbrecher und ich bin im Begriff, mich in jemand zu verlieben, den ich morgen vielleicht ins Gefängnis bringen muß. Das ist blöde! Er nahm seine Geistesgegenwart zusammen, verbeugte sich vor der Fremden und sagte: »Es würde mich interessieren, wieso die Gnädigste zu einem Eindruck kommen, der bis aufs Bild meiner Vorstellung entsprach.«

»Das kann nichts anderes sein«, entgegnete die Frau lächelnd, »als eine ungewöhnlich innere Übereinstimmung zwischen mir und dem Herrn Staatsanwalt!«

Staatsanwalt Wenk erschrak. War er hier bekannt? Aber ja doch, durch die Carozza! Ein Staatsanwalt, Hüter des Gesetzes, Rächer der gestörten Ordnung und – selber die Gesetze übertretend. Das war malerisch. Ja, die Carozza! Er sah aus der Nische in das feurig beleuchtete Zimmer. Der gefärbte Schopf der Tänzerin flammte zwischen den Köpfen. So, du! schimpfte er ergrimmt bei sich. Du willst mir meine Mühe verderben, du ...

Da erinnerte er sich des Blickes, den der Blondbärtige auf sie geworfen hatte, an jenem ersten Abend, und er vollendete: Du Anreißerin! Denn nun war ihm der Zusammenhang klar. Die Carozza schleppte dem Blondbärtigen Opfer herbei. Er drohte: Warte du, ich passe auf!

»Unsere Übereinstimmung scheint Sie betroffen zu machen«, sagte die fremde Dame in seine Gedanken hinein.

»Meine Gedanken wurden in der Tat abgelenkt. Verübeln Sie, bitte, das mir nicht, gnädige Frau«, bat Wenk, »es ist unverständlich, daß eine fremde Macht die Kraft Ihrer Nähe zu durchbrechen vermag. Aber es ist erklärlich ...«

Er vollendete nicht. Zwei Vorstellungen drängten sich plötzlich in ihm herauf: Diese Frau war zweifellos eine vorzügliche Beobachterin. Wenn er eine solche Frau zur Helferin hätte! Aber die andere Vorstellung kam weit her aus seinem Blut: Wäre es nicht lohnender, all dies Suchen, Spähen, Listen hinter schlechten Menschen aufzugeben und diese Frau zu lieben? Sie ist schön wie eine Königin! Sie sieht stolz aus wie eine Göttin!

Da spürte er, wie mit einer heftigen Bewegung ihre Hand seinen Arm traf. »Still!« zischte sie, »bitte!« Zugleich sah Wenk drei Herren in den hellen Kreis des Zimmers treten. Voran ging ein junger Mann, den er vom Sehen kannte, weil vor einigen Tagen in einer Ausstellung kubistischer Maler ihm aufgefallen war, daß jemand die ungewöhnlichsten dieser Bilder zusammenkaufte. Er fragte nach dem Namen des Käufers. Der Saaldiener sagte: »Der Graf Told ist es. Dort steht er.« Dieser Graf war der junge Mann, der den anderen voranging.

»Herr Staatsanwalt«, hörte er die Frauenstimme flüstern, »wollen Sie mir einen großen Dienst erweisen?« »Ich stehe Ihnen zur Verfügung!« »Herr Staatsanwalt, ich will ungesehen in den nächsten Minuten diesen Saal verlassen haben. Können Sie mir dazu verhelfen?«

»Ja«, antwortete Wenk.

»Wie kann ich dies machen?«

»Das ist einfach. Merken Sie sich den Durchgang zur Treppe. Es sind nur einige Schritte, sehen Sie. Sie müssen sich ihn so merken, daß Sie ihn im Dunkeln finden. Ich habe mich vergewissert, wie das elektrische Licht funktioniert. Die Anschalter sind über dem ersten Treppenabsatz. Ich gehe hin, drehe aus, Sie benutzen die Dunkelheit, um auf die Treppe zu kommen. Sind Sie an mir vorbei, stelle ich mich jedem in den Weg, der zur Treppe will, um Sie zu verfolgen oder um an die Schalter zu kommen.«

»Gut! Ich danke Ihnen!«

Die Flucht glückte. Als Wenk die Frau unten ankommen sah, drehte er wieder an, trat mit einem Lächeln ins Zimmer zurück und sagte: »Eine Spielerei, die nicht die Folgen der gänzlichen Finsternis voraussah. Verübeln Sie, bitte, es mir nicht.«

Man lachte. Aber die Carozza stand bleich am Ausgang zur Treppe, wohin sie mit einem Sprung in der Dunkelheit gekommen war. Sie erholte sich rasch und begab sich zu Hull zurück, ihn auffordernd, sie heimzuführen. Wenk schloß sich ihnen an.

Im Begriff, die Speiseräume zu durchschreiten, sah er, wie der Oberkellner Hull einen Brief übergab. Hull trat an einen leeren Tisch unter eine Lampe, riß die Umhüllung auf und zog einen kleinen Zettel hervor.

Dann war es, als ob ihn ein unsichtbarer Hieb auf den Sessel niedergeschlagen hätte. Die Carozza trat auf ihn zu. Er knüllte den Zettel in die Tasche, erhob sich und folgte der Gesellschaft. Draußen trennte man sich.

Hull kam nochmals zu Wenk zurück und sagte ihm mit hastiger, aufzitternder Stimme: »Ich muß mit Ihnen sprechen. Noch heute nacht! Können Sie mich in Ihrer Wohnung empfangen in einer Stunde? Es ist furchtbar. Ich werde verfolgt!«

»Da schauen Sie!« sagte Hull, als er kam.

Er warf mit einer Gebärde des Verzweifeins ein Kuvert auf Wenks Tisch. Der öffnete es und entzog ihm ein Kärtchen. Darauf stand:

»Bestätige Herrn Balling 20000 Mark (Zwanzigtausend) zu schulden, zahlbar bis 21. November, vier Uhr nachmittags.

Gerhard Hull.«

»Mein Schuldschein«, sagte Hull tonlos. Und nach einer Weile: »Drehen Sie um!«

Auf der Rückseite las Wenk: »Sie sind gewarnt. Meine Sache allein ist es, daß ich die zwanzigtausend Mark nicht einkassierte. Spiel ist Spiel! Eine Angelegenheit zwischen Ihnen und mir, und kein Staatsanwalt hat etwas dabei zu suchen.«

Wenk war erschüttert. »Ja, ja, ja!« rief er immer wieder und fand keinen anderen Laut, um den inneren Sturm auszudrücken.

Dann nach einer Weile, in der er um Fassung kämpfte: »Wir haben neben ihm gesessen, Sie, ich! Wir hätten ihn am Arm fassen können, ein jeder an einem Arm! Sie – ich! Begreifen Sie?«

»Ich bin verfolgt!« flüsterte Hull, der für nichts anderes als für seine eigene Bedrängnis Gefühl hatte.

»Begreifen Sie! Wissen Sie, wer Balling ist? Ihr Balling? Ihr alter vornehmer Herr? Der mit dem blonden Bart ist es, von Schramms her. Das ist auch Ihr Balling! Himmel – Himmel! Wir hätten ihm die Hand auf die Schulter legen können!«

Hull öffnete den Mund. Jetzt wußte er, weshalb ihm der Blondbärtige bekannt vorgekommen war: die großen, grauen, brutalen Augen! »Ja!« sagte er nur, »es ist derselbe!«

»Er ist entwischt!« rief Wenk. »Jetzt kommt er nicht mehr zu Schramms. Und Sie, Herr Hull, müssen wir weiter unter unsere Obhut nehmen. Aber kommen Sie uns entgegen und seien Sie nie unvorsichtig.«

4

Hull ging, und Wenk, allein gelassen mit dem Eindruck des Erlebnisses dieses Abends, fragte sich: Weshalb hat die schöne Frau auf die geheimnisvolle Weise fortgehen müssen? Habe ich wiederum versagt vielleicht? Habe ich mit der Hilfe zur Flucht selber vielleicht die Hand gegeben gegen mich und mein Werk? Er geriet in eine steigende Bewegung. Er schob den zweifelnden Gedanken an die Frau fort. Nein, er fühlte, ihrer konnte er sicher sein. Und nun setzte das Erkennen der Zusammenhänge, die sich zwischen Hull und dem Spieler und anderen Erscheinungen und diesem aufgedeckt, sein ganzes Hirn in eine beschwingte Fruchtbarkeit. Er hörte über seinem Leben den Flügelschlag eines neuen, starken, vergrößerten Daseins. Er bestand Kämpfe des Leibes, der Phantasie, der Nerven, des Spürsinns, der Energie und Ausdauer, der Menschenkenntnisse und des Menschenbeherrschens.

Aus seinem Mund lösten sich die Rauchwölkchen der Zigarre, die er eine nach der anderen anbrannte, und schwebten über ihm. Es lenzte, stürmte, Sonne schien, Sturm prallte ihm durchs Blut. Seine Muskeln tanzten mit dunklen Riesen, die Mitmenschen erwürgen wollten. Er hatte jemanden bei einem falschen, rotblonden, Männlichkeit vortäuschenden Bart gefaßt.

Aus der nachtbesessenen Stadt stürzte die Zeit herauf in das Zimmer, die mit Gefahren, Forderungen, neuen Spannungen wie eine Hochstromleitüng geladene Zeit. Verlangte Menschen. Verlangte von allen Menschen allen Ehrgeiz, alle Selbstzucht, Intelligenz, Selbstverleugnung ... Selbstverleugnung ... Ihn sollte sie nur nehmen! Da war er, entkleidet allen Dünkels wie aller Bequemlichkeit!

Er stand auf eigenen Beinen: Kampf! Kampf! Selbstlos und bis zum letzten Tropfen Bluts das zu sein, was er gelernt hatte, und bis zum letzten Tropfen das herzugeben, was er herzugeben hatte.

Er hatte nicht seine Laufbahn, aber dies einzige einzusetzen, was Menschen gemeinsam haben, gemeinsam im Kampf gegeneinander, gemeinsam in der Hilfe des einen zum andern: dies rote schäumende Meer, das an den Küsten des Menschseins in einer Dunkelheit, über die niemand Herr war, zu Gut oder Böse verbrannte. Ein Verbrecher hörte auf, für den Staatsanwalt Wenk in dieser Nacht ein Mensch niederer Ordnung zu sein. Er wurde ein Wesen mit gesteigerten Impulsen, mit von der Kraft der Hölle gespeisten Sinnen, dessen gelüstige, dämongesättigte, sich selber übertrumpfende Taten in der Hand des Staatsanwalts ins Nichts zurückgebrochen wurden, so wie Jesus die Sünden der Menschheit in seinem Wesen ertrinken ließ. Der Kämpfer wuchs am Gegner.

Mit der Phantasie hatte Wenk den Blondbärtigen nun ins Genick gebissen. Wenk hatte in ihm einen großen Gegner. Das ahnte er noch mehr, als er es bereits wußte. Konnte er ihn von der Menschheit abtrennen, so hatte er ein Werk geleistet, an dem er sich zu weiterem nährte.

Das Lied, das so zwei Stunden lang durch Wenks Herz sang, schien ihm auf einmal vertraut. Und staunend erkannte er, daß der Zustand, in den er geraten war, aus seiner Jugend hervorlief, vor Universität, Korps und Examina, als nichts von Menscheneinrichtungen noch sein Blut gemischt hatte. Da war er betroffen, und durch sein Leben, das er unbeweibt geführt hatte, stieg, wie ein Saft, eine starke, wehmütige Sehnsucht nach seinem Vater, der nicht mehr lebte.

Von Hull erbat sich Wenk am nächsten Tage eine Liste aller heimlichen Spielhäuser, deren Adressen mit Hilfe der in diesen Dingen bewanderten Carozza zu erfahren waren. Er bekam von Hull aber das Versprechen, dem Mädchen gegenüber dabei nicht genannt zu werden.

Wenk besuchte die Häuser Abend für Abend. Er ging dabei in der Verkleidung eines reichen älteren Herrn aus der Provinz. Diese Verkleidung hatte er als die erste gewählt, weil er für sie in einem Onkel ein Modell hatte, das er sich bloß zu kopieren bemühte. Der ältere Herr gab sich den ungezwungenen Anschein, die Großstadt aus vollen Zügen zu genießen.

Wenk hatte einige Helfershelfer aus Karstens Bekanntschaft. Er bat sie, unter der Hand zu verbreiten, daß er, der Provinzonkel, von einem unglaubhaften Reichtum sei, von dem er, einmal in den Sattel gehoben, in der rechten Weise Gebrauch mache. Er dachte sich, der Spieler von Schramms und andere, die auf Raub ausgingen, könnten so, wie eine Nachtmotte von der Lampe, angelockt werden. Ab und zu spielte er nun eine halbe Stunde lang unsinnig und der Laune des Spiels angemessen, gewann er dann feste Summen, die er das nächstemal wieder dem Spiel ins Maul warf. Dabei verlor er aber niemals mehr den Überblick über sich und die Mitglieder, und sein Hirn arbeitete über Karten und Spiel hinweg mit einer Schärfe, die ihm Genugtuung verschaffte.

Als er am Abend der zweiten Woche, in der er dies Leben führte, in ein Spielhaus der inneren Stadt kam, das ihm durch die Zusammensetzung der Besucher, die hier noch unvermittelter war als anderswo, etwas zu versprechen schien, sah er am Spieltisch einen alten Herrn sitzen, der ihm durch seine Hornbrille auffiel. Diese Hornbrille hatte ein ganz ungewöhnliches Ausmaß. Der alte Herr wurde mit Professor angeredet. Als der alte Herr seine Karten in die Hand nahm, setzte er die Hornbrille ab und tauschte sie gegen einen Kneifer von ungewöhnlicher Form.

Da bemerkte Wenk, daß die Brille, die nun auf dem Tisch lag, keine der üblichen modernen Hornbrillen, sondern aus Schildpatt sehr kunstvoll geschnitzt war. Der alte Herr versenkte sie dann in die geräumige Dose, die mit grüngepunkteter Haifischhaut überzogen war. Er machte alle Bewegungen mit einer eindringlichen Langsamkeit, so daß Wenk viel Zeit zum Beobachten blieb. Das ist ja eine chinesische Brille, sagte er sich auf einmal, sich an China erinnernd, wohin er vor dem Kriege einmal eine Reise gemacht hatte. Die plötzlich auftauchende Erinnerung war so heftig, daß er laut aussprach, was er eigentlich nur hatte für sich selber sagen wollen.

Der Professor saß ihm gegenüber, nickte ihm ernst zu und sagte mit einer Stimme, die hart war und die er nicht aus so greisenhaftem Mund erwartet hatte: »Sie ist aus Tsi nan fu!«

Er wiederholte betonend und skandierend: »Tsi – nan – fu.« Als sei der Name ein Lied und Erinnerung dahinter, die hart auf ihn einströme und die er im Klang des fremden Wortes genieße. Er schaute dazu Wenk an, als werfe er ihm einen Schlag zu aus seinen hinter den Gläsern vergrößerten Augen.

Wenk war sofort in einem besonderen Verhältnis zu dem alten Professor.

»Tsi nan fu!« sagte die harte Stimme nochmals, wie mit einer besonderen Bedeutung; ja so, als wolle er mit den drei Silben nach etwas werfen, nach immer demselben unsichtbaren Ziel hinter Wenk. Dreimal denselben unsichtbaren Punkt in der Dunkelheit treffen, die sich jenseits des Lichtkreises der Lampen über seiner Stirn errichtete wie eine Öffnung in der Wand.

Wenk griff unwillkürlich mit der Hand an seinen Hinterkopf und schaute sich einmal um. Schaute er nach dem Ziel der drei Silben? Hatten die drei Silben, fremd und aus fremdem Mund wie rote Bälle kommend, das Ziel getroffen?

Als Wenk sich so umschaute, sah er, daß hinter seinem Spielnachbar die Frau saß, der er bei Schramms zu der sonderbaren Flucht verholfen hatte. Es schien ihm, als blicke sie ihn spöttisch an. Er wußte nicht, wie er sich zu ihr benehmen sollte. Da fühlte er an seinen Fingern die Spielkarten, die ihnen inzwischen hingelegt worden waren. Aber als er sich daraufhin dem Tisch wieder zukehrte, um die Karten aufzunehmen, ward er schläfrig. Dunkel spürte er, daß die starren Augen des Professors schuld an dieser Schläfrigkeit waren. Er vergaß die schöne Frau.

Wenk verscheuchte diese Schläfrigkeit. Er setzte sich steif auf und schaute auf die grüne Haifischhaut der chinesischen Brillenschachtel. Es war ihm, als lägen die durch das Glas so vergrößerten Augen des alten Gelehrten auf ihm, verschwimmend, und eine dämmerige Erinnerung an einen Reisetag entstieg ihnen und verflog in Wenks Bewußtsein. Eines Morgens auf seiner Reise nach China schaut er durch das Ochsenauge seiner Kabine und sieht ein dünnes Ufer, wie ein Staubband zwischen dem Meer und dem Himmel. Das ist die Mündung des Jangtse-kiang. Ja, des Jangtsekiang.

Wenk nannte eine Summe, der Erinnerung folgend. Er gewann und ließ das Geld stehen. Eine wohlige Erschlaffung begann sich in seinem Körper einzunisten. Wenk streckte sich aus und genoß sie. Dann wurde er wieder wach, spielte und beobachtete. Das Bankhalten ging reihum. Es war Wenk, als erwarte er nur den Augenblick, daß der alte Herr die Bank übernehme. Er fragte sich: Weshalb erwarte ich das? Das ist sonderbar, daß ich das erwarte! Es gibt Regungen, die man nicht bis zu ihren letzten Wurzelfasern verfolgen kann.

Wenk entschied sich, daß er das erwarte, weil ihm der Professor durch die chinesische Brille, durch seine ganze hier so fremde Erscheinung interessanter sei als alle andern, und daß dies Erwarten einem Gefühl der Anteilnahme und Sympathie entspringe.

Je weiter der Abend voranschritt, um so inniger und vorherrschender wurde die geheime Bindung, in die er zu dem Unbekannten geriet. Es ist kindisch, sagte er sich noch, es ist sentimental. Es ist jugendlich! Wohin wird das geraten?

Da übernahm der alte Herr die Bank, und es ging wie eine Erlösung durch Wenk – wie die Erlösung von einer unsinnigen und unnatürlichen Spannung. Jetzt wird alles in Ordnung ausgehen, sagte er sich. Er setzte eine kleine Summe und wollte damit betonen, daß er sich nicht als Gegner des Bankhalters empfinde, daß er nur für die Form gegen ihn mitmache.

Er gewann. Er hatte acht. Und stellte dann fest, daß er eine viel höhere Note gesetzt hatte, als er beabsichtigt hatte. Deshalb schob er Einsatz und Gewinn zu neuem Einsatz hin.

Er zog einen König und eine Fünf. Er kaufte bei einer Fünf nie eine Karte hinzu. Das war so feststehend in ihm, daß, als die Reihe an ihm war, ja oder nein zu sagen, er überhaupt nichts sagte.

»Sie nehmen!« hörte er auf einmal in seine Zerstreutheit hinein. Es war eine große, gewaltvolle Stimme, die das sprach. Sie klang fast wie ein ihn bedrohendes Erbrausen. Aber es war ihm sonderbarerweise, als käme sie von dort, wo vorhin die drei Laute »Tsi nan fu!« das unsichtbare Ziel getroffen hatten.

Da flüsterte Wenk verschüchtert: »Bitte!« Im selben Augenblick fuhr er gegen eine innere Zersplitterung auf. Aber es war zu spät. Er hatte eine Fünf bekommen, die, zu der Fünf gezählt, sein Spiel wertlos machte.

Der Bankhalter deckte für sich eine Vier mit einer Dame auf, zu denen er keine Karte genommen und infolgedessen gewonnen hatte. »Der Onkel aus der Provinz verliert!« hörte Wenk eine Frauenstimme.

Wenk war erstaunt über die flüchtige Begebenheit. Er drehte sich noch einmal herum und schaute in die Dunkelheit hinauf. Dann wurde er unruhig. Und zugleich war es ihm, als senkte sich ein Flügelschlag über seine Augen. Flügelschlag, sagte er sich, als das Bild erschien. Ja, er saß doch in einem Vogelkäfig. Er bekam sieben.

Das ist nichts, redete ihm etwas ein, obschon es fast sicher gewonnenes Spiel war. Aber Wenk widerstand und sagte deutlich: »Keine Karte!«

Ihm war es, als fielen ihm die Augen zu über der Anstrengung, dieses Nein gesagt zu haben ... Dünne Stäbe versuchten sich wie Gitter durch seine Augendeckel zu rammen, um sie ganz zu schließen.

Da, in einer letzten Auflehnung seines Willens gegen die unnatürliche Müdigkeit, erkannte er, wie die Hand des Professors auf den Karten lag. Sie drückte sich mit einem leisen Erzittern an die obere Karte an, inbrünstig sie an ihn abgeben wollend, und es ging ein heimlicher, heißer Strom von dieser Hand auf ihn über, der ihn zwingen wollte, die Karte zu nehmen, obgleich er schon nein gesagt hatte.

Mit dieser Erkenntnis wurde er plötzlich ganz wach. Er empfand, als sänken hinter seinen Augen Ketten durch, die bestimmt gewesen waren, seinen Geist zu fesseln, und mit offenen Augen schaute er den Professor an, auf einmal von einem unbegreiflichen, gierigen und aufreizenden Mißtrauen gegen ihn befallen. Er war versucht, aufzuspringen und die bebenden Finger von der Karte fortzuschlagen.

»Sie nehmen!« sagte die harte, große Stimme, wie einen Befehl. Es war dieselbe Stimme, die er vorhin gehört hatte.

Da antwortete Wenk, übermäßig laut, sich vergessend und unwillig: »Nein, ich habe schon gedankt!«

Die vergrößerten Augen in den Scheiben der Gläser blieben stehen, lagen einen Blutschlag lang auf ihm, sprangen zurück wie Hunde vor einem mächtigen Angreifer. Der alte Herr legte sich etwas nach vorn, bat um Wasser und Kognak und in rascher Folge darum, das Spiel aufgeben und die Bank abtreten zu dürfen. Ein plötzliches Unwohlsein ...

Alle kümmerten sich um ihn, scharten sich um seinen Platz.

Wenk blieb sitzen. Er war betroffen durch den Zusammenhang seines kleinen Erlebnisses mit dem Schwächezustand des Greises. Hing das zusammen? Er fühlte sich verantwortlich für das Zusammenklappen des alten Herrn. Irgendwo in seinem Unterbewußtsein deckte sich verdunkelt eine Vorstellung auf, als habe er mit jenem einen Kampf ausgefochten, und die Folge sei nun das Unwohlsein. Er überlegte, wie er helfen könne.

Da langte er in die Westentasche und suchte das Fläschchen mit Englischem Salz hervor. Er nahm den Stöpsel ab und hielt es hinüber, indem er sagte: »Vielleicht Englisches Salz? Ich habe gerade ...«

Aber da war er sehr erstaunt zu sehen, daß der alte Herr schon fort war.

Das jähe Mißtrauen von vorhin kam zurück. Er erhob sich rasch und drängte sich durch die herumstehenden Spieler. Er wollte dem Manne nach und ihn einholen. Einer erhob die Hand gegen ihn und sagte etwas Unverständliches, als sei er, Wenk, schuld am Zustand des alten Herrn Professors. Aber Wenk fuhr mit der Hand zu seinem Revolver in die Brusttasche. Die Carozza trat ihm entgegen. Er umging sie hastig, den anderen mitziehend. Mit der freien Hand löste er dann den fremden Griff gewaltsam, all seine Kraft einsetzend, von seinem Arm. Befreit eilte er in den Flur hinaus, der lang und halb verdunkelt seitwärts aus dem Haus ging. Er hörte, sobald er ihn betreten hatte, Schritte hinter sich, hastete weiter, schloß eine Türe hinter sich ab, die er durchgehen mußte, und mündete bald in eine Nebengasse, wo die Autos warteten.

Im Schein einer Laterne bemerkte er noch den alten Herrn, nun keineswegs mehr gebückt, sondern mit kräftiger Eile in eins der Autos steigend.

Seinen eigenen Chauffeur sah er schon das Fahrzeug ankurbeln. Er rief ihm leise zu: »Hinter dem dort her!«

Sie flogen ihm nach. Es war ein großer, überlegener Wagen. Aber da es noch früh am Abend war, war viel Verkehr in den Straßen. Der andre konnte seine volle Schnelligkeit nicht geben, und sie blieben hintereinander hängen. Bald wurden sie in eine Kette von Autos und Wagen eingeschlossen, die von einem Theater kamen, und Wenk konnte bequem und unverdächtig bis zum Palasthotel folgen. Vor diesem Hotel hielt der Wagen des Professors. Bevor noch Wenks Fahrzeug stoppte, sah Wenk den andern hastig in die Hotelhalle hineingehen. Er drehte sich einmal ganz flüchtig um. Wenk eilte ihm nach.

Ein Zufall schloß ihn in eine ins Hotel einkehrende größere Gesellschaft ein. Sie deckte ihn. Er sah beim Bürofenster den alten Herrn eine Depesche hastig aufreißen. Das Lesen hielt jenen fest.

Wenk hatte Zeit, sich einen deckenden Beobachtungsposten auszuwählen. Er sah von dort aus, wie der alte Herr verstohlen über sein Telegramm hinweg den Vorraum musterte. Dann ging jener rasch zum Lift, riß die Tür auf und verschwand darin. Aber Wenk sah, daß im Innern ein Führerjunge gesessen hatte.

Er wartete, bis an der kleinen Lichtscheibe das Stockwerk aufleuchtete, an dem der Lift hielt. Er sah ihn im Zwischengeschoß durchfahren, im ersten Stockwerk halten. Dann läutete er den Lift herab.

»Erster!« sagte er dem Bediener. Sie fuhren allein hinauf.

»Ist das nicht der Herr aus Zimmer 15 gewesen, der gerade hinauffuhr?« fragte Wenk den Jungen.

»Nein, mein Herr, es ist der holländische Professor von 10.«

»Dann hab' ich mich verschaut! Danke!« sagte Wenk.

Langsam schlenderte er durch den Flur. Er kam an 10 vorbei, verweilte einen Augenblick, indem er sich vorsichtig gegen die Tür hinüberbeugte, ging dann weiter und lauschte rückwärts nach der Tür von 10. Er hörte eine Tür sich öffnen. Es konnte 10 sein. Er verweilte, indem er etwas an seinen Hosen richtete, und als die Tür sich wieder geschlossen hatte, drehte er sich um.

Da sah er, daß vor 10 ein Paar Schuhe stand.

Er ging zurück und hatte einen ungewöhnlichen Einfall. Er wollte bei 10 anklopfen und den alten Herrn fragen, ob sein Unwohlsein vorüber sei. Ihn so überrumpeln. Denn es war sicher, daß dieser Mann für eine Verhaftung reif war.

Dieser Gedanke schien Wenk sehr kühn und aussichtsreich zu sein. Aber als er vor 10 stand, sah er, daß die Schuhe, die hinausgestellt worden, ein Paar Damenschuhe waren. Da gab er den Gedanken auf, begab sich hinunter und verlangte den Direktor des Hotels zu sprechen. Er zeigte ihm die nötigen Ausweise und erkundigte sich nach dem Bewohner von 10.

Man brachte das Gastbuch. »Nummer 10, sehen Sie hier, Herr Staatsanwalt, Professor Groich, Haag.«

»Nach Ihrem Buch wohnt er allein.«

»Jawohl.«

»Wohnt er immer oder nur vorübergehend allein und gelegentlich mit weiblicher Gesellschaft?«

»Ich übernehme jede Garantie, Herr Staatsanwalt. Wir sind sehr streng darin gegen unsere Gäste.«

»Dann hat dieser Gast trotz seines beträchtlichen Körperbaus sehr kleine Füße.«

»Wie meinen Herr Staatsanwalt?«

»Er trägt nämlich Damenschuhe!«

»Herr Staatsanwalt belieben zu scherzen.«

»Kommen Sie mit, Herr Direktor.«

Die beiden fuhren zusammen hinauf. Vor 10 standen Damenschuhe in hohen Stöckeln, elegante Lackschuhe mit Einlagen von hellem Rehleder.

Da entsicherte Wenk seinen Browning und öffnete ohne zu klopfen die Tür. Er trat rasch ein. Der Direktor folgte ihm. Das Licht brannte. Aber das Zimmer war leer. Die beiden Fenster waren geschlossen. Das Badezimmer, das offenstand, hatte kein Fenster. Wenk durchsuchte sofort alle Schränke, das Bett, die Läden. Nirgends lag mehr ein Faden. Er hastete auf die Straße hinab. Das Auto des Fremden war verschwunden.

Er ließ den Direktor fragen, wer in den letzten zehn Minuten das Hotel verlassen habe.

»Nur der Bürochef!« sagte der Portier.

In dem Augenblick aber kam der Bürochef aus seinem hinteren Raum und wollte davongehen. Der Portier sah ihn betroffen an. »Sie sind ja eben schon weggegangen!« rief er.

»Ich? – Ich war bis vor einer Minute im Büro!« antwortete der Angestellte.

Da wußte Wenk genug und suchte nicht mehr weiter. Der Zusammenhang war ihm sofort klar. Der Verschwundene hatte sich für den Fall der Not die Maskierung eines im Hotel bekannten Mannes vorbereitet. Die Damenschuhe hatte er vor die Tür gestellt, weil er richtig berechnete, daß der Verfolger, bevor er ins Zimmer eindränge, auf die unerwarteten Damenschuhe hin noch einmal ins Büro nachfragen ginge. Und diese Zeit hatte er dann gut genutzt. Wenk hatte es mit einem Meister zu tun. Er bewunderte die Schlagkraft, mit der jener arbeitete. Es lag nahe, dabei an den rotblonden Mann von Schramms zu denken und an den Herrn Balling von Hull.

Wenk durchforschte auf der Heimfahrt und dann zu Haus in der Erinnerung alles, was ihm von jenem Blondbärtigen noch vorhanden war, und versuchte es zu vergleichen mit dem, was er von dem Professor behalten hatte. Aber sonderbarerweise, so viele Einzelheiten ihm von dem Manne bei Schramms haftengeblieben waren, ganz deutlich und unverwischbar, so verschwommen, ändernd und ungewiß war das, was er von dem alten Professor in seinem Hirn zurückfand, obgleich diese Begegnung kaum eine Stunde hinter ihm lag.

Über dem wurde er schläfrig. Es war ihm, als habe er sich von einer ungeheuren Strapaze, die er im Verlauf des Tages ausgestanden hatte, zu erholen. Er zog sich aus. Eine Mattigkeit überfiel ihn wie nach einem starken Blutverlust. Jenes Gefühl von einem inneren Leichtergewordensein, das er vom Schluß von Mensuren so wohlig in der Erinnerung behalten hatte: die Abspannung der Nerven nach dem letzten Gang zusammen mit dem Blutverlust nahm ihn vollständig in Besitz.

Er ergab sich ihr und schlief ein, noch bevor er vermocht hatte, sich ganz auszukleiden. Er fühlte sich dabei leise umbaut wie von einem rätselhaften Schloß. Und er wußte, in den drei Zauberlauten »Tsi nan fu«, wenn man sie richtig deutete, oder wenn man das Loch in der Wand erkennen konnte, wohin sie aus dem Mund des Haager Professors zielten, lag der Schlüssel, um das Tor des verzauberten Schlosses zu öffnen.

Wenk ging die nächsten Abende in kein Spielhaus. Er fuhr als sein eigener Chauffeur in Lederjoppe und Sturmkappe in der Stadt herum, stellte seinen Wagen vor eines der bekannten Lokale und beobachtete im Schutz des Führersitzes die Menschen, die eintraten oder gingen.

Einmal, als er auf der Fahrt zu dem ersten der Häuser war und langsam die Dienerstraße hinabfuhr, wurde er durch eine Verkehrsstockung aufgehalten. Als er so dastand, sah er in einem Zigarrenladen, an dem er gerade hielt, etwas, das ihm einen zweiseitig geschärften Schrecken durch den Leib trieb. Denn das war er! Der Blondbärtige! Er zeigte den Rücken und kaufte Zigarren. Aber das war er! Er suchte langsam und wählerisch, als ob er der Gefahr, entdeckt zu werden, trotze. Ein Auto hielt vor der Tür. Wenk besah es sich genau. Aber es war ihm unbekannt. Er schrieb sich die Nummer auf.

Der Chauffeur verließ es einmal, um hinten am Wagen etwas nachzusehen. Wenk, der hinter ihm hielt, rief ihn an. Der Chauffeur schaute auf, machte aber mit den Händen Zeichen an seinen Mund, als ob er stumm sei.

Der im Laden nahm sein Paket auf, drehte sich um, der Tür zu. Da war es aber ein ganz anderes Gesicht. Wenk hatte es nie gesehen. Leute schoben sich zwischen den Fremden und seine Blicke. Er sah ihn nur eine Sekunde. Die Verkehrsstockung war in demselben Augenblick behoben. Die Reihe der Wagen fuhr an. Das Auto vor ihm nahm einen mächtigen Sprung, als wolle es ihm enteilen.

Wenk aber wollte sich nicht trennen von seinem Glauben. Er folgte ihm. Sobald das andere Auto aus der Kette los war, nahm es eine größere Schnelligkeit und bog in die Maximilianstraße. Wenk vermochte nicht Schritt zu halten. Die Straße war weithin leer. Er sah, als er selber noch auf dem Maximilianplatz war, daß das Auto die Widenmayerstraße nahm. So fuhr er, immer weiter zurückbleibend, aber in der hellen Nacht ihn nie aus dem Blick verlierend, hinter ihm die ganze Widenmayerstraße her. Als Wenk auf der Max-Joseph-Brücke ankam, sah er, wie das andere Auto auf der anderen Isarseite eine sausende Kurve fuhr und plötzlich mit donnerndem Motor auf die Brücke zurück und an ihm vorbeistürzte. Er fuhr wieder die Widenmayerstraße hinab, die er gerade heraufgekommen war.

Das war natürlich verdächtig, und Wenk gab sich nun alle Mühe, den Anschluß an ihn zu behalten. Noch auf der Brücke machte er kehrt. Wieder bog der andere Wagen in die Maximilianstraße hinein. Diese war nun von Fuhrwerken belebt, und es gelang Wenk, mit seinem Wagen an den anderen heranzukommen.

Das fremde Auto hielt vor einem Varietetheater. Wenk sprang jenseits der Straße von seinem Wagen, und als der andere sein Auto verließ und, Wenk den Rücken kehrend, in das Theater hineinging, bekam Wenk wieder den därmezerreißenden Schrecken: Das war er doch! Der Blondbärtige! – Das ist er doch!

Von einem Fieber gepackt, schob er durch die Menschen ihm nach ins Theater hinein. Er sah, daß er den Fremden im Foyer überholte. Dann wartete Wenk mitten zwischen Menschen, drehte sich auf einmal um, als der andere bei ihm angekommen sein mußte.

Aber Wenk sah ein breites, bartloses Gesicht mit einem brutalen Mund und brennenden großen Augen. Es war ihm fremd. Und fremd und gleichgültig schauten ihn die großen Augen an. Wenk, zornig und enttäuscht, drückte sich beiseite und wollte wieder hinaus zu seinem Auto.

Einige Verspätete hasteten um ihn herum zur Garderobe. Es war genau acht Uhr, und die Klingeln gingen zum Zeichen des Beginns. Wenk malte sich in diesem Augenblick aus, was für ein Taumel es für ihn geworden wäre und was für ein Aufsehen es erregt hätte, wenn er ihn mitten aus den Menschen heraus verhaftet hätte.

Unfähig, sich von dem enttäuschenden Fremden zu trennen, wandte er sich noch einmal um. Er sah, wie sich der andere gerade aus einem Rudel Menschen trennte, die in den Saal stoben, und ruhig nach der linken Seite der Logen ging. Dort waren die fünf Parterrelogen. Das wußte Wenk. Da entschloß er sich kurz und kaufte einen der Logenplätze. Er bekam den letzten. In jeder Loge waren fünf Sitze, sah er auf dem Plan.

Er ging zu seinem Auto zurück, schmuggelte sich hinein, kleidete sich drin in den Frack, telefonierte vom Theaterbüro seinem Chauffeur, das Auto holen zu kommen, und begab sich zu den Logen.

Es war dunkel, als er eintrat. Er versuchte gleich, in dem Ungewissen Licht die Gesichter zu unterscheiden und den Fremden herauszufinden. Aber er fand ihn nicht.

Als die Nummer vorbei war und das Licht wiederkam, gelang es ihm jedoch ebensowenig, den Fremden unter den zwanzig Herren und Damen zu finden, die in der Loge saßen. Das war durchaus unglaubhaft. Der Flur führte nur auf die fünf Logen. Die Logen waren über mannshoch höher als der Saal.

Wo war jener Mann hingekommen?

Von einem Argwohn erfaßt und unruhig eilte Wenk auf die Straße, um zu schauen, ob das Auto des Fremden noch da sei. Ja, es stand noch da. Gott sei Dank!

Wenk atmete auf und wollte zu seinem eigenen Fahrzeug gehen und in ihm abwarten, wohin der fremde Wagen später fahren werde. Da saht er, daß der Wagen auf einmal eine Taxameteruhr hatte. Er hatte sich vorhin das Auto genau angeschaut. Es hatte bestimmt keine Uhr gehabt.

Wenk, schon im Vorbeigehen, überlegte nicht mehr lange, trat auf den Chauffeur zu und fragte: »Sind Sie frei?«

Der Chauffeur sagte: »Jawohl!«

Da stieg Wenk ein, indem er seine eigene Adresse nannte. Er wollte sich auf der Fahrt überlegen, was er weiter tun müsse. Da fiel ihm auf, daß der Führer, der in der Dienerstraße stumm gewesen war, hier auf einmal gesprochen hatte.

Das Auto fuhr an. Ein süßlicher Duft begann sich im Innern auszubreiten. Wenk fühlte von ihm seine Schleimhäute gereizt.

Also etwas war doch los! Vorhin stumm, jetzt kann er sprechen, überlegte Wenk. Vorhin privat – jetzt Taxameter. Wonach roch es so stark? Es brannte ihm förmlich in Nase und Augenwinkel.

Wenk zog, um das herauszufinden, einige volle Züge ein. Er wollte dann das Fenster öffnen. Er hielt den Geruch nicht länger aus. Wonach roch es denn? Er hob seinen Arm. Aber er sah, der Arm ging nicht hoch, gehorchte einfach nicht. Zugleich war ihm, als sei ihm ein Brett vor die Augen gepreßt.

Da bekam er eine Angst, die wie ein glühender Ball ihn durchplatzte. Nicht mehr fähig, sich zu wehren, begann er laut zu brüllen, warf sich hin und stieß mit dem Fuß nach der Klinke der Tür. Er traf sie nicht.

Er lag nur wenige Augenblicke am Boden, in denen rasch sich verdunkelnde Lichtfetzen von Bewußtsein sein Blut durchflogen. Dann erloschen auch sie, und eine Ohnmacht, die sein Gehirn wie mit Blei ausgoß, preßte ihn auf den Bodenteppich des bald in rasender Fahrt die Straßen durchtobenden Autos.

Der Chauffeur fuhr mit dem betäubten Staatsanwalt von Wenk in der Nacht nach Schleißheim. Dort lud er ihn auf eine Bank und fuhr nach München zurück. Er fuhr zur Xenienstraße und hielt vor einer alleinstehenden Villa. Auf einem Schild war zu lesen:

Dr. Mabuse
Psychoanalytische Behandlung

Gleich kam ein Mann von massiger Gestalt, pelzverhüllt, aus der Tür und rasch durch das Gärtchen auf die Straße. »Er liegt im Schleißheimer Park. Hier ist das Notizbuch«, sagte der Chauffeur.

»Haben Sie die Gasflaschen aus dem Wagen entfernt?«

»Jawohl, Herr Doktor!«

»Fahren Sie.«

Doch in diesem Augenblick trat eine verhüllte Frau aus der Nacht auf das Auto zu, hielt die Tür an und flüsterte bettelnd: »Du.«

Mabuse zuckte unwillig auf: »Was willst du? Betteln?«

Die Frauenstimme antwortete mild und traurig: »Ja, du weißt es, um Liebe!«

»Du kennst meine Antwort.«

»Es ist doch einmal gewesen! Weshalb ...?« flehte die Frauenstimme.

Mabuse, erbost: »Gewesen ist gewesen! Du hat zu folgen. Mein Befehl ist klar. Es gibt nichts zwischen nein und ja! Du weißt von Georg, was ich will. Georg, fahren!«

Er war schon im Wagen. Die Frau sank ans Geländer des Gartens, barg sich in ihre Pelerine und schluchzte dem rasenden Auto nach: »Und wenn ich nicht aufhören kann zu lieben?«

Da schlug ein zweites Auto dicht bei ihr in die Bremsen. Ein Mann sprang ab, auf sie zu: »Was wollen Sie hier?« fragte er drohend. »Ach so! Cara, du! Nun denn? Hast du mit dem Doktor gesprochen?«

Sie nickte nur verzweifelt.

»Da ist nichts zu machen. Sein Wille ist wie ein Keulenschlag vor die Stirn. Also folge! Adieu, ich muß ihm nach.«

Und Cara Carozza hob sich in den dunklen Kleiderhüllen hoch, ging davon, schmerzhaft gefaßt, dumpfwillig, und opferte sich für ihn.

»Wo sind wir?« fragte Mabuse durch das Sprachrohr.

»Landsberg vorbei!« antwortete Georgs Stimme.

Die Pläne in Mabuses Kopf wuchsen aneinander wie Wälder, in denen er weiterjagte und die nicht aufhören wollten. Immer neue Halden, immer neue Schluchten! Pläne? Sind es Pläne? Sind es nicht Träume? fragte er sich mit einem plötzlichen Erkalten seiner heißgelaufenen Gedanken.

Fünf Millionen Schweizer Franken sind jetzt etwa fünfundzwanzig Millionen Lire, sind fünf Millionen italienische Fünf-Lire-Stücke. Ein jedes im Gewicht von zwanzig Gramm. Fünf Millionen, genügt das? Der Gedanke ist gut. Es ist dabei brutto zu gewinnen auf jedes Fünf-Lire-Stück, das ich nach dem heutigen Kurs mit einem Schweizer Franken kaufe, vier Franken; ganzer Gewinn also vier Millionen Schweizer Franken. Abgehen dreißig Prozent Spesen. Gut! Ein jedes zwanzig Gramm, wie gesagt. – Fünf Millionen mal zwanzig Gramm, wieviel Kilogramm sind das? Hundert Millionen Gramm? Weshalb kann ich so einfache Rechnungen nicht klar ausdenken? Habe ich Angst? Ja, da stand er in einem neuen Wald. Habe ich Angst? Angst? Wenn ich Angst habe, stürze ich schon. Wer ist denn Hull? Wer ist Wenk? Das sind Lachhaftigkeiten! Angst?

Er faßte seine Gedanken wie mit der Faust zusammen und stürzte sie zurück auf den Weg, von dem sie sich entfernt hatten.

Hundert Millionen Gramm sind hunderttausend Kilo. Ein Schmuggler trägt jedesmal, je nach der Gegend, zehn bis fünfzehn Kilo. Wieviel Menschen lasse ich leben auf diesem einzigen Geschäft? In einem Monat muß die Summe aus Italien in Südtirol und von dort in der Schweiz sein. Über Österreich ist die Grenze leichter, wenn ich auch zweimal Personal haben muß. Das Risiko hat Spoerri, nach den Polizeiberichten, mit nur drei Prozent berechnet, gegen zehn Prozent über den Bodensee oder auch über die Tessiner Grenze, wo die Grenzwächter ja schon im Frieden alle glaubten, sie müßten Füchse sein.

Mabuses Vorstellungen drohten wieder auseinanderzuwachsen. Soll ich nicht versuchen, doch zu schlafen?

»Wo?« rief er ins Sprachrohr.

»Buchloe!«

Buchloe bis Röthenbach sind einhundertachtzig Kilometer. Zwei Stunden. Das täte wohl. Um zwei Uhr müssen wir in Schachen sein. Dazwischen Spoerri in Opfenbach und Pesch in der Lindauer Steige. Dann sind wir gleich in Schachen. Dann gibt es keinen Schlaf mehr.

Aber er fand doch keine Macht über sich. Er stand unter dem Druck von Wenks Verfolgungsversuchen. Im Palasthotel war er ihm nur um zehn Minuten voraus.

Er wollte es sich nicht eingestehen. Er rechnete aus, daß der Schmuggel von fünf Millionen Fünf-Lire-Stücken von Italien und Südtirol über Vorarlberg nach der Schweiz zweihundertfünfzig Menschen acht Tage beschäftigte an jeder Grenze. Das waren fünfhundert Menschen für den Schmuggel allein. Rechnete er die Aufkäufer dazu und die Sammler in Bozen, so kam er auf siebenhundert Menschen. Mit ihren Familien rund viertausend Menschen, die er erhielt. Das war ein kleine Stadt. Eine kleine Stadt stand in seiner Faust, gebannt im Bösen, und schlich durch lichtlose Nächte, ausgetrocknete Bergbäche hin und durch verwachsene und vereiste Winterwälder unter dem Hammer seines Willens und an den Gewehröffnungen der Grenzwächter vorbei. Und hatten keine Gedanken in sich als ihn, den Besitzer des Silbers, den Ernährer, den Befehlshaber, den Herrn der Macht.

Ihr Leben wagten sie für ihn. Er hatte nie einen von ihnen gesehen. Wie wäre es erst, wenn sie ihn sähen, wenn er mit ihnen spräche, auf einmal auf ihrem Schmuggelweg aus der fremden Nacht auf sie stoßend, und sie glaubten, sie seien abgefaßt, und es sei dann gerade er, der sie im Dienst hatte, ihr Herr!

Viertausend Menschen, eine ganze Gegend. Aber in Eitopomar wird es noch anders sein! Wenn er über den gestürzten Urwald ritte und die Waldmenschen, die Botokuden, und wie sie alle heißen, unter seine Peitsche nähme und das aasige kleine Europa hinter ihm versunken läge! Da wäre weitum nichts anderes als sein Wort. In Eitopomar, wo der Traum sich erfüllen wird, der ihn seit seiner Knabenzeit beschlich und der sich einst zu erfüllen begonnen hatte drüben auf der einsamen großen Insel, die in die Freiheit der Meere gespannt lag wie in eine wollüstige Schaukel, deren Seile aus Wellenbändern bestanden. Da hatte er Menschen besessen, da war die Natur sein gewesen, da siegte er mit seinen Segeln über das Meer, mit seinen Muskeln und seinem Blut über die Menschen, mit seinem Willen über die Natur, die Palmen seiner Pflanzungen überwuchsen ihn mit einem Reichtum, wachsendes Gold, er konnte es verachten, weil er es nicht nötig hatte, da er so, so frei war, König und Gott ...

Aber der Krieg stöberte ihn aus seinem Paradies und trieb ihn in das verhaßte kleine Europa zurück. Er konnte nicht leben in diesen Ländern. Er fühlte sich, wie in eine Weide eingespannt, Gras fressen wie die dummen Kühe! Das vorgeschriebene, eingehagte Gras! Nein! so vermochte er nicht zu leben. Deshalb hatte er unterhalb der Organisation des Staates einen Staat für sich gegründet mit Gesetzen, die er allein ausgab, mit Macht über Leben und Tod von Menschen. Mit seiner Hilfe wollte er Geld erraffen, um sein Kaiserreich in den Urwäldern Brasiliens zu gründen, das Reich Eitopomar.

Er war sich selber genug. Was waren ihm die Menschen? Sein Wille zerspritzte sie. Aber drüben in der Zukunft, in Eitopomar, gab es niemanden, der seinem Willen vorgesetzt war.

Allmählich, unter den gesteigerten Vorstellungen, war Mabuse in einen Schlaf geglitten, der seine Glieder, geballt zwischen die Polster, und seine Phantasie verloren an Träume fesselte, die alles Schwergewicht der Materie aufhoben. Zwei Stunden lang schlief er, in die schwarzen Meere seiner Träume versunken.

Dann war es ihm, als schlüge ein Hämmerchen auf seinen Schädel. Immer auf dieselbe Stelle seines Schädels. Es war lästig. Es war unerhört. Er hatte nur zwei Stunden zu schlafen zwischen Buchloe und Röthenbach. Wer wagte, diesen Hammer an seinen Kopf zu schlagen?

Mit einemmal war er wach. Der Hammer war die Signalpfeife des Sprachrohrs. »Ja!« rief Mabuse in den Sprecher.

»Ein Auto ist hinter uns!«

»Gezeichnet?«

»Grauer Fleck auf der rechten Laterne.«

»Wie spät?«

»Halb eins!«

»Wo sind wir?«

»Zwei Kilometer vor Röthenbach!«

»Halten Sie! Es ist Spoerri!«

Das Auto hielt. Gleichzeitig verloschen die Scheinwerfer. Sofort erloschen auch die des folgenden Autos. Dieses fuhr dicht auf. Dann stoppte es. Eine Stimme hustete herüber.

»Kommen Sie!« rief Mabuse.

Einer kam durch die Nacht heran. Mabuse hatte die Mauserpistole aus der Manteltasche genommen. Der Wagenführer setzte eine kleine elektrische Lampe an, und man sah im Lichtkegel einen mantelverhüllten Menschen.

»Spoerri?«

»Ja, Herr Doktor!«

Die Hand ließ die Pistole in die Tasche zurückgleiten. »Spoerri, halten Sie hier eine Viertelstunde oder fahren Sie auf einem andern Weg nach Schachen. Sie müssen kurz nach mir dort sein, halb zwei bis zwei. Ich bin zu großen Änderungen entschlossen, die ich Ihnen mitteilen muß, bevor wir in die Schweiz hinüberfahren. Sonst?«

»Alles in Ordnung. Ich habe noch hundert Kilogramm Cer-Eisen im Wagen.«

»Los! Halb zwei bis zwei!«

Sie fuhren wieder. Die Scheinwerfer blieben eine Weile, wo die Landstraße sich der österreichischen Grenze näherte und die Grenzwächter patroullierten, gelöscht. In Schlachters brannten sie wieder an, und das Dorf sank mit hastiger Gespensterhaftigkeit in ihren Lichtkegel zurück.

Halbwegs Lindau, wo der Wald auf die Lindauer Steige stößt, hielt es wieder.

»Niemand da?«

»Nein, Herr Doktor!«

»Pesch?«

»Ich sehe niemanden!«

Mabuse verließ ungeduldig den Wagen. »Ich will ihn züchtigen. Ich will absolut, daß alle pünktlich sind!«

Er wartete weiter. Die Minuten krochen. Mabuse schlug mit der Faust in der Manteltasche auf die Schenkel. Warten lassen! – Warten lassen – der Schmuggler! Ungeduld verbrannte ihn. Er war tief beleidigt, irgendwie an seiner Ehre gekränkt. Ein Schmuggler ließ ihn warten ... den Herrn.

Nach fünf Minuten tönte ein Auto über den Nebenweg. Es fuhr mit schwachen Lichtern. Auf der Landstraße hielt es.

»Pesch!« schrie Mabuse.

Ein Mann wand sich aus dem offenen Wagen. »Ja, hier! Ich bin es, Herr Doktor! Pesch!«

»Es ist ein Uhr fünfundvierzig. Um ein Uhr fünfunddreißig sollten Sie hier sein.«

»Auf zehn Minuten kommt es nicht an. Ich habe auch schon gewartet!« antwortete auflehnend die Stimme aus der Finsternis.

»Wenn ich eine Peitsche hier hätte, würde ich Sie durchprügeln. Zehn Minuten sind fünfzehn Kilometer Vorsprung vor einer Verfolgung, Sie Esel! Sie verdienen in dieser Nacht zweitausend Mark von mir.«

Der andere entgegnete frech: »Und Sie mit meiner Hilfe zwanzigtausend!«

Mabuse: »Schwachkopf – fünfhunderttausend! Das geht Sie jetzt nichts an. Es ist nur, um zu sagen, wer hier Herr und wer hier Knecht ist.«

Der andere: »Sie sind nicht mein Herr!«

Da bäumte Mabuse sich auf. »Ich bin nicht – sagen Sie!« Er brüllte: »Doch! Sie können heimfahren. Ich brauche Sie nicht mehr. Nie mehr!«

Er wandte sich schon in sein Auto hinein.

Da sagte er noch hastig und drohend: »Sollten Sie etwa Lust verspüren, eine anonyme Anzeige zu versenden, so wissen Sie, daß in einem Wald eine Tanne wächst. Bis der Strick vermorscht und Sie in Ihren eigenen Dreck fallen läßt. Wie der Kollege Haim. Fahren, Georg!«

Das Auto stürzte weiter.

In der Gegend von Bad Schachen, wo Villen mit üppigen Anlagen Autos unauffällig machten, war ein Parktor offen, und ohne sich zu besinnen, fand Georg den Weg in die schwarze Allee, die zur Villa führte. Die Lichter waren gelöscht.

Spoerri kam, noch während Mabuse und Georg an der Haustür standen.

Als Mabuse aufschloß und im Flur das Licht andrehte, sah er, daß Spoerri in der Tracht eines Mönches war. »Es ist nebensächlich«, sagte Spoerri. »Ich mußte heute rasch in die Schweiz hinüber, und drüben im Rheintal ist die Kutte besser als ein ungefälschter Grenzschein. Der letzte von mir liegt in St. Gallen. Sie wissen ja, daß ich dort vorzeitig abreisen mußte. Ich hatte aber bei Xaver die Listen. Die brachte er mir heute nach Altstätten. Das kann man doch nicht mit der Post schicken, heutzutage.«

Sie saßen dann in dem großen getäfelten Speisezimmer. Georg brachte ein Nachtessen, das er zubereitet aus München mitgenommen hatte. Er hatte es auf dem elektrischen Herd aufgewärmt. Noch essend, sagte Mabuse: »Wir liquidieren am Bodensee. Die Verluste sind fünf Punkte höher als an Land, nach den Listen, die geführt wurden. Ich habe fünf Millionen italienische Fünf-Lire-Stücke aufkaufen lassen. Sie kommen nach Südtirol, müssen über Vorarlberg nach der Schweiz geschafft werden. Organisieren Sie das, Spoerri. Der italienische Mittelsmann ist Dalbelli in Meran. Sie müssen morgen hinreisen. Ich gebe einen Monat Zeit. Damit fangen wir dann zugleich das neue Gebiet an. Die Schweiz ist jetzt scharf gegen Silbereinfuhr. Darum ist die Konkurrenz im Einkauf schwächer. Man bekommt genug Fünf-Lire-Stücke in Italien. Ich habe es auch mit französischem Silber versucht. Aber seit dem Frieden von Versailles ist in Frankreich eine unmögliche Bande in das Geschäft hineingekommen, die niemandem etwas gönnt, weil sie früher keine Kaufleute gewesen sind. Haben Sie sich gemerkt?«

Spoerri schaute verwirrt auf.

»Warten Sie mit dem Rechnen, bis ich alles gesagt habe«, fuhr Mabuse ihn scharf an.

Spoerri schaute verwirrt auf.

Mabuse fuhr fort: »Mein Vertrauensmann in der Regierung hat mich darüber unterrichtet, daß die Zwangswirtschaft auf Fleisch im nächsten Monat in Bayern beseitigt wird. Die Tatsache wird noch geheimgehalten. Die Preisunterschiede zwischen Bayern und Württemberg sind enorm und werden die erste Woche wenigstens nach der Aufhebung bedeutend bleiben. Aber gut ist, man kauft jetzt schon auf. Notieren Sie sich, daß ich bis zehn Millionen Mark darin anlege. Soviel man bekommt, kaufen. Baldauff ist tüchtig. Sie fragen Mägerle in Stuttgart wegen der Abnahme an. Daß beizeiten für die Kleinarbeit des Hinüberbringens genügend Leute mobil sind! Es muß alles am dritten Tage nach der Ausgabe der Verordnung erledigt sein. Es wird sich um tausend bis zwölfhundert Stück Großvieh handeln. Man schaut wieder etwas auf Qualität. Kein Kleinvieh. Das Risiko ist zu groß. Rechnen Sie es selber aus, bevor Sie Weiteres darin vornehmen. Es sind dreißig Prozent mehr zu lösen. Davon können 10 Prozent als Ausgaben verwandt werden. Sie müssen genauer rechnen als das letztemal beim Salvarsan.«

»Ich hatte dabei nicht …«

»Ich weiß; wie gesagt, nicht genau berechnet. Pesch scheidet aus. Lassen Sie ihn von der Beseitigungskommission scharf bewachen. Er ist impulsiv. Es darf bei dem geringsten Anzeichen nicht gefaxt werden. Er kann zu Haim gehenkt werden. Man hat den noch heute nicht gefunden. Wie teuer haben Sie das Cer-Eisen bezahlt?«

»Es war teurer als ...«

»Es ist immer alles teurer, als ... Polen oder die Sowjets können es draufschlagen. Wie teuer?«

»Fünfzig Mark!«

»Also fünfzig Schweizer Franken. Sie müssen es haben. Keinen Rappen nachgeben!«

Es pfiff im Sprachrohr unter dem Tisch. »Ja, Georg«, rief Mabuse hinein. »So – gut. Die ›Rhein‹ ist da, Spoerri. Georg, Sie steuern. Die Wertpapiertasche nicht vergessen. Schluß! Sie reisen doch ohne Gefahr nach Zürich, Spoerri?«

»Sobald ich über die Grenzkontrolle bin, ja! Ich reise dann weiter als Pater.«

»Wenn Sie mit der ›Rhein‹ fahren, brauchen Sie doch keine Grenzkontrolle. Sie übernehmen die Aktentasche und bringen ihren Inhalt auf meine Bank. Konto: Ingenieur Salbaz de Marte. Hier ist die Liste: eine Million Deutsch-Luxemburger, zwei Millionen Deutsch-Überseer, fünfhundert Stück Tausendmarkscheine. Diese gleich in Milreis umwechseln. Es ist günstiger als über Dollars oder Schweizer Franken. Benachrichtigen Sie Doktor Ebenhügel, daß neue Papiere im Depot sind. Ich lasse ihm sagen, die erste Konjunktur benutzen und verkaufen, gegen Milreis. – Es ist noch eine schwierige Sache zu erledigen: die Ablösung der Leute am Bodensee, die für mich tätig waren. Wenn sie verdienstlos werden ...«

»Viele wollen sowieso nicht mehr mitmachen«, sagte Spoerri.

»Ich weiß. Das sind die, die satt geworden sind. Sie sind nicht zu fürchten. Sie haben sich mit meiner Hilfe ihre Häuser schuldenfrei gemacht. Aber die Not zwang mich manchmal, wahllos zu sein. Alle, die kein eigenes Haus haben, nicht aus den Augen lassen! In Konstanz ist das Pulverfaß. Da wohnen die jungen Burschen. Wenn wir ihnen den üppigen Verdienst entziehen, sind sie plötzlich nichts mehr als Gauner, sitzen in acht Tagen im Gefängnis und reden in der Wut. Sprechen Sie noch mit Georg darüber, was dort zu machen ist. Er soll morgen hin. Am sichersten wäre, sie in die Fremdenlegion abschieben. Gehen Sie Magnard aufsuchen, sobald Sie von Zürich und Meran zurück sind. Auf das Kopfgeld verzichten Sie natürlich nicht. Sie geben es Georg, damit er es unter die Betroffenen verteilt ... Beauftragen Sie Böhm, die drei Motorboote zu verkaufen, die wir außer der ›Rhein‹ noch auf dem See haben. Der trägt noch immer an der Mütze die Fassade des Königlich Württembergischen Yachtklubs. Darunter geht das unauffällig. ›Rhein‹ bleibt in der Nähe, für alle Fälle. Das Boot kann sechzig Kilometer machen, wenn es ihm aufs Steuer brennt. Wir gehen!«

Georg wartete draußen. Die drei Männer tasteten sich durch die Dunkelheit des Parks zum Steg. Sie hörten schon den Motor leis atmen.

»Man hat meinen Befehl ausgeführt: Es ist nichts an Bord?« fragte Mabuse.

»Außer dem Cer-Eisen, nichts!«

»Hinaus damit. Ich bin kein Alteisen-Trödler!«

Georg lief voran. Drei Männer arbeiteten in der Finsternis. Dann stiegen Mabuse und Spoerri ein, und das Boot fuhr gleich los. Es fuhr vorsichtig unter der niederen Nacht. Kaum wagte der Motor zu pusten. Leis schüttelte die Kabine, in der Mabuse sich in seinen Pelz hüllte. Dann ging er auf die hintere Plattform hinaus und dann ungeduldig zum Motor nach vorn.

Als sie eine Weile fuhren, horchte er hinaus. Es war ihm, als hörte er einen Lärm. Der Lärm perlte durch die Geräusche des eigenen Bootes an sein Ohr. »Halt!« befahl er.

Georg stoppte. Da verging der Lärm draußen. Man fuhr wieder an. Es geschah alsbald, daß auch der Lärm auf dem See um sie von neuem klang – bald rechts, bald links. Mabuse ging auf die Plattform, wo das Geräusch des Motors weniger stark war. Da hörte er es ganz deutlich.

Wir sind verfolgt oder wenigstens beobachtet, sagte er sich. Ist das schon der Staatsanwalt Wenk? Ruhig und trotzig bereitete er seine beiden Pistolen. Er überlegte, was er tun sollte, wenn ihn die Verfolger anriefen. Er bemühte sich, in der Finsternis die kleine Flagge zu erkennen, die am Heck der ›Rhein‹ flatterte. Aber es war zu dunkel.

»Spoerri!« rief er leise in die Kabine.

Als Spoerri kam, fragte er: »Als was fahren wir? Horchen Sie, wir sind verfolgt!«

»Nein, nein«, sagte Spoerri, »wir fahren als Schweizer Wachtboot. Ich habe Warnung, daß die Deutschen heute mobil sind. Da habe ich die drei anderen Boote herbeordert. Eines fährt hinter uns, die beiden anderen rechts und links. Es käme niemand durch. Wir sind schon im Schweizer Fahrwasser.«

»Wieviel verdienen Sie im Jahr bei mir, daß Sie so viel Sorge um mich haben?« fragte Mabuse mit einem gehässigen Ton.

»Genug!« antwortete Spoerri. »Aber es ist nicht deshalb.«

»Ich habe dreieinhalb Millionen bei mir in der Aktentasche. Wenn Sie wagten, mich zu erwürgen, täten Sie es. Aber Sie wagen es nicht. Das ist alles. Das ist die ganze Menschlichkeit und Liebe, Sie haben im letzten Jahr von mir fünfundachtzigtausendsechshundertsiebenundsiebzig Mark bekommen und nebenbei ... Genügt das Ihnen, kein Mordsgelüst gegen einen Menschen zu haben?«

»Ja!« antwortete Spoerri einfach.

»Dann sind Sie ein Knecht. Mein Knecht. Hören Sie: mein Knecht!«

»Ich höre!«

»Soll ich dich ins Gesicht schlagen? Nein, ich bringe meine Haut nicht in Berührung mit deinem Knechtsfell. Ich spucke nur durch die Luft!«

»Über Bord. Sie bekommen mit niemandem Streit. Der Bodensee hat keinen point d'honneur.«

»Point d'honneur ist ein fabelhafter Ausdruck. Ein Point ist so groß wie eine halb ausgetretene Wanze. Genau so groß wie die Ehre der Menschen. Was? Ihre auch, ha? Sie haben wohl solch eine Ehre, wie sie der Bodensee nicht hat?«

»Sprechen Sie anständig mit mir. Ich vertrage Ihren Käsewitz nicht. Wir kommen aufs Ufer zu.«

»Weichen Sie nicht aus, Sie!«

»Nein!«

»Sie!« rief Mabuse unterdrückt aufquellend in jäher Erbosung. »Ich spüre, wie der Haß aus meinen Fingerspitzen sprüht. Ich drücke Sie Ihnen an den Hals, Sie – Sie Hund – Sie Menschengehunds. Als seien Sie ein elektrischer Draht in einem amerikanischen Hinrichtestuhl. So fallen Sie um, Sie jämmerliche Kreatur.«

In diesem Augenblick setzte der Motor aus. Der Lärm der Boote hinter ihnen war seit einer Weile verstummt. »Weshalb fährt er nicht mehr? Habe ich befohlen?« fragte Mabuse jähzornig.

»Es ist kein Signal am Ufer!«

Da kam Mabuse zu sich. Er stand auf, knirschte mit den Zähnen und fragte: »Was ist los?«

»Wir müssen warten. Säuli ist sonst zuverlässig. Es ist etwas los.«

»Warten wir! Haben Sie die Waffen bereit?«

»Ja, wenn das Signal nicht kommt, wäre es besser, wir gingen ins Beiboot. Wir könnten dann zu den anderen Booten zurückrudern.«

Hinter Romanshorn begann ein Scheinwerfer aufzudrehen. Er warf einen Lichtbalken in den Himmel. Der Balken senkte sich, die Finsternis durchtastend, genau suchend und verweilend, nach der Seemitte aufs Wasser. Bald stieg er wieder rasch in den Himmel und fiel erbarmungslos auf die Stelle zu, wo Mabuses Boot hielt. Mabuse zitterten die Fußgelenke vor Spannung.

Aber auf einmal blieb die Säule von Licht an einem hervorstehenden Haus in Romanshorn hängen, wo auf dem Hügel am Ufer die neue Kirche war. Daraus sahen sie im Boot, daß das andere Fahrzeug weit hinter Romanshorn sein mußte und keine Gefahr bedeutete. Ihr Boot blieb im Dunkel. Im Bahnhof am Ufer hingen weit verteilt einige Bogenlampen. Ihr Schein spielte fern auf dem schwarzen Wasser, wie blaßleuchtende Leichen schaukelnd, vergehend, wieder emportauchend.

Da sagte Mabuse streng: »Nein, wir bleiben! Sagen Sie Georg, er solle die Luftdruck-Mitrailleuse an den Motor anschalten.«

Spoerri ging.

Unter dem Polster war ein Giftgas-Apparat. Mabuse zog den Schlauch hervor. Der Wind kam von Südosten, also dafür aus guter Richtung. Er bereitete für sich und seine Begleiter die Masken und versuchte den Öffnungshahn.

Da erschien am Ufer ein Licht, verging schnell, kam wieder, zuckte fort und blieb dann.

Der Motor knurrte wieder an. Bald fuhr das Boot in den Bach hinein, zwang sich zwischen Bäumen weiter und stieß dann sacht an. Der Motor schwieg, und ein Mann reichte vom Land aus ein Tau.

Dann hörte Mabuse den Namen Dr. Ebenhügel. »Ja«, sagte Mabuse, »er soll ins Boot kommen.«

Eine Gestalt trat aufs Boot herüber. »Doktor Mabuse, ich, Ebenhügel. Ich komme gerade von Zürich. Mein Auto ist schuld, daß Säuli das Zeichen nicht pünktlich gab. Die Grenzer-Autos spuken jetzt jede Nacht herum. Bekamen Sie mein Telegramm? Es ist etwas los. Der Schreiber hat gewarnt. Er konnte nicht sagen, was es ist. Er erfuhr nur aus einer Antwort seines Bürovorstandes, daß es über das Generalkonsulat in Zürich von der Münchener Staatsanwaltschaft kam.«

»So«, sagte Mabuse mit zusammengedrückten Zähnen, »das ist der Staatsanwalt von Wenk. Warte, Herr Staatsanwalt von Wenk!« Dann wandte er sich an Ebenhügel: »Ich war nie ohne Gefahr und bin nie darin untergegangen.«

»Ich wollte sagen, daß man nur von München aus die Gefahr neutralisieren kann. Es soll nicht heißen, wenn etwas schiefgeht, wir in Zürich seien schuld daran.«

Mabuse antwortete schroff: »Wie sprechen Sie?«

»Die Sache ist für mehrere Menschen wichtig.«

»Für wen denn noch?«

»Zum Beispiel für mich!«

Mabuse zog eine weitläufige wegschiebende Gebärde durch die Luft. Ebenhügel zog geräuschvoll die Luft ein.

»Ich habe nicht getrunken«, fuhr ihn Mabuse an. »Wie können Sie mich wegen einer solchen Nichtigkeit diese Reise machen lassen!«

»Ich hielt es für wichtig, Sie selber zu unterrichten. Alle Post wird heute kontrolliert, Menschen sind unzuverlässig.«

»Wer bezeugt mir, daß Sie zuverlässig sind? Sie sind auch ein Mensch.«

»Unsere gemeinsamen Interessen, Herr Doktor. Ich wollte nur sagen, die Gefahr droht von München aus. In der Schweiz wären Sie sicher. Sie haben ja Reichtümer aufgestapelt, die Ihnen erlauben, in jedem Land zu leben. Bleiben Sie hier. Bei uns sind Sie sicher.«

»Was wissen Sie davon? Sie haben mein Vermögen zu verwalten, sonst nichts. Nur zu verwalten! Basta! Noch etwas!«

Der Rechtsanwalt berichtete über seine letzten finanziellen Operationen für Mabuse. Mabuse nahm die Aufzeichnungen, die jener mitgebracht hatte, an sich. Er schritt dann am Bachufer fünf Minuten auf und ab, allein, um sich nach dem langen Fahren zu ergehen.

»Ist Spoerri noch da?« fragte er. »Sie brauchen dann nicht nach Zürich zu reisen«, sagte er ihm. »Ebenhügel nimmt die Mappe mit. Wir fahren zusammen nach Schachen zurück.«

Auf der Rückfahrt vermochte Mabuse nicht sitzen zu bleiben. Er ging ununterbrochen auf der kleinen Plattform hin und her. Ein Lichtzeichen blitzte vor ihm auf. Die drei Konvoiboote pochten wieder um sie. Ihr Lärm ging verborgen in der Finsternis wie von Geistern.

Mabuse telefonierte durchs Sprachrohr nach vorn: »Georg, Kognak!« Das hörte Spoerri, und er erschrak.

Mabuse trank in der halben Stunde, die die Fahrt dauerte, die Flasche leer. Er war betrunken, als sie an Land gingen. Er torkelte durch die Finsternis dem Hause zu, den anderen voran, die nach seinem Befehl fünf Minuten warten mußten, bevor sie ihm folgten. »Wir trinken weiter«, befahl er im Speisezimmer. »Bring! Georg!«

Spoerri überfiel ein Gruseln. Er wußte, wie es ging. Der Doktor wurde, je mehr er trank, immer nüchter- ner und grausamer. Spoerri selber mußte sich bis zur Bewußtlosigkeit betrinken. Sie tranken nun Sekt zur Hälfte mit Kognak gemischt.

»Das ist aufgelöstes Gold«, stammelte Mabuse. »Her! Größere Gläser! Georg! Die Pokale! Spoerri, ein Zug! Reisläufer-Sohn! Auf einen Zug! Hundeblase, hinab! In deine Hundeblase!« Er trank vor. »Gefehlt!« schrie er, da er vor Spoerri fertig war. »Noch einen! Du mußt kotzen! Ich muß dich kotzen sehn! Deine Seele ausspucken sehn, du halbverdautes Menschenaas!«

Spoerri trank, und in den Augenwinkeln drehte alles kopfüber in eine Tiefe hinab, in die er selber zu fallen drohte.

»Hast du gehört, der Herr von Wenk? Staatsanwalt in München! Dein Notizbuch! – Beseitigungskommission. – Befehl des Generals, nein, des – Fürsten – Staatsanwalt Wenk. Nein, warte. Zuerst der Herr Hull. Der fing an. Spoerri, Landsknecht, Gedärm, sauf! So wie ich! – Ja. Hull, Hull, schreib: Gerhard Hull! Hubertusstraße 34. Ab mit ihm! Der Reihe nach. Der zuerst! Die Carozza fädelt es ein. Such Helfer! Schreib! Befehl des Fürsten! Trink! Du ... des Fürsten, hast du? Hä, welches Fürsten, Gedärm, beschmierter Stiefel, welches Fürsten? Du ... des Fürsten, des Kaisers von Eitopomar in Südbrasilien. Ein Wort aus seinem Mund, und tausend Weibern bluten die Rippen, und fünfhundert Männer können nicht mehr zeugen. Ein einziges Wort! Eine Gebärde! Grinse nicht, oder ich kastriere dich mit dem Glasscherben!«

Er zerschlug seinen Pokal und bedrohte Spoerri mit den Scherben. »Schreib i – ich«, stöhnte der, »schreib i – ich schon.«

»Tausend Weiber und fünfhundert Männer!« schrie Mabuse.

»Doktor?« fragte Spoerri zaghaft und durch seine sinnenfressende Betrunkenheit voll Dumpfheit erschreckend. »Weiß i – ich jetzt nicht. Weiß – Hull! Ich? Hubertusstraße 34. Ich? Ist dir ernst, Doktor?«

Da stand Mabuse auf einmal, so betrunken er war, kerzengrade. Er brüllte: »Dir?« Dann schlug er Spoerri von oben herab mit der Faust auf die Stirn, daß der mit seinem Stuhl langhin auf den Boden fiel.

»Will schlafen gehn, Georg!« schrie er hinaus, von Wut zersprengt. Er ließ Spoerri bewußtlos liegen, wie er hingefallen war, und ging.

Am nächsten Morgen saß Spoerri schon im Eßzimmer, als Mabuse kam. Mabuse hatte im Bett gefrühstückt. »Zeigen Sie Ihre Notizen!« befahl er barsch.

Er durchflog sie, fand Hulls Adresse mit trunken fallenden Buchstaben dazwischengeschrieben und gab Spoerri das Buch zurück.

»In Ordnung!« sagte Mabuse.

Spoerri umkroch ihn wie ein Hund auf der ängstlichen Lauer vor der Stiefelsohle.

Das tat Mabuse wohl. Das beruhigte und versöhnte ihn. Er wurde gesprächig. Spoerri ging es auf wie ein taubes kleines Glück, daß der Herr freundlich zu ihm ward, daß der furchtbare

Wille, der aus dem großen Kopf dieses machtvollen Mannes auf ihn hämmerte, freundliche Worte für ihn herausbrachte und ihm Anerkennung gab.

»Spoerri«, sagte Mabuse, »ich geh' mit Ihnen nach Konstanz. Es ist wichtig, daß die jungen Leute uns keine Dummheiten machen!«

Da leuchtete Spoerri. »Ja, wenn sie den Herrn Doktor sehen, dann ist nichts zu fürchten.«

Die beiden blieben tagsüber in der Villa. Mabuse trank, zwang Spoerri aber nicht mehr, mitzutun. Vor dem Mittagessen schon war er betrunken.

Spoerri war, müd in Hirn und Blut von dem schweren Rausch der vergangenen Nacht, auf eine überweiche Art um Mabuse besorgt. Er versuchte heimlich mit naiven Kniffen, ihn vom Trinken abzuhalten. Aber Mabuse merkte das bald. »Weg da! Die volle Flasche her! Daß das nicht noch einmal versucht wird!« sagte er.

Er mußte trinken. Er trank und feuerte seinen bösen starken Geist an. Seine Phantasie fand im Rausch die Einfälle der großen Geschäfte, wenn sie von seinem Willen alle Ablenkung nach außen fernhielt und der Rausch ihn in sich selber einschloß wie in eine Burg aus Tausendundeiner Nacht.

Das verstand niemand. Der Alkohol war ihm ein Märchenerzähler, war ihm der Strom, der in der Tiefe den Saft des Lebens trug und zum Schöpfen hinreichte. Er badete in ihm wie in der Liebe zu einer Frau, in fließenden Abspannungen, neue Bahnen erspringend, ununterbrochen. Löste alle Gesetze auf und ließ ihn im eigenen uneingeschränkt, hemmungslos wachsend, über alle Grenzen sich dehnen ... sein eignes System, seine eigne Welt und Sonne.

»Spoerri, wie gefällt dir Europa?« lallte er.

»O gut, Herr Doktor!« antwortete Spoerri entgegenkommend unbesonnen.

Da brüllt Mabuse ihn an: »Du gehst nicht mit nach Eitopomar, meinem Reich! Europa ist eine Filzlaus. Einer kriecht dem andern ins Fell. Alle überkriechen sich. Sie ertränken sich mit Petroleum. Alle die Filzläuse, die Schmarotzer, die Stinker, die Heimlichen, die Hautjucker. Mit Petroleum, weil sie wissen, daran krepiert man nicht. Eine Hautpore ist schon ein Krater für sie. Aber wenn ich in Eitopomar sein werde ... Spoerri, du gehst nicht mit! Ich geh' jetzt schlafen. Bis nachher.«

Mabuse torkelte hinaus. Im Schlafzimmer auf seinem Bett, angekleidet, ließ er noch einige Minuten, als sei er selber Weltall, befreit von Grenzen und Räumen, die Ausbrüche seines Willens über sich fließen, Lava und Urschlamm, kochend durch tausend Nächte dem einen Tag entgegen, der ihm in dem fernen Reich alle Macht über Leben und Tod von Tieren, Wäldern und Menschen in seine beiden gierigen Hände geben sollte.

Abends, als die Dämmerung hereingebrochen war, fuhren sie nach Konstanz.

Mabuse war nüchtern, schweigsam und mürrisch. Seine Vorstellungen bearbeiteten schon mit harten Schlägen, die in seinen Nerven fühlbar widerzitterten, das Rudel junger Burschen, das in dieser Stadt, die in die Grenze eingespießt lag wie eine Zecke, seit dem Waffenstillstand für ihn tätig gewesen war. Von dieser selben Stadt aus hatte er begonnen, als der Krieg ihn aus dem eignen und selbstherrlichen Reich seiner Pflanzung auf der Salomonen-Insel nach Europa zurückgeworfen hatte und er sich hier mit der sprengenden Macht seines Willens nicht besser zurechtfand als damals, da er, nach dem Examen, die Südsee gegen eine Arztkarriere in einer süddeutschen Stadt getauscht hatte.

5

Wenk erwachte durch ein Gefühl von Kälte, das ihn mit Schauern überhüpfte. Er zog den Mantel fest, in der Meinung, es sei die entglittene Bettdecke. Bald ward er seinen Irrtum gewahr. Er erhob sich. Ein taumeliges Gefühl bohrte sich, noch in Erinnerungen erstickend, durch seine Adern. Langsam besann er sich. Er sah gleich, wo er war. Die Schloßgebäude durchleuchteten die Nacht.

Er sprang heftig auf und ging davon. Halb erstarrt. Er mußte rechts und links hin und her springen, um seinem Körper wieder Wärme zuzuführen. Wie spät war es?

Er griff nach der Uhr. Sie fehlte. Dann durchsuchte er seine Taschen. Seine Brieftasche fehlte ebenfalls, und mit ihr sein Geld und sein Notizbuch. Er war einem Räuber in die Hände gefallen. Sonderbar. Wie war es gegangen, daß er mit dem Leben davongekommen war?

Da auf einmal empfand er einen wilden Schrecken. Er faßte sich an den Kopf und drückte die Schläfen fest, um des verzweifelten Gefühls Herr zu werden. Sein Notizbuch fehlte auch. In diesem Notizbuch standen Adressen, Beobachtungen, Mitteilungen, Anweisungen, Pläne. – Das erste, dessen er sich davon erinnerte, war die erste Seite, auf der die ganze Geschichte mit Hulls zwanzigtausend Mark stand. Wenk lief jetzt geradeaus. Als ob er sein Notizbuch einholen könnte! Er stürmte, daß ihm der Atem verging. Etwas lief ihm davon. Er hielt an und fragte sich: Was ist jetzt zu tun? Auf den nächsten Bahnhof? Aber wie spät ist es? Vielleicht ist es fünf Uhr, vielleicht erst eins! Und der erste Zug? Warten – vier, fünf Stunden vor einem geschlossenen Bahnhof warten!

Sollte er nicht jemand im Schloß wecken? Dann müßte er erzählen.

Nein, das hätte keinen Zweck. Jetzt Lärm machen! Der Chauffeur hatte im Auftrage des Blondbärtigen gearbeitet. Das war zweifellos! Hatte jener ihn in seiner Verkleidung erkannt und das Werk so geschickt und kühn voraussehend in den Weg geleitet? Oder war es System, daß einer, der irgendwie verdächtig erschien, von vornherein einmal auf diese Weise auf die Nieren geprüft wurde? Oder konnte es doch vielleicht nur Raub sein, bei dem das Buch mitgegangen war? Dadurch, daß er sich ins Polster setzte, öffnete er wohl die Gasleitung; denn es war kein Gas im Wagen, als er einstieg. Das war so vorgesehen. Nein, so war es nicht. Es war viel einfacher und sicherer. Der Führer konnte den Gashahn öffnen von seinem Sitz aus. Natürlich war es so!

Währenddessen ging Wenk schon auf der Landstraße, und zwar erst im halben Bewußtsein seines Entschlusses, zu Fuß in der Richtung auf München zurück. Er ging, so schnell er konnte. Manchmal mußte er stehenbleiben, um ein Gefühl des Taumels abzuwarten und abzuwehren, das sich seiner bemächtigen und ihn auf der Straße niederpressen wollte.

Das war wohl eine Nachwirkung des Gases. Was war das für ein Gas, das so rasch wirkte und so unschädlich war? Man hätte ihn ebensogut in ein tödliches Gas setzen können. Dann wäre man ihn sicher los gewesen! Weshalb nur in betäubendes Gas?

Sollte es eine Warnung sein?

Jetzt hatte man sein Notizbuch! Vielleicht wollte man nichts anderes von ihm als sein Notizbuch! Ein Anschlag auf sein kleines Notizbuch! Was stand noch drin? Welche Namen hatte er noch drin? Karstens ... Und alle Erlebnisse in den Spielhäusern mit dem Blondbärtigen und dem alten Professor und im Palasthotel. Und alle Häuser, in denen gespielt wurde! Es war klar. Nur sein Buch wollte man haben. Das war geglückt. Das war davon. Es war ihm ein liebes kleines und bewegtes Buch gewesen.

Er ging schneller und schneller. Die Häuser schliefen in der Landschaft. Die Ortschaften schliefen. Die Vorstadtstraßen schliefen. Sie kamen ihm wie blasse Lindwürmer durch die Nacht entgegengekrochen, schliefen auf den flachen Äckern, in denen Reste von Schnee eingenistet lagen und in der Finsternis zur Straße heraufleuchteten, als seien sie in einem geisterhaften Halbleben an den Weg geworfen worden, um zu beobachten, darüberginge. Es schauderte Wenk.

Als aber dann ein Trambahnwagen kam, beruhigte er sich. Bald kannte er sich aus und eilte in die Stadt hinein und seiner Wohnung zu. Er kam vollständig erschöpft in seinem Zimmer an, legte sich in den Kleidern aufs Bett und verfiel einer zweiten Bewußtlosigkeit, aus der heraus er unvermittelt in stärkenden Schlaf glitt. Erst am Abend wachte er auf.

Der erste Einfall, der ihm kam, war der, daß sein Leben von jetzt an auf dem Spiel stand. Er nahm ihn ruhig hin. Das war selbstverständlich. Er kämpfte mit dem Bösen. Dessen Schlachtplatz lag immer da, wo die Grenze zwischen Sein und Zerstören war. Er fragte sich, ob der Gegenstand des Einsatzes wert sei, und antwortete sich selbst im nächsten Augenblick.

Darüber gibt es kein Nachdenken. Die Menschen sind losgelassen aus der Menagerie. Es war sein Amt, seine Pflicht, seine Daseinsberechtigung, mitzuhelfen, sie gefahrlos zu machen. Keine Menschenfurcht! Keine des Leibes, wie er keine der Seele hatte, seitdem es seinem Geist geglückt war, sich in die krisenhafte Zeit des neuen Deutschlands hineinzufühlen – sich mitverantwortlich zu sehen an dem Entstehen dieser Zeit, aber auch an ihrer Überwindung.

Aber eins: War er dem andern gewachsen? Sollte er sich nicht dahinter verschanzen müssen, daß er sein Leben und seine Kraft von vornherein in ein vergebliches Wagnis setzte? Der Gegner schien ihm überlegen. Der Gegner arbeitete im Finstern.

Waren Wenks Hände stark genug, da hineinzugreifen und festzuhalten, was an dunklen Mächten sich ihnen entgegenwälzte, um sie zu zerquetschen? War er stark genug gegen diese Zeit? Denn sein Gegner war mehr als Falschspieler, Verbrecher – war die ganze Zeit, die von der Kriegskatastrophe losgerissen worden war aus dem Höllenschoß der Schöpfung und heraufbrach über die Welt und seine Heimat.

Er sah ein, daß er gegen einen solchen Gegner die Netze weiter spannen mußte, wenn er dran denken wollte, ihn zu fangen. Er mußte seine Organisation gegen die des Verbrechers stellen. Er durfte dabei nicht, wie bisher, in seinen Bundesgenossen geistige Kräfte berücksichtigen, die er auf einen Klang mit sich selber bringen wollte. Er mußte Helfer im Lager des Feindes holen gehen.

Sofort dachte er an die Frau, der er zu der sonderbaren und zweifelhaften Flucht verholfen hatte. Er fuhr gleich zu Schramms. Ja, sie saß da. Wie immer schaute sie nur zu. Er setzte sich zu ihr. »Sie spielen nicht, Herr Staatsanwalt?« fragte sie.

»Nein, Ihr Beispiel hat mir das Beobachten interessanter gemacht als das Spiel.«

»Das Beobachten«, lachte sie leis zurück, »ist bei einem Staatsanwalt nicht gut – für die Mitspieler.«

Wenk hatte einen leisen Verdacht, als ob das mit einer Nebenabsicht gesagt sei, spöttisch oder lauernd, darüber fand er sich nicht zurecht; jedenfalls im Dienst eines andern. Der saß wohl da und spielte mit. Ja, vielleicht wirkten die beiden heimlich zusammen.

Er beobachtete sie. Sie saß aber gelassen und untätig da. Sie gab ihre funkelnden Blicke nach allen Richtungen. Er sagte, sie abtastend: »Sie sahen einen Staatsanwalt selber in den Krallen des Spielteufels. Sein Bann ist beschworen für den Mitspieler!«

Er sagte für »den« Mitspieler und dachte: jetzt zuckt sie auf, stutzt, blickt ihn rasch an. Er weiß etwas von ihr. Er wunderte sich, daß er so kühl berechnend mit ihr verkehren konnte.

Aber sie blieb ruhig sitzen und nahm seine Worte nur mit einem gesellschaftlichen Lächeln entgegen.

Sie ist schön, und es ist etwas von heimlicher, zurückhaltender Kraft an ihr. Die Männer spielen um Geld. Es wäre männlicher, wenn sie um diese Frau spielten, dachte er sich.

Nach einer Weile beugte sie sich auf dem Polster etwas zu ihm herüber und sagte leise und mit einer spielerischen Eindringlichkeit: »Ich war an dem Abend hier, als Basch verlor!«

»Ich weiß ja«, antwortete Wenk befremdet und fragend.

»Da haben Sie auch gespielt, Herr Staatsanwalt.«

»Nun ja, ich habe gespielt. Ich sagte das ja eben!«

»Ja, ich meine, da haben Sie gespielt! Am ersten Abend, als Sie mit Hull kamen, haben Sie auch gespielt. Aber das war nicht gespielt. Und am Abend mit dem alten Professor, weiß ich nicht recht, da war eine atmosphärische Störung. – Nicht wahr?« fragte sie auf einmal mit einer schmelzenden und ganz damenhaften Liebenswürdigkeit.

Wenk war betreten. Er fragte zurück: »Am Abend mit dem alten Professor? Mit welchem alten Professor?«

»Als Sie als Ihr Onkel aus der Provinz kamen«, lächelte sie schelmisch.

Da sah Wenk ein, daß sie ihn erkannt hatte. Er machte ein enttäuschtes Gesicht. Aber sie bat ihn, nicht traurig darüber zu sein, daß sie ihn erkannt habe.

»Sie waren gut maskiert«, sagte sie. »Aber ich konnte nicht glauben, daß in München zwei solcher kleinen süßen Affen auf einem Pfirsich seien, die ein chinesischer Steinschneider aus einem Amethysten gezaubert hat. Der Ring hat mir das erstemal, als ich ihn sah, zwischen den dummen Brillanten an den dummen Männerfingern so wohl getan.«

Wenk blickte sie abwartend an. Wer war sie? Sie fuhr dann fort: »Daß es nämlich auch in unsern Kreisen« – wobei sie rund um den Tisch blickte – »Männer gab, die so etwas wie Geschmack hatten ...«

»Ihre sprudelnde Ironie«, entgegnete Wenk, auf ihren Ton eingehend, »verlangt wohl kein Nein oder Ja! Schon daß Ihnen mein Ring auffiel und daß Sie seine Heimat so richtig schätzen, verlegt auch Sie in andere Kreise als die, in denen Sie sich zeigen.«

»Ich war Stewardeß auf einem Ostasiendampfer. Aber der Krieg hat uns ja nun Schiffe und Beruf weggenommen!«

»Darf ich Ihnen dann das Kompliment machen, daß Sie sich von Ihrem früheren Beruf lobenswert fortentwickelt haben?«

»Ich bin nicht dumm!« lächelte sie.

»Es gibt nichts, was unnötiger zu versichern wäre, Frau Gräfin.«

Da gab es einen ganz kurzen Augenblick im Auge der schönen Frau, in dem es wie unmerklich gestaut in ihm stillstand. Hatte er gewußt, wer sie war? Hatte er ein wenig mit ihr spielen wollen, und wird er jetzt sich dicktun mit seinem Wissen, daß sie an solchen Orten heimlich verkehrte?

Wenk lachte heraus: »Oder kommt Ihr mit der Krone verziertes Taschentuch aus dem Koffer einer nach Ostasien gereisten Gräfin? sagte Sherlock Holmes. Wir sind quitt, Gnädigste. Wir wollen beide uns bessern und vorsichtiger sein, wenn wir unter die Sterblichen gehn. Ich stecke einen dummen Brillanten an den Finger. Sie sticken ein Monogramm ohne Krone in Ihre Taschentücher, Frau Gräfin.«

Sie machte erregt: »Pst!«

»Aber auch diese Mimikry wird nichts nutzen!«

»Ich verstehe Sie nicht!«

»Sie wollen mich zwingen, Ihnen Schmeicheleien zu sagen. Ich suche vergeblich nach einer Fabel, um meinen Gedanken ein Kleid zu geben, das erlaubt, Ihnen unter einem Symbol zu sagen, daß man die ›Gräfin‹ nicht in sich unterdrücken kann.«

Gleich wird er mich zum Souper einladen! Er will ein Abenteuer mit mir! sagte sie sich. Sie fühlte sich dadurch sehr aufgeheitert. Sie war hierher das Lebensüberschuß stillende Abenteuern um nichts suchen gekommen, unter ihrer Maske, und fand einen Staatsanwalt.

»Den Umweg über Schramms hätte ich dazu nicht nötig gehabt!« lächelte sie bei sich.

Am Tisch ging das Spiel heute ohne Sensation. Sie beschloß den Seitensprung zu machen, wenn der Staatsanwalt dorthin mündete.

Sie sagte ihm spöttisch: »Sie vermögen Ihre Schmeicheleien in eine so gute Maske zu kleiden wie sich selber, Herr Staatsanwalt. Ich muß sie annehmen, da Sie mich unerkannt überrumpeln.«

»Ich meine nur«, beharrte Wenk, »auch die Entfernung der Krone von Ihrem Monogramm entfernt nicht, um ein beliebtes Wort zu gebrauchen, den Adel von Ihrer Stirn.«

»Ich hoffe, Sie maskieren sich noch immer!«

»Als entzückter Leser sentimentaler Romane, meinen Sie. Allerdings, Gnädigste ... Aber ist dies der Ort, unser Gespräch fortzusetzen, das vielleicht sich nach einer ernsteren Wendung sehnt?«

Sie antwortete und blickte ihn dabei von oben an, hochmütig und überlegen: »Das will sagen, Sie laden mich zum Nachtessen ein!«

»Das wollte ich eigentlich nicht sagen, weil ich es nicht wagte«, wandte Wenk rasch ein, da er sie erkannte. Er spürte, sie meine, er wolle ein Liebesabenteuer mit ihr einfädeln. Mit dem üblichen Weg über das Nachtessen mit Champagner. Jetzt darf ich, sagte er sich, um sie zu gewinnen, ihre Meinung nicht ganz täuschen, zugleich aber auch nicht ihre Vermutungen erfüllen und, da sie mich erraten zu haben glaubt, ihr dann das Gefühl einer Überlegenheit über mich lassen. Sie darf mich nicht als dummen Kerl ansehn. Das Taschentuch mit der Krone scheint echt zu sein. Wegen Geldes kommt sie nicht. Denn sie spielt nie. Also bringt sie einer der Anwesenden her oder irgendein Abenteuer, das ich herausfinden muß. Was es auch sei, ich muß, um sie mir zu gewinnen, stärker sein als das Ungewöhnliche, das sie hierher führt.

»Was können Sie mir anbieten?« fragte sie ein wenig frivol.

Aber es war Wenk, als empfinde er etwas von Wesenhaftem hinter dem leichtsinnigen Ton. Da antwortete er rasch, ganz intuitiv, und sobald er es gesagt hatte, fürchtete er, es sei mißlungen: »Große Abenteuer! Wirklich große Abenteuer!«

»Mit Ihnen?« fragte sie dagegen, ebenfalls ohne sich zu besinnen. »Als Liebhaber oder als Staatsanwalt?«

»Mit mir als Detektiv!«

»Können Sie das?« fragte sie wegwerfend.

»Soll ich Ihnen einige Proben geben? Ich bin gestern nacht in ein Auto gelockt und im Schleißheimer Park durch Gas betäubt bei vier Grad Kälte auf eine Bank abgeladen worden. Schon heute, vierundzwanzig Stunden später, weiß ich, daß der Mann, der es tat oder tun ließ, derselbe ist, den Sie kürzlich als alten Professor spielen sahen, und daß dieses gelehrte alte Haus derselbe Mann ist, der mit einem blonden Vollbart vor Ihren Augen hier Basch sein Geld abnahm.«

»Ist das wahr?« fragte sie mit einer schweren Stimme.

»Ja.«

»Der – da – saß – mit dem rötlichblonden Vollbart?«

»Der wie ein Raubtier vor Basch saß – ja!«

»Und was soll – ich? Was – soll ich dabei tun?«

»Mir diesen Mann suchen helfen, von dem die Menschen befreit werden müssen.«

»Ich bewundere ihn!«

»Ich mißachte seine Kraft nicht. Aber es gibt auch Kräfte, die böse sind.«

»Und menschlicher und größer demnach als die, die sich gut nennen!« rief sie, und ihre Brüste, schlank und voll reifster Jugend, straffte sich in Auflehnung vor Wenk auf.

»Ich verstehe Sie jetzt, gnädige Frau. Hören Sie: Nicht menschlicher und nicht größer. Kraft ist Kraft. Man kann nicht ihre Ausmaße zum Abmessen nebeneinanderstellen, sondern nur ihre Wesenheiten. Menschlich ist alles, gut wie böse. Die böse Kraft bringt immer nur aus der Zerstörung guter Kräfte Vorteile, und diese Vorteile immer nur für den Zerstörer allein. Die gute Kraft trägt Nutzen zu allen, ohne ihrem Besitzer jenen realen, rohen Gewinn abzuwerfen, den allein der Ausüber böser Kräfte zu erreichen trachtet. Welches ist die edlere? Das müssen Sie sich fragen und ihr folgen, wenn in Ihrem Temperament ein Überschuß an Kräften ist, die Sie in der Gesellschaftsordnung, der Sie angehören, nicht tätig machen können, aber auch nicht brachliegen lassen wollen. Man wird übrigens auf unser Gespräch aufmerksam. Ich vermute, der Blondbärtige hat überall Agenten. Erlauben Sie mir, von Ihnen Abschied zu nehmen und von Ihnen eine Gelegenheit zu erbitten, unsere Unterhaltung fortzusetzen.«

»Kommen Sie mich morgen besuchen! Zum Tee, bitte. Nach Tutzing. Gräfin Told.«

Sie gab ihm die Hand, Wenk, dem der Name die Zusammenhänge bei der Flucht in jener Nacht, da der Graf Told hereingekommen war, überraschend erklärte, küßte die schmalen Finger, mit einem Male hemmungslos ihrer Schönheit hingegeben und wieder mit dem gaukelnden Gedanken spielend: Weshalb Menschen jagen und nicht diese Frau lieben?

Von diesen Vorstellungen erfüllt, ging er.

Als die Gräfin allein war, sagte sie sich: Wir Frauen haben keine Phantasie. Es ist wahr. Das Abenteuer suchte ich zwischen den vom Spiel Aufgefressenen, und als es kam, glaubte ich an einen Liebeshandel. Aber siehe, dieser ist ein Mann! Er setzt sein Leben an seine Aufgabe, und mehr als sein Leben hat kein Mensch zu vergeben, und auch nichts Stärkeres und nichts Schöneres als sein Leben! Wenn mir die Möglichkeit käme, dies zu tun!

Sie war entschlossen, Wenk zu folgen, und war ganz seinen Gedanken anheimgegeben. Sie schob ihr Leben, wie sie es bisher geführt hatte: tagsüber Dame und nachts auf der Jagd nach dem Erleben kühner und dunkler Dinge, die sich nie erfüllten, weit von sich.

Wenk fand am nächsten Morgen unter seiner Post ein kleines eingeschriebenes Paket. Als er es öffnete, lagen seine Uhr und seine Brieftasche darin mit allem Geld. Nur das Notizbuch fehlte. Auf einem Zettel war in Maschinenschrift folgendes zu lesen: »Ich bin kein Leichenfledderer. Die Sachen, die mein Angestellter irrtümlich von Ihnen nahm, erstatte ich Ihnen hiermit zurück. Das Notizbuch behalte ich, weil sein Inhalt mich angeht. Balling.«

Wenk war nicht überrascht. Jener spielte um Zehntausende. Was waren ihm einige hundert Mark und eine goldene Uhr? Auch die Gewißheit, daß der Anschlag wirklich ihm und in engerem Sinne seinem Notizbuch galt, hatte er zu bekommen ja nicht mehr nötig gehabt. Er schob die Uhr und die Tasche ein und setzte seine Gedanken wieder in Trab hinter der lockenden Gräfin her.

Nachmittags wurde er von ihr empfangen. Sie wohnte in einem großen Hause, das sehr reich, aber mit einem Geschmack eingerichtet war, der Wenks Empfinden verletzte. Denn seine Vorstellungen über die Gräfin hatten seit gestern einige Fortschritte gemacht, so daß es ihm angenehm gewesen wäre, wenn er sie mit sich in einer stärkeren Übereinstimmung gefühlt hätte, als die Einrichtung dieses Hauses sie bewies.

Gleich an der großen Hallenwand hatte ein Pinsel Menschenakte zu verdehnten Prismen und springenden Kurven, zu Maschinenteilen und Ochsenvierteln zerfleischt. Farbenklatsche standen da aneinander und versuchten den Eintretenden zu zwingen, an die Wut des Temperaments zu glauben, das sie verfertigt hatte. »Ach, ihr seid ja klein und kühl, ihr!« sagte Wenk zu ihnen hinauf. »Man kann irgendeinen unter euch herausnehmen, und der daneben hat nicht so viel Blut in den Adern, daß er das Verschwinden seines Bruders merkte. So kalt seid ihr.«

Der Diener, in einem Kostüm, dessen dunkle Strenge vornehm von einigen kleinen Silberknöpfen und blauen Litzchen aufstilisiert war, nahm ihm Mantel und Hut ab und ging voran. Die Gräfin erwartete ihn am Teetisch.

»Wir sind nicht lange allein«, sagte sie, »mein Mann kommt um fünf Uhr!«

Aber Wenk war von der Aufplusterung dieses Hauses die Laune genommen worden.

Bevor er antwortete, warf er einen flüchtig hinweisenden Blick auf die Wände des Zimmers.

Die Gräfin lachte nur. »Das ist mein Mann«, sagte sie. »Ich halte das alles für Idiotien. Was soll denn schließlich daraus werden, wenn man eine Bluse malt, an einigen frischgestrichenen Scheunentoren abwischt und dem Beschauer sagt: Sinfonie von Beethoven? Aber lassen wir jedem das Seine. Oder ist der Herr Staatsanwalt auch expressionistisch?«

»Ich kann das nicht behaupten«, antwortete Wenk. »Sie behaupten, sie seien das Neue und das andere. Aber unter sich führen sie alle doch dieselbe Geheimsprache. Unser Erlösendes aber kommt nur von einer Persönlichkeit!«

»Sie wollen erlöst sein?« fragte die Frau. »Erlösen Sie sich denn nicht selber? In Ihrem Beruf? Ich meine, in Ihrer Tätigkeit? Eine andere Erlösung, eine Erlösung von außen gibt es doch nicht!«

»Das ist wahr«, sagte Wenk einfach und hatte das Bild der Frau wieder eingeholt, das ihn seit gestern verfolgte und ihn beim Betreten des Hauses verlassen hatte. »Das ist übrigens dasselbe, was wir gestern besprachen, als wir von der Waage der Kräfte des Guten und Bösen redeten. Und das wollte ich Ihnen heute nochmals sagen.«

»Ich habe Sie wohl verstanden«, entgegnete die Gräfin. »Ich kann es Ihnen ja eingestehen: Anfangs dachte ich, Sie suchten ein

Liebesabenteuer. Das war mir sehr lustig. Denn weiß Gott, ich suchte etwas anderes in den Spielhäusern.«

»Sie werden, was Sie suchen, in meinem Werk finden, Frau Gräfin«, wandte Wenk rasch ein.

Da stand plötzlich lautlos der Diener im schwarzen Anzug mit den Silberknöpfchen und den blauen stilisierenden Litzchen hinter dem Sessel der Gräfin und neigte sich flüsternd zu ihr.

Die Gräfin sagte zu Wenk: »Mein Mann!« Sie sah Wenk ruhig und verweilend an, und als der Graf kam, stellte sie die beiden Herren einander vor.

Der Graf Told war ein übermäßig schlanker, mit einer übertriebenen Lebhaftigkeit wirkender Mann. Er war auffallend jung. Er war mit Anspruch elegant gekleidet. Er hatte ein besonderes Spiel der Hände, wobei ein Ring immer wieder in den Vordergrund kam, in dem ein Stein eingelassen war, wie ihn Wenk niemals gesehen hatte.

Es mochte ein Rauchtopas sein, aber von blutigen Blitzen durchzuckt, die, milchig an den Rändern verlaufend, die kleine klare Honigglut des durchsichtigen Gesteins überschrien. Und mittendrin, wo sich all die grellen Blitze trafen, hoben sie ein Perlchen hervor, eine Insel, nicht größer als eine winzige Linse. Die aber war von einem Blau, daß ein Saphir melancholisch wurde und ein ... Das dachte sich Wenk und wandte keinen Blick von dem Stein.

»Er ist ein wenig zu groß für meine Hand«, sagte der Graf, der die Blicke des Besuchers auf diese Weise beantwortete, »aber der Stein ist so – wie soll ich seine Ungewöhnlichkeit bezeichnen – nun, ich sage nichts anderes, so wie eine Erzählung von Endivian, der Ihnen gewiß bekannt ist, und von dem ich ihn auch habe. Er brachte ihn mit aus Penderappopimur.«

»Ist das jetzt der modische Edelsteinhändler?« fragte Wenk, der ein wenig getroffen und keineswegs im Bilde war.

»Herr von Wenk«, sagte die Gräfin ernsthaft. »Endivian ist jetzt der modische junge Goethe dieses Vierteljahrs.« Dann lachte sie:

»Nein! Endivian, der Dichter, bekam den Stein am Hof Abtimurksers II. statt des Bechers aus dem Gedicht seines geistigen Vaters. Sie wissen: die goldene Kette gib mir nicht. Und als er zurückkam, schrieb er ihn aus in Deutschland, sozusagen, wie der Papst die Tugendrose: sein größter Bewunderer sollte ihn haben. Die Wahl traf meinen Mann. Besser, er hätte mir ihn gegeben.«

»Weshalb schwärmst du nicht für ihn wie ich?« fragte mit mildem Lächeln der Graf Told und voll Verliebtheit sie anblickend.

»Peter Resch hat seine papiernen Lenden angedichtet. Das gibt dir darauf die Antwort!« lachte die Gräfin zurück.

»Pfui, Peter Resch«, sagte der Graf. »Er ist einer von den arrivierten Impressionisten. Übrigens habe ich eine neue Erwerbung gemacht, Liebste.«

»Bei den Juryfreien?«

»Kann man anderswo noch Bilder kaufen? Da ist überhaupt nichts mehr. Und man hat die ganz klare, unzweifelhaft eindeutige Empfindung: Wenn dies Malertemperament doch auch noch auf die Farben verzichten könnte. Es ist der Beginn der Abstraktion von allem, was zur Vermittlung der Vision eines fremden Bewußtseins Hilfsmittel braucht, die in der Schöpfung außerhalb der betreffenden Kunst liegen.«

Scheinbar ernsthaft erwiderte die Gräfin: »Gott sei Dank, man kommt weiter. Wenn wir nun auch auf dem Gebiet der Musik das Genie in Aussicht hätten, das auf den Lärm der Töne verzichten kann, um sich mitzuteilen, so wäre die Welt an ihrem Ziel angelangt.«

Der Graf schwärmend: »Eine hohe Atmosphärenlosigkeit – in zwei Blau – die sich gegenseitig wie auf einer Himmelsleiter zwischen Sturm und Blitz in die Weltharmonie schleudern …«

»Worauf Gott seinen Thron verläßt, lieber Herr Staatsanwalt, sprechend: Mein Geschöpf hat mich überholt, adieu!«

Auf diese Weise ging das Gespräch noch eine Weile weiter, und es blieb Wenk eine Stunde später nichts anderes übrig, als sich zu empfehlen. Er war traurig, als er nach Hause fuhr.

Kaum saß er eine Viertelstunde an seinem Tisch, als ihm ein Brief übergeben wurde. Er las:

Sehr geehrter Herr von Wenk,
es tut mir leid, daß unsere Zusammenkunft anders verlief, als wir beide gedacht hatten. Nicht deshalb schreibe ich Ihnen, denn wir können unsere Gespräche an einem andern Ort und zu einer andern Zeit ja wiederaufnehmen. Aber es könnte sein, daß Sie unser Haus mit der Empfindung verlassen haben, als ob mein Mann so etwas wie ein »kleiner Narr« wäre. Auch in meinen Augen. Ich bin daran schuld, und ich habe deshalb solche Eile, Sie zu beschwören, diese irrtümliche, durch mich verschuldete Einschätzung eines Menschen nicht in sich festsetzen zu lassen. Es ist wahr, mein Mann kauft expressionistische Bilder. Aber das ist mehr symbolisch aufzufassen. Ich habe immer gefunden, je »närrischer« ein Mensch beim ersten Zusammentreffen erschien, um so heftiger näherte er sich einem, wenn man ihn in ernsteren Augenblicken wiedertraf. Auf Wiedersehen – wann? Und wo? Ihre

Gräfin Dusy Told

»Dusy heißt sie!« sagte Wenk laut vor sich hin. »Lieb du sie! Küß du sie! – Toll!« Es überkam Wenk wie ein Strudel eines heißen Klimas, nach dem er sich immer sehnte.

Dann stand er auf, schüttelte die feuchten, warmen Schauer von sich und sagte bissig gegen sich selber: »Das ist ein lieblicher Weg zu dem Verbrecher – über die Verliebtheit in eine schöne Frau.«

Der Fernsprecher läutete: »Hier Hull!«

Hull teilte ihm mit, es sei ein neuer Spielsaal eröffnet worden. Er müsse den kennenlernen. Der Saal sei nicht nur fürs Spiel im großen eingerichtet, hundert Personen mindestens, sondern er sei mit mechanischen Vorrichtungen versehen, die bei einem Erscheinen der Polizei ihn in ein Variete umändern könnten. Davon sollte allerdings auch er vorläufig noch nichts wissen. Aber die Carozza habe einen Brief bei ihm liegenlassen. Sie sei ja stets über alle Sensationen in diesen Kreisen auf dem laufenden. Sie sollten auch Karstens mitnehmen. Nur wisse Hull die Adresse des Saales nicht. Sie müßten sich der Führung der Carozza anvertrauen. Von seiner Kenntnis des Briefes wisse die allerdings nichts.

Es wurde eine Zusammenkunft verabredet, und um zehn Uhr fuhr Wenk ins Café Bastin, von wo aus man hinwollte.

6

Das Haus, das sie betraten, lag am Rand der inneren Stadt in einer der häßlichen, gleichmäßigen Gassen, die Schwabing einleiteten. Von außen zeigte es eine unauffällige Fassade, wie alle Nachbarn. Es war eines der Laden- und Miethäuser. Die Rolläden vor dem Geschäft zu ebner Erde waren geschlossen. Die Inschriften konnte man in der Dunkelheit nicht lesen. Wenk merkte sich die Nummer. Es war die Nummer seines Geburtsjahres.

Man ging in ein verschmutztes Stiegenhaus hinein, in dem eine schwärzliche, ausgebrannte Glühbirne mit jener traurigen Gleichgültigkeit leuchtete, in die sich die paar Dutzend unbekannter, oft wechselnder Bewohner solcher Häuser teilten. Man erstieg zwei Treppen. Eine massive Tür öffnete sich vor ihnen, und aus einem Seitenflur schwamm ein Licht auf die arme Treppe. Der Flur war der Bruder der Treppe. Er war gänzlich leer. Ein billiger Läufer, abgeschabt, melancholisch in seinem Alter und seiner Verwüstung, schwarz und weiß gewürfelt, durchlief ihn. Die Wände waren mit gealterten Tapeten beklebt. »Lustig«, sagte die Carozza. »Aber wartet nur!«

Da schwang vom Flur aus eine schmale Tür sich auf. Ein Quell von Licht stürzte in die armselige Düsternis. Ein Schwall von Luxus fiel in den Blick. Ein kleines Foyer mit Polstern, Garderoben, Büfettischchen tat sich auf. Champagner und kalte Platten rochen heraus. Einige Menschen saßen da, fremd. Man legte die Mäntel ab und ging durch in den Spielsaal.

Ja, der war etwas Neues. Er erinnerte, wenn man eintrat, an den Promenadenraum der bekannten Pariser Varietes. Man sah durch Luken oder Logen auf eine von Licht erstrahlende Platte. Diese Platte war der Spieltisch. Er war von enormem Ausmaß.

In der Mitte war eine kreisrunde Öffnung, in der ein breiter Drehstuhl stand. Das war der Platz des Bankhalters. Um den Tisch herum waren die Plätze für die Spieler als Logen eingerichtet. Jede Loge – es gab solche für eine Person, für zwei und für vier – lag in abtrennendes Dunkel versenkt, mit weichen Sitzen versehen. Durch einen Vorhang konnte man sich vollständig abtrennen, und ein Gitter, das man, die Pariser Theater nachahmend, aufziehen konnte, vervollständigte den Apparat.

Man konnte darin wie in einer Maske spielen. Man konnte, ohne erkannt oder auch nur gesehen zu werden, seiner Leidenschaft frönen.

Zwei Miniaturschienchen gingen von jedem Platz aus zum Bankhalter. Auf jeder stand ein Wägelchen. Es war zur Beförderung des Einsatzes und auf der Rückreise des eventuellen Gewinns bestimmt. Die Summe machte man durch verschiebbare Ziffernschilder bekannt. Ein Druck auf einen Knopf beförderte das Fahrzeug zu seinem Bestimmungsort.

An der Decke, die kreisrund über dem Tisch von den Logenwänden umspannt war, stand ein Spiel von Pferden in verschiedenen Farben. Die Pferdchen waren von einem expressionistischen Bildhauer als Silhouetten aus Messing geschnitten und mit Kupferemaille in ihren verschiedenen Farben bemalt worden. Sie wurden vom Bankhalter mit einer Kurbel in Bewegung gesetzt. Unter den Pferden in der Mitte hing ein kleiner Scheinwerfer, der, nach unten abgeblendet, sein Licht gegen die Decke goß.

In diesem Licht liefen die Pferde gegen die Decke, und die Decke war mit einem Spektrum der Farben in Kreisen bunt bemalt, so daß stets ein helles Pferd gegen eine dunkle und ein dunkles gegen eine helle Farbe lief, verfolgt von ihrem Schatten. Das brachte ein Durcheinander zustande, das, je rascher der Lauf, um so stärker vervielfacht erschien.

Das Ziel war durch eine dünne Leiste von Glühbirnchen gebildet, die in die Decke eingelassen war. An jeder Loge war ein System von Spiegeln angebracht, durch das man untrüglich den Sieger erkennen konnte.

Wenk und seine Gesellschaft nahmen Platz in einer Loge für vier Personen, die ihnen vorbehalten zu sein schien. Die Carozza und Karstens saßen zusammen vorn, hinter ihnen die beiden andern Herren.

Der Bankhalter, als sich die Logen gefüllt hatten, erhob seinen sehr eleganten Frack aus der Mitte des Tisches, und wie auf einer mechanisch rotierenden Scheibe langsam auf seinem Stuhl rundum gehend, hielt er folgende Ansprache:

»Meine Damen, meine Herren!

Dies ist das Haus ›Fort‹. ›Fort‹ vereinigt die Wurzel von stark und von Glück. Wir leben in einer bunten Zeit, und unser Unternehmen hat versucht, ihren gesteigerten Ansprüchen gerecht zu werden. Sie können hier spielen: Solo! à deux! en compagnie! Wie Sie wollen. Solo, indem Sie sich wie in ein Domino in eine Loge zu einer Person verbergen, gleich dieser reizenden Dame, von der ich allerdings nicht mehr sehe, ja ahne, als den rosa Reiherbusch in ihrem Haar. – Sie können, wenn Sie sich lieben und in der Verbindung der Herzen eine captatio benevolentiae für das Glück sehen, sich zu zweit von allen Anwesenden in die düstere Laube jener Loge zum Beispiel absondern, in der der elegante Kavalier gerade seine Dame … Vermute ich natürlich nur; denn ich sehe von hier aus nicht mehr als die vor dem Einsatztablett errichteten Zahlen, die auf das Glück gesetzt werden. – An der Decke finden Sie, meine Damen, meine Herren, unser Spiel, unser Hausspiel möchte ich es nennen, denn außer ihm steht Ihnen jedes andere Spiel zur Verfügung. Les petits chevaux des Hauses ›Fort‹. Einer unserer ersten Künstler, dessen Namen Sie in den Ausstellungen und Zeitschriften ununterbrochen begegnen, hat sie für unser Haus ›Fort‹ geschaffen und sie selber hergestellt. Der Kunst haben wir die Technik vereint, die stärkste Tochter unserer Zeit. Das Spielsystem erlaubt Ihnen, von jedem Platz aus sofort und sicher zu erkennen, ob Ihr Pferd das Finish macht. Erlauben Sie mir noch, Sie auf das angenehme, sehr kunstreiche Spiel und Gegenspiel aufmerksam zu machen, das, drehe ich an der Kurbel, über Ihnen sich an der Decke entwickelt. Peter Schlemihl hatte keinen Schatten. Von unseren petits chevaux kann man das nicht sagen. Schauen Sie bitte hin, in welch kunstvoller Weise sich Figuren und Schatten zu einem Werk vereinigen, das in dieser reichen und originellen Absichtlichkeit unserem Hauskünstler höchste Ehre macht.«

Er drehte an der Kurbel. Pferde und Schatten liefen wie in einem Kaleidoskop durcheinander. Es war ein hübsches, spielerisches Bild.

Langsam liefen die Pferde aus.

»Auf das hätte ich gesetzt!« rief eine Frauenstimme, als der Isabellenschimmel am Zielband hielt. Am Kopf des Schimmels leuchteten auf einmal die Augen wie zwei Sterne. Sie waren von kleinen Glühbirnen gebildet.

Der Bankhalter: »Ihrem Glück wollen wir nicht länger, Gnädigste, einen Damm der Geduld vorbauen, als bis ich Sie nicht mit der epochalen Neuerung des Hauses ›Fort‹ bekannt gemacht habe. Was« – er hob die Stimme – »täten Sie jetzt, meine Herrschaften, wenn plötzlich die Polizei in Ihre Logen eindränge und Sie wegen verbotenen Spiels Ihres Geldes und Ihrer Freiheit beraubte? Keine Angst. Wir haben eine Einrichtung getroffen, die man einen Garde-Police nennen könnte. Das Haus ›Fort‹ mag ruhig der Polizei verraten werden. Es mag von der Polizei umstellt, erobert werden! Wir sind gesichert. Mit meinem kleinen Finger drücke ich die ganze Polizei der Stadt von Ihnen fort. Sehen Sie ...!«

Er erhob hoch die Hand. Dann senkte er sie mit gezierter Eindringlichkeit, den Zeigefinger vorspreizend, auf den schwarzen Knopf neben sich. Einen Augenblick später setzte sich die Platte des Tisches in Bewegung. Sie begann zu sinken. Es ging geräuschlos und rasch. Der Redner sank mit hinab. Die Logen blieben. Aber von der Decke glitt das Spiel mit den Pferden und den farbigen Kreisen herab, an den Logen vorbei, die Decke folgte, und wenige Augenblicke später tanzte auf einem neuen Fußboden ein Quartett von nackten zwölfjährigen Kindern zu einem Spiel von Geigen und Flöten, das irgendwo im Unsichtbaren plötzlich zu erschallen begann.

Ein Trupp von Männern, die in die Uniform der Stadtpolizei gekleidet waren, stürmte auf die Logen zu, schreiend: »Man hat uns gesagt, hier werde gespielt! Wo wird gespielt?«

Überall lachte man in den Logen. Die Mädchen tanzten. Die verkleideten Polizisten warfen die Uniform ab und standen nun als Kavaliere im Frack da, lachend. Der Boden schwebte mit den tanzenden Mädchen hoch. Eines machte eine angelernte Bewegung nach einem einsamen Herrn. Der griff aus der Loge nach der Entschwebenden, etwas rufend, mit einem Lachen und einem knurrenden Fluch. Er erreichte das Mädchen nicht. Der Boden schloß sich an der Decke. Das Pferdchenspiel drehte vor den Spektren, und in der Spielarena war wieder der befrackte Redner.

»Sie sehen, mein Damen und meine Herren, eine Konzession machen wir der Polizei – die nackten Mädchen! Im übrigen, wenn es einmal ernst würde, hätten sie rasch ein Tüchlein um. Außerdem ist wöchentlich Programmwechsel.«

In diesem Ton redete er noch eine Weile.

»Das ist ja dummes Kino«, sagte Wenk, indem er sich zu Karstens vorbeugte, diesem ins Ohr. »Allerdümmstes Kino! Wenn die Polizei käme, hätte sie in zehn Minuten doch den ganzen Schwindel heraus.«

Karstens zuckte nur mit der Schulter.

Wenk fragte sich, was für einen Zweck diese Anstalt habe; denn es ginge unmöglich eine Woche, bis sie entdeckt sei und geschlossen werde. Die Auslagen müßten doch geradezu enorm gewesen sein.

Hull war betroffen. Er fand noch keine Stellung zu dem, was er sah und hörte.

»Entzückend!« rief die Carozza ein übers andere Mal. »Unsere Zeit ist genial, was? Hier werden wir Stammgäste, Gardi, wie? Auf welches setzt du? Ich nehme den Araber, den schwarzen. Ich bin für schwarz, Gardi! Weil du so blond bist!«

Karstens warf Wenk einen belustigten Blick zu.

Es wurde ein Nachtessen gegeben von kleinen, feinsten Delikatessen – Waren, die man vor der deutschen Valuta geflohen glaubte: frische Trüffeln auf Straßburger Gansleber, Kaviar, Krammetsvögel.

Vor dem Gebirg der Gansleber mit Trüffeln, aus denen diese süß hervorduftete, sagte Karstens: »Unsere Mark notiert heut in der Schweiz sieben. Aber Centimes. Was man hier vergessen zu machen besorgt scheint.«

»Hier ist eine Mark noch weniger wert als sieben Centimes!« sagte Wenk. Er war niedergeschlagen. Wohin? Wohin? flehte hilfesuchend sein Herz. Er aß nicht.

Die Carozza trillerte. Hull begann allmählich sich zu schämen, jetzt wo seine Genußsucht von dem Bewußtsein eines andern sozusagen kontrolliert wurde. Er beschloß, am nächsten Morgen der Carozza ein Abschiedsgeschenk zu schicken. Es sollte die Garnitur australischer schwarzer Opale sein, die, mit goldenen Runen bedeckt, zwischen Grau, Grün und Feuer schillerten und die eine russische Fürstin verkaufen wollte. Die Fürstin hatte über die »Bonbonniere« Anschluß an die Carozza gefunden. Sie versuchte auf die Bretter zu kommen.

Schluß! flehte alles in diesem phlegmatischen Hull. Er war aufgebracht wie ein Glucke. Und zugleich war er melancholisch. Sie soll – sagte er sich. – Ich geh' ins Kloster lieber, als …

Eine Trüffel zerging ihm am Gaumen, bevor sie körnig noch einmal ihren Wohlgeschmack zwischen den Zähnen wiederholte und ihn der ganzen Mundhöhle preisgab. Trotzdem, sagte sich Hull! Trotzdem! Und wenn ich kein getrüffeltes Aspik mehr zu essen bekäme. Was ja nicht gesagt ist. Übrigens!

Wenk stand plötzlich auf und ging. »Wohin?« rief die Carozza. Sie war mit einem Male erregt.

Karstens wandte sich in demselben Augenblick zu ihr. Er trennte sie von Wenk, der den Saal ungestört verlassen konnte. Im Vorzimmer nahm er rasch seinen Mantel. Er wurde hinuntergeleitet. Der Diener schloß die Haustür vor ihm auf. Bevor er aber öffnete, schaute der Diener durch das Guckloch, das in die Tür eingelassen war, auf die Straße.

Da machte er ungeheuer aufgeregt: »Mein Herr, ein Polizist!«

Aber er öffnete trotzdem. Wenk trat hinaus. Der Polizist grüßte ihn. Wenk sah, daß der Beamte lachte. Der Diener in der Tür lachte auch. Der Polizist war vom Haus »Fort« hingestellt worden. Wenn ein wirklicher Polizist in die Straße wollte, erklärte der Hausdiener rasch dem Davongehenden, sah er, daß sie schon bewacht war, und ging.

Wenk schritt rasch auf die Stelle zu, wohin er sein Auto bestellt hatte. Er war entschlossen, dies Haus schließen zu lassen. Nur wollte er verhindern, daß das Eingreifen der Polizei durch die Zeitungen bekanntgemacht wurde und die Feder eines Reporters der armen Phantasie der Leser mit der ganzen Dummheit einheizte, als seien im Geheimen der Stadt weiß Gott was für raffinierte Lasterhöhlen.

Er überlegte während der Fahrt die Formulierung der Anzeige. Möglichst ohne Bezeichnung des Sachverhalts. Kurz etwa: Grober Unfug, Irreführung des Publikums, schwindelhafte Vorspiegelung oder so ähnlich.

Er arbeitete lebhaft, versenkte sich immer tiefer in den Kampf mit dem Haus »Fort« und hielt, noch im Auto, ein Plädoyer als

Staatsanwalt, das mit allen geschickten Kniffen, mit scharfen geistigen Schnitten der Öffentlichkeit diese Beule wegnahm, ohne daß sie es merkte, was es eigentlich war.

Bevor er einschlief, dachte er auf einmal, scheinbar ohne Zusammenhang mit seinen Vorstellungen, an Hull. Hull war ihm in einer plötzlichen Erleuchtung wie ein Symbol des jungen Mannes der Zeit. Verbunden mit einem aufgedonnerten Nichts von einem Weib, das sich auf einer Bühne mit Talent zur Schau stellte. Elegant gekleidet, ohne elegant zu sein. Ruhelos den nervenaufreibenden Nächten ergeben und in einem Leben zwischen Spieltisch, Nachtlokal und Tänzerinnenbett Erfüllung suchend, wo es ihm gar nicht so ums Herz war und er mit mehr Genugtuung und Selbstverständlichkeit einen Gutshof geführt oder ein angesehenes, ruhiges Amt verwaltet und dazu gesetzliche Kinder gezeugt hätte, wenn er nur den Dreh gefunden ...

Sie spielten alle so Kraftmenschen auf ihren Nerven und Sinnen und waren Bürger, zur Behäbigkeit neigend, denen Sinne mehr Qual als Lebensziel waren und die Nerven in kleinen, dünnen Bündeln sich zwischen armen Adern verbargen, zu schwach selbst, dem Leben diesen ruhigen Gang abzuringen, für den es von Haus aus bei ihnen bestimmt war – diese Renaissance-Menschen zwischen Mitternacht und Morgenfrühe!

Er telefonierte dann noch an die Polizei die Adresse des Spielhauses. Der Beamte, der Herrn Hull zu überwachen hätte, sollte sich gleich hinbegeben, aber nichts anderes tun, was er auch sähe, als den Herrn im Auge behalten, sobald er das Haus verließe.

Aber mitten in den festen Schlaf hämmerte das Telefon am Bett.

Es war zwei Stunden nach Wenks Heimkehr. Er war gleich ganz wach. »Hier Staatsanwalt Wenk!« rief er, und er wußte, von einem Zusammenhang gepackt, der jenseits seiner klaren Vorstellungen auftrat, aber mit den Gedanken einig ging, unter denen er eingeschlafen war, daß dieses Gespräch, das in dem kleinen schwarzen Kasten auf seinem Nachttisch dort vor ihm wartete, sich um Hull drehte – in irgendeiner verhängnisvollen Weise Hull aus der tiefen Nacht der Stadt geheimnisvoll und gewaltsam hervorzerrte.

»Hier Staatsanwalt Wenk!« rief er nochmals und war erregt durch seinen ganzen Körper.

»Ja!« antwortete eine Stimme, »hier der diensttuende Polizeikommissar!«

»Rasch!« sagte Wenk. Seine Phantasie durchfieberte ihm die Nerven. Was lauerte? Was lauerte?

Die Stimme jenseits des Drahts überstürzte sich: »Der Herr namens Gerhard Hull, der unter dem Schutz der Polizei stand – der ist diese Nacht ermordet worden. Auf der offenen Straße! Um zwei Uhr etwa. Ein anderer Herr namens Karstens schwer verwundet. Der Beamte, der den Ermordeten zu überwachen hatte, ist ebenfalls verwundet. Beide sind ins Krankenhaus transportiert worden. Eine Dame, die bei den Herren war, ist auf Veranlassung des verwundeten Beamten verhaftet worden. Den Ermordeten habe ich am Tatort liegen zu lassen befohlen, bis der Herr Staatsanwalt persönlich erscheint. Das Dienstauto ist unterwegs zum Herrn Staatsanwalt. Schluß!«

»Schluß!« zitterte Wenks Stimme nach.

Er hastete in seine Kleider. Das Auto hupte schon herauf. Wenk stürzte durch den dunklen Treppengang hinab, vergaß Licht zu machen. Dann, als er das Auto in der finsteren Straße hörte, seine Umrisse sah, biß er die Kiefer aufeinander und erkannte die Notwendigkeit, nun mit festem Gemüt diesen Tod hinzunehmen, an dem er beteiligt war, und seiner Pflicht nachzugehen über die Blutlache in der nächtlichen Straße hinweg, sich ganz einsetzend, um ganz handeln zu können.

In der Fahrt zwang etwas ihn immer wieder, sich selber zu bespiegeln: Ich hätte nicht zittern sollen, als die Nachricht mich traf. Ich muß es so weit bringen, daß ich meinen eigenen Tod ohne zurückzuschrecken hinnehmen könnte. Ich muß mich weiter erziehen. Ich muß alle Liebhaberei zum Lebensziel erstarken lassen. Dann erst kann ich meinen Plänen gewachsen sein.

Hulls Leiche lag im Finstern.

Vier Umrisse von schwarzen Männern umstanden sie und traten zurück, als der Staatsanwalt dem Auto entstieg. Wenk bat sie – es waren Polizisten –, die Zugänge zu der Straße zu bewachen und niemanden an den Tatort herangelangen zu lassen. Dieser lag in den finsteren Straßenbiegungen hinter dem Wittelsbacher Palast. In den Häusern zeigte sich kein Mensch.

Ein Beamter sagte, Privatpersonen seien seit der Tat nicht vorbeigekommen.

Es war drei Uhr früh.

Mit einer elektrischen Lampe leuchtete Wenk die Leiche ab. Sie hatte einen tiefen Stich vom Hals bis in den Rücken. Sie lag mit dem Gesicht auf der Erde. So hatten die Polizisten sie gefunden, als ihr Kollege blutend, die Augen von Pfeffer erblindet, sie herbeigepfiffen hatte. Die Leiche war starr und wie ein gebogener Baumstamm aufgekrampft. Das Blut, das den Wunden entflossen, glänzte im Licht wie schwarzer Marmor.

Wenk war durchzuckt von grausigen Vorstellungen, die er zu besiegen trachtete. Er versuchte sich den Ort einzuprägen, die Lage der Leiche, die Hausnummern schrieb er sich auf. Versuchte, ob alle Türen und Fenster in der Nähe geschlossen waren. Ob Fußspuren zu sehen waren. Ob nicht Gegenstände herumlagen oder weiter in der Gasse zu finden waren. Nichts!

Die Täter seien in den Park des Palastes geflüchtet, hatte einer der Beamten gesagt, und darin wie mit einem Schlag verschwunden.

Wenk suchte die Mauern ab. Es war nichts zu bemerken.

Ein Beamter ging ein Auto holen zur Fortschaffung der Leiche. »Bitte niemanden in die Straße lassen! Jeden, der herein will, zur Wache führen. Seien Sie höflich mit den Leuten, nicht wahr?« ordnete Wenk an.

Er fuhr ins Krankenhaus, wo die Verwundeten lagen.

Karstens war bewußtlos. Der Arzt berichtete, er habe einen schweren Stich mit einem schmalen, anscheinend vierkantigen Dolch im Rücken, und von einem Schlag mit einem stumpfen Gegenstand sei ihm aller Wahrscheinlichkeit nach die Schädeldecke eingeschlagen. Der Beamte war weniger schwer verwundet. Die Stichwaffe hatte ihm mehrere Fleischwunden verursacht. Schulter und Oberarm waren ihm verbunden. Aber er konnte noch kaum die Augen öffnen.

Er erzählte: »Etwas vor zwei Uhr kam der Ermordete mit einem andern Herrn und einer Dame aus dem Haus, das mir bezeichnet worden war. Vor dem Haus hat ein Polizeibeamter gestanden. Das kam mir auffällig vor. Ich fragte mich: Weshalb steht der Polizeibeamte da, statt herumzugehen? Ich sah ihn wenigstens eine Stunde so stehen. Dann wollte ich ihn anreden. Ich ging auf ihn zu. Er sagte mir barsch: ›Was wollen Sie? Gehen Sie weiter!‹ und rückte mir bedrohend entgegen. Ich wollte ihm meine Erkennungsmarke zeigen. In diesem Augenblick aber öffnete sich die Tür, und ich sah, daß einer herauskam, in dem ich trotz der Finsternis gleich Herrn Hull erkannte. Der Polizist drängte mich weg. Ich wollte zuerst kein Aufsehen machen und ließ mich abdrängen. Ich sah, daß mit Herrn Hull noch die Dame und ein anderer Herr war.

Sie gingen rasch in der Richtung der Ludwigstraße davon. Ich war mit dem Polizisten etwa drei Häuser in der entgegengesetzten Richtung. Da wandte er sich zum Haus zurück und sagte mir: ›Nun gehen Sie im guten!‹ Ich kümmerte mich nun nicht weiter um ihn und folgte in einem Abstand, der ziemlich groß war, den drei Herrschaften. Sie bogen aus der Türkenstraße in die Gabelsbergerstraße ein und entschwanden mir.

Ich eilte nach und sah sie nicht mehr. Sie konnten aber höchstens bis zur Jägerstraße gekommen sein. Da lief ich. Ich lief in die Jägerstraße hinein. Plötzlich hörte ich Schreie. Sie waren ganz unterdrückt und spitz. Ich wußte vom Feld her, daß so Menschen schreien, die in Todesschrecken sind. Ich begann gleich, bevor ich noch jemanden sah, in meine Signalpfeife zu blasen, und lief, was ich konnte, in die Gasse hinein. Zugleich zog ich meinen Revolver.

Ich kam aber nicht weit. Auf einmal ward ich von hinten umfaßt. Meine Augen brannten mir furchtbar. Ich spürte einen Stich in der Schulter. Ich wollte meinen Revolver abdrücken, aber ich hatte ihn nicht mehr in der Hand. Mein Arm war mir ganz lahm. Da dachte ich, es sei am besten, ich werfe mich nieder und tue so, als ob ich tot sei. Das hatte unser Herr Major uns im Feld so angeraten. Da lag ich dann, und einer saß auf mir und hieb mit etwas auf mich ein, indem er mir den Mund zuhielt. Vielleicht waren es auch zwei. Ich sah es nicht, denn ich schloß die Augen. Sie müssen aus einer Haustür auf mich losgestürzt sein. Ich war dann halb betäubt.

Wie es weiterging, weiß ich nicht mehr genau. Ich hörte nur Schritte laufen. Ich wurde aufgehoben. Es war ein Kollege. Ich sagte ihm rasch alles, was ich erlebt hatte. Da lief er weiter in die Gasse. Ein zweiter kam angelaufen. ›Polizei?‹ fragte ich ihm laut entgegen. ›Ja‹, rief er zurück, ›was ist los?‹ – ›Lauf um die Ecke, rasch!‹ rief ich.

Ich zwang mich aufzustehen und fühlte, daß ich nicht so schwer verwundet sein konnte. Nur die Augen vermochte ich nicht zu öffnen. Sie hatten mir Pfeffer hineingerieben. Ich tastete mich um die Ecke. Ich konnte aber gar nichts sehen.

Der Lärm führte mich zum Tatort. Ich hörte, wie einer sprach und eine Frauenstimme antwortete. ›Was ist?‹ fragte ich. Da sagte die Stimme: ›Der eine hat gesagt, wir sollten das Frauenzimmer verhaften.«

›Wer sind Sie, Frau?‹ fragte ich.

Da antwortete die Frauenstimme: ›Ich bin eine Künstlerin. Ich bin die Freundin von Herrn Hull. Was will man mit mir?‹

Ich sagte: ›Wenn der Herr das gesagt hat, so verhafte ich Sie!‹

Sie wehrte sich. Sie sagte: ›Ich wünsche sofort den Herrn Staatsanwalt von Wenk zu sprechen.‹

›Später!‹ sagte der Beamte.

Da wollte sie fortlaufen. Aber das ging alles viel mehr durcheinander, als ich es so erzählen kann. Dann mußte der Kollege sie fesseln, so wehrte sie sich, und da hörte ich, wie sie ›Georg!‹ rief.

›Verhaftet sie! Verhaftet sie!‹ rief ich da.

Weiter weiß ich nichts mehr. Ich verlor dann das Bewußtsein und bin erst im Krankenwagen wieder zu mir gekommen. Ich bin schwer verwundet. Herr Staatsanwalt, sagen Sie mir die Wahrheit: Muß ich sterben?«

Da lachte ihn der Arzt aus.

»Der Herr Staatsanwalt soll es mir selber sagen. Dem Doktor ist es Beruf, zu sagen, daß man nicht stirbt!«

»Aber, Herr Boß, wie können Sie auch nur ans Sterben denken«, sagte ebenfalls lachend der Staatsanwalt. »Sie haben einige heftige Fleischwunden und Beulen. Damit stirbt ein Mann wie Sie nicht!«

»Herr Staatsanwalt, ich hab' meine Pflicht getan!« sagte der Verwundete. Seine Stimme begann zu zittern, dann löste sich die verballte Spannung, und er weinte tief und ruhig.

»Mehr weiß – ich nicht. Ich hab' – meine Pflicht getan!«

»Das brauchen Sie nicht zu versichern«, sagte ihm Wenk, »wer seine Haut dransetzt, tut immer seine Pflicht. Wertvolleres als das kann niemand dran wagen! Aber, Herr Boß, nicht wahr, eines versprechen Sie mir gegen Handschlag: Es wird nichts von dem, was Sie heut nacht erlebt oder gesehen haben, weitererzählt. – Herr Doktor, auch Sie bitte ich darum. Es steht viel auf dem Spiel, und zwar für die Allgemeinheit. Ich lege es Ihnen sehr, sehr ans Herz! Es handelt sich nicht um ein Verbrechen, sondern um eine Verbrecherorganisation.«

Von dem Beamten, der zuerst an Ort und Stelle war, ließ sich Wenk erzählen, daß er einige Gestalten noch an der Mauer des

Parks gesehen habe. Die Finsternis verhinderte, ihre Zahl festzustellen. Er konnte sie auch nicht beschreiben. Er ward aufgehalten durch den einen Herrn, der versuchte, sich aufzurichten, und sich an seinem Beinkleid anhielt, und der ein paarmal sagte: »Frau verhaften – Frau verhaften.«

»Dann erst fiel er hin und ließ mich los«, erzählte der Beamte weiter. »Ich konnte nun erst den Schritten nachlaufen und sah die Gestalten an der Parkmauer. Aber als ich am Fuß der Mauer war, war nichts mehr von ihnen da. Die Täter müssen sich gegenseitig auf die Mauer hinaufgeholfen haben. Ich wollte ihnen gleich nach, kam aber nicht hinauf, denn sie war viel zu hoch. Da ging ich zurück zum Tatort.«

»Und die Frau?« fragte Wenk. »Was geschah dann mit der?«

»Ich hatte den Eindruck ...«

»Nein, Herr Stamm, nicht Ihren Eindruck will ich kennenlernen, sondern nur, was Sie mit Ihren Augen gesehen und mit Ihren Ohren gehört haben. Seien Sie darin sehr gewissenhaft, nicht wahr?«

»Jawohl, Herr Staatsanwalt. Als ich zurückkam, hielt ein Kollege die Frau fest. Ich rief ihm zu: ›Verhafte sie! Der Herr dort hat es gesagt. Verhafte sie auf alle Fälle. Halt sie fest! Laß sie nicht fort!‹ Wir waren alle ein wenig aufgeregt. Sie rief, sie wolle den Herrn Staatsanwalt von Wenk sprechen. Sie wollte sich nicht verhaften lassen. Sie setzte uns Widerstand entgegen. Da haben wir ihr die Hände zusammengebunden. Wir waren zu zweit und mußten dem überfallenen und verwundeten Kollegen helfen. Wir wußten noch gar nicht, was los war. Dann erst hatten wir ...«

»Wir? Erzählen Sie nur, was Sie gesehen haben.«

»Dann erst suchte ich zu erkennen, was geschehen war. Einer lag im Blut am Boden. Er schien tot zu sein; denn er war ganz starr. Der andere stöhnte. Nun kam ein dritter Polizist. Wir schickten ihn zum Telefon wegen des Sanitätswagens und wegen Benachrichtigung der Kriminalpolizei und des Herrn Staatsanwalts.

Darum hatte der Kollege Boß gebeten. Wir sollten das zuerst tun, hatte er gesagt.«

»Was tat die Frau in dieser Zeit?«

»Der zweite Kollege ging mit ihr zur Wache!«

»Unterbrechen Sie Ihre Erzählung, Herr Stamm, bis ich mit diesem gesprochen habe. Wie heißt er? Halten Sie sich weiter bereit, nicht wahr? Und kein Wort über den Vorfall außeramtlich erzählen, auch nicht Ihrer Frau. Sie geben mir Ihr Ehrenwort!«

»Jawohl, Herr Staatsanwalt. Der Kollege heißt Wasserschmidt.«

Wasserschmidt kam. »Sie haben eine Frau in der Nacht verhaftet, die bei dem Überfall auf die beiden Herren dabei war?« fragte Wenk. »Weshalb taten Sie das?«

»Weil Polizist Stamm sagte, der eine der Überfallenen habe es ihm zugerufen, bevor er ohnmächtig wurde. Und auch der Kollege Boß hat mich dazu aufgefordert.«

In diesem Augenblick ging das Telefon des Amtszimmers in der Kriminalpolizei, in der Wenk diese Berichte entgegennahm. Wenk nahm den Horcher. »Bitte?« fragte er.

»Hier Nachtredaktion der Anzeigen! Es wird uns soeben von einem Mord berichtet ...«

»Einen Augenblick«, rief Wenk aufgeregt zurück. »Wer hat Ihnen das berichtet ...«

»Ich kann Ihnen das sagen, ohne das Redaktionsgeheimnis zu verletzen, denn es geschah sozusagen anonym. Es klingelte an der Nachtglocke. Ich ging ans Fenster und sah einen Mann sich entfernen. Er rief herauf, als ich öffnete und fragte, was denn los sei: ›Im Briefkasten!‹ Da ging ich hinunter, und es lag ein Brief im Kasten. Da stand es drin.«

»Können Sie mir vorlesen, was in dem Brief stand? Hier Staatsanwalt Wenk!«

»Ja, gewiß, einen Augenblick, Herr Staatsanwalt. Also es steht drin: ›Heut nacht wurde der Privatier Gerhard Hull in der Jägerstraße überfallen und ermordet. Die Täter sind entkommen. Es scheint sich um einen Racheakt zu handeln. Der Ermordete verkehrte in Spielerkreisen.‹ Das ist alles.«

»Weiß außer Ihnen jemand in der Zeitung von dem Brief?«

»Nein!«

»Können Sie mir diesen Brief sofort persönlich bringen? Ich schicke Ihnen ein Dienstauto.«

»Herr Staatsanwalt, das hat Schwierigkeiten. Ich bin allein und muß die Redaktion fertigmachen!«

»Wie ist doch Ihr Name, Herr Redakteur?«

»Grube!«

»Also Herr Grube, das hat gar keine Schwierigkeiten, wenn ich Ihnen sehr bestimmt sage, daß Ihr sofortiges Herkommen äußerst wichtig ist und wichtiger, als daß morgen zur schwarz-gebackenen weißen Semmel der Herr Hubermeier eine solche Nachricht mit verzehren kann.«

»Meine Pflicht ist …«

»Verübeln Sie mir nicht, wenn ich Ihnen aus Mangel an Zeit nichts anderes mehr sage, als daß in diesem Augenblick das Polizeiauto zu Ihnen fährt, um Sie herzubringen. Der Beamte ist ausgestattet mit allen Befugnissen. Schließen Sie die Redaktion Ihrer Depeschen bitte so, daß das Blatt gedruckt werden kann ohne die Mitteilung, die Sie mir gerade über einen Mord machten. Auf Wiedersehen, Herr Grube. Schluß!«

Wenk schickte gleich das Auto.

»Also, Herr Wasserschmidt, bitte weiter. Die Dame hat Widerstand geleistet. Wie machte sie das?«

»Sie lief einige Schritte von mir fort auf die Mauer des Wittelsbachpalastes zu, wohin die Täter gelaufen waren, und rief den Namen: Georg!«

»Das haben Sie gehört?«

»Ja, ganz deutlich. Sie sprach es aus ›Georch!‹ Ganz genau! Und weil sie auch noch auf diese Mauer zulief, habe ich nicht lange gespaßt und ihr die Hände gebunden.«

»Was tat die Dame dann?«

»Dann war sie ruhig und ließ sich abführen. Unterwegs sagte sie noch: ›Ich kann doch wohl gleich mit dem Herrn Staatsanwalt von Wenk sprechen?‹

›Da müssen Sie wohl schon warten, bis der Herr Staatsanwalt morgen gefrühstückt hat‹, sagte ich.

›Vielleicht telefonisch‹ bat sie nun sehr höflich.

Ich sagte: ›Wahrscheinlich nicht.‹«

»Und später? Wo ist die Dame?«

»Noch auf der Wache. Sie sprach ganz ruhig und sagte noch: ›Das ist ein böser Mißgriff von Ihnen, lieber Freund. Ich hoffe, beim Herrn Staatsanwalt ein gutes Wort für Sie einlegen zu können. Denn schließlich erfüllen Sie nur Ihre Pflicht. Ich war ja selber bei den überfallenen Herren, und der Staatsanwalt war auch mit. Er ging nur früher heim. Sonst hätte er alles selber mitgemacht.‹ – ›Warten wir ab!‹ sagte ich darauf nur.«

»Haben Sie ihr vielleicht gesagt, weshalb Sie sie verhaftet haben?«

»Nein, kein Wort!«

»Das ist gut. Bleiben Sie im Nebenzimmer.«

Wenk bat noch andere Schutzleute herein. Dann kam der Redakteur. Er protestierte laut, es sei eine Vergewaltigung der Presse durch eine Behörde, was man ihm antue, und die Zeitung …

»Wenn für Sie Ihre Zeitung dazu da ist, um den Lesern so rasch und kopflos unzusammenhängend, wie es Ihnen berichtet wird, stets als Klatsch das Allerneueste vorzuschwatzen, sei es ein Mord oder ein mit Unglück endigender Liebeshandel, nur weil es Klatsch ist, so haben Sie recht. Sie haben aber kein Recht, von vornherein einer Behörde, die dazu da ist, etwas ungleich Wichtigeres zu vollziehen, als dumme Leute mit Klatschprimeurs zufriedenzustellen …«

»Sie«, stotterte erregt der Redakteur, »versuchen die Presse zu knebeln. Wir leben nicht mehr im alten System. Der Landtag wird …«

»Ich habe jetzt keine Zeit, mich mit dem Landtag zu befassen. Wollen Sie mir bitte den Brief geben, von dem Sie telefonierten!«

»Ich bedaure«, sagte der Redakteur, jetzt mit sieghafter Schlauheit. »Das ist Redaktionsgeheimnis.«

»Verzeihen Sie, Herr Grube, Sie sind ein Narr. Ich achte jedes Redaktionsgeheimnis, das die Interessen einer Allgemeinheit schützt. Die Weigerung, diesen Brief herzugeben, verletzt sie aber nur. Bevor ich Ihnen nun dieses Redaktionsgeheimnis mit Gewalt aus der Tasche nehmen lasse, indem ich Sie auf die strafrechtlichen Folgen Ihres Widerstandes aufmerksam mache, sage ich Ihnen, daß dieser Brief das einzige Material ist, das uns bis jetzt über eine ungeheuer gefährliche Mordgeschichte zur Verfügung steht. Vielleicht nehmen Sie dann Vernunft an und verbocken sich nicht länger hinter einer Berufspflicht, die ich, wie gesagt, anerkenne, aber sehr weit hinter die Interessen einordne, die mich beschäftigen.«

Grube wurde unsicher. Schließlich langte er das Papier heraus und stammelte dazu: »Unter Protest ...«

»Haben Sie noch etwas von dem Mann gesehen, der es brachte? Etwas erkannt an ihm?«

»Es fiel nur wenig Licht aus meinem Fenster auf die Straße. Ich glaubte bloß zu sehen, daß er gut gekleidet war. Jedenfalls trug er einen Zylinderhut. Eine Zeit, nachdem er in der Straße verschwunden war, hörte ich in der Richtung, in der er sich entfernt hatte, ein Auto davonfahren. Ich nehme an, daß es seins war.«

»Herr Grube, Sie sind so freundlich und lassen mir diesen Brief. Sie werden in einem der aufregendsten Prozesse der letzten Jahre ein Hauptzeuge sein. Ich bitte Sie um Ihr Ehrenwort, vollkommenes Schweigen über den Brief und alles, was mit ihm zusammenhängt, zu bewahren.«

Grube, nun gefügig unter den Schauern, die ihn überrannen, entflammt für die Sache, gegen die er sich gerade aufgelehnt hatte, sagte laut: »Sie haben es! Ich steh' ganz zu Ihrer Verfügung. Das ist etwas anderes!«

»Mein Auto wird Sie zurückbringen. Bitte hinterlassen Sie Ihrem Herrn Chefredakteur, daß ich ihn zu sprechen wünsche, sobald er mir zur Verfügung stehen kann.«

Der Redakteur ging.

7

Wenk blieb allein. Er war innerlich ganz kühl. Er hatte vermocht, alles, was das Verbrechen an Schrecken und Grauen erregender menschlicher Anteilnahme in ihm aufgewühlt, ruhig zu unterdrücken.

Den Beweggrund des Mordes kannte er. Es war nicht Rache, sondern etwas viel Gefährlicheres und viel Böseres. Es war Terror! Das verriet ihm der Brief an die Zeitung, der den Mord über die Polizei hinweg bekanntmachen sollte. Es war Terror gegen die alle, die sich als Opfer des Spielglücks jenes blondbärtigen Mannes fühlten.

Wieviel durfte dieser Spieler wagen, daß er selber sein Verbrechen der Zeitung mitteilte, damit es so wirkte, wie er es haben wollte? Wieviel Menschen hatte er im Sold, um ein Verbrechen auf diese weit vorbereitete Art ausführen zu können? Was waren das für Menschen? Was für Beispiele gab er den Phantasien jener Menschen, die noch unentschieden zwischen Gut und Böse sich hielten? Was für Zuläufer mochte das Bekanntwerden der Tat ihm wieder sichern?

Hull war tot, weil er ihm, dem Staatsanwalt, das Erlebnis mit dem Wechsel erzählt hatte und weil der falsche Herr Balling ein Beispiel aufstellen wollte, wie es denen erginge, die sich gegen ihn richteten. Vielleicht, ja wahrscheinlich war der Anschlag auch mit auf ihn geplant gewesen, und er war nur gerettet worden, weil sein Unwille ihn aus jenem Hause davongetrieben hatte.

Nun war es vielleicht unmöglich, aus taktischen Gründen unmöglich, das Haus »Fort« schließen zu lassen. – Es mußte, wie so viele seinesgleichen, als Falle geduldet werden.

Und die Carozza? Werde ich sie zum Verraten bringen können, wem sie als Treiberin gedient hat? Was? – Wen verraten? – Und habe ich ihn dann, wenn ich schon einen Namen und vielleicht eine Hausnummer weiß? Kenne ich seine Geheimnisse? Seine Vorsichtsmaßregeln gegen mich?

Ich werde noch nicht zur Carozza gehen. Ich werde sie in Haft setzen lassen, sie warten lassen. Dann sieht sie, daß sie sich keines Guten zu versehen hat. Sie ist lasterhaft, verweichlicht. Vielleicht macht sie das von selber mürb?

Aber zuletzt entschloß sich Wenk doch anders. Nein! sagte er, ganz das Gegenteil werde ich machen. Ich werde sie durch Anteilnahme einschläfern. Sie ist schlau, aber sie gehört zum Theater. Je mehr es mir gelingt, die genauen Ränder der Ereignisse, die zu ihrer Verhaftung führten, in vor Teilnahme triefenden Reden verschwimmen zu machen, um so unbedachter geht sie mir zu.

Da fuhr er gleich zur Wache. Sie saß auf einem Stuhl in einer Nebenkammer.

Wenk stürzte auf sie zu: »Aber Fräulein – Fräulein, was hat man mit Ihnen gemacht? Erst jetzt telefoniert man mir, was geschehen ist. Es ist gut, daß Sie an mich gedacht haben!«

»Oh, Herr Staatsanwalt, Engel, der in meinen Kerker Licht bringt! Verlassen wir diesen Raum! Gleich! Keine Minute kann ich länger hier atmen! Furchtbar!«

Sie zog voran gegen die Tür.

»Ja, nun muß ich Ihnen allerdings die Enttäuschung bereiten, die ich gefürchtet habe. Wir leben in einem Staat, liebes Fräulein. Da gibt es Beamte, jeder für seinen kleinen Kreis, über den hinaus er nicht verfügen darf. Ich bin Staatsanwalt. Aber der Staatsanwalt ist nur da, um anzuklagen, und nicht, um Unschuldige zu befreien.«

»Und dann?« fragte die Carozza auf einmal hart.

Der Ton dieser Stimme warnte Wenk. Er wurde schichtweise sachlicher. »Ihr Fall hängt nämlich vorerst nicht von mir ab, sondern vom Untersuchungsrichter. Ein Verhör durch ihn müssen Sie sich schon gefallen lassen. Das ist peinlich. Aber die Verkettung der Umstände ist daran schuld.«

»Und Sie?« fragte die Carozza.

»Ja, ich? Ich kann nichts anderes tun, als dem Richter sagen, daß wir alte Bekannte sind und daß ich Sie der Teilnahme an einem solchen Verbrechen nicht für fähig halte.«

»Weshalb kamen Sie denn her? Sie sind ja der Untersuchungsrichter nicht.«

Da merkte Wenk, daß sie ihn durchschaut hatte. Er wußte damit wohl, daß sie ihm entglitten sei, aber wußte zugleich auch: Sie ist schuldig!

»Ich komme her wegen eines kleinen Umstandes. Ich will Ihnen helfen«, sagte er rasch. »Sie haben dem Beamten Widerstand geleistet?«

»Welche Frau läßt sich widerstandslos von Rüpeln von Polizeihunden anfallen?«

»Ja, gewiß, die Lage war an vielem schuld, daß Sie sich unbesonnen benahmen und die Beamten zu ihrem Vorgehen zwangen.«

»Ich bin eine bekannte Künstlerin. Mein Name hätte ihnen Gewähr geben sollen!«

»Haben Sie denn den Beamten Ihren Namen genannt?«

»Jawohl! Jawohl! Sofort!«

»Das haben die mir merkwürdigerweise nicht gesagt. Sie nannten mir einen anderen Namen, den Sie gerufen hätten!«

Da sah Wenk, wie die Carozza ihn mit einem raschen, im Haß noch prüfenden Blick bewarf. Sie schaute gleich wieder fort und trommelte ungeduldig mit den Fingern auf ihre Knie.

»Oh, einen anderen Namen! Merkwürdig! Mein Name ist doch bekannt genug! Umworben genug! Was wäre das für ein sonderbarer anderer Name gewesen?«

»Der Beamte nannte den Namen Georg.«

Es ging nichts vor im Gesicht der Frau, als Wenk das sagte.

»So hat er schlecht gehört. Ich heiße, wie Ihnen bekannt ist, nicht Georg!« sagte sie gleichgültig.

»Es hat aber auch ein zweiter Beamter diesen Namen aus Ihrem Munde gehört. Das ist es ja!«

»Sonderbar!« sagte nach einer Weile des Nachdenkens die Carozza. »Mein Mann hieß Georg! Sollte ich in der Aufregung ...«

»Nun, dann ist ja alles klar. Das ist begreiflich. Nur wußte niemand, daß Sie verheiratet waren.«

»Sind!«

»Noch sind! Ja, das ist etwas anderes. Soll ich Ihren Gatten benachrichtigen? Oder haben Sie vielleicht keine Beziehungen mehr zu ihm?«

»Doch! Seine Adresse ist Frankfurt am Main, Eschenheimer Landstraße 234. – Georg Strümpfli heißt er.«

»Es wird ihm peinlich sein. Fürchten Sie keine Schwierigkeiten, weil durch das Ereignis ja nun Ihr Name, geknüpft an den des ermordeten Hull, in die Öffentlichkeit kommt?«

Da riß die Carozza den Mund auf. Sie fiel auf den Stuhl zurück. Sie rief: »Ermordet – Hull« und sank vom Stuhl auf den Boden.

Wenk war Augenblicke unsicher. Er entschloß sich dann aber, diesen Anfall nicht zu glauben. Er hob sie auf das Lager. Dann ging er, ohne sich noch um sie zu kümmern. Er befahl den Beamten, scharf auf die Dame aufzupassen und vor allem niemanden zu ihr, ja nicht einmal in die Wachstube zu lassen. Die Waffen seien schußbereit zu halten.

Er fuhr zur Polizeidirektion zurück, verständigte den Polizeiarzt und bat ihn, gleich hinzufahren und der Kranken in unauffälliger Weise die Kleider untersuchen zu lassen. Darauf schrieb er einen Haftbefehl für sie aus und gab ihn weiter. Er benachrichtigte noch das Informationsbüro der Polizeidirektion, jeden Journalisten, der etwa über den Fall Nachrichten erbitten komme, zu ihm zu senden, aber selber nichts zu sagen.

Es war Tag geworden. Wenk nahm ein Bad und fuhr dann in die Anzeigendirektion. Der Chefredakteur hatte ihn antelefoniert.

Nachdem Wenk ihm erzählt hatte, was vorgefallen war, sagte er: »Was mich ermutigt, Ihre Zeit etwas zu beanspruchen, ist nun folgendes: Wenn es ein einzelner Mord wäre, würde ich der Berichterstattung meinetwegen, wenn auch ungern, freien Lauf lassen. Aber hinter diesem Überfall steht eine Gesellschaft, an ihrer Spitze ein Mann von anscheinend starken, vielseitigen Kräften. Er muß um sein verbrecherisches Leben eine ganze Organisation geschaffen haben, die allein den Zweck hat, es zu beschützen. Der Brief, den er vielleicht selber in Ihren Kasten geworfen hat, verrät, daß er darauf hielt, den Mord selber in einer seinen Zwecken passenden Form bekanntzugeben. Damit will er warnen. Das Opfer hat mir nämlich früher erzählt, daß es mit ihm in einer eigenartigen Weise zusammengetroffen sei. Er wußte das! Er will um seine Tätigkeit im Dunkeln eine Mauer des Terrors aufbauen. Man soll wissen, daß kein Leben sicher ist, das sich an seines wagt. Sie begreifen, eine wie schwere Gefahr solch ein Mensch in einer Zeit ist, die, erweicht und zerknetet einerseits und andererseits in allen bösen Instinkten gesteigert, wie sie der Krieg zurückließ, jeder Ansteckung zugänglich ist. Ganz können wir das Ereignis nicht unterdrücken. Ich möchte mich aber bemühen, es außerhalb seines Zusammenhangs, der mir bekannt ist, der Öffentlichkeit zu übergeben, damit die Phantasten nicht aus Mördern Volkshelden machen. Dabei bin ich auf Ihre und Ihrer Kollegen Mithilfe angewiesen. Darf ich Sie bitten, aufs strengste darüber zu wachen, daß keine Nachrichten über den Fall Hull veröffentlicht werden, die nicht durch meine Hände gingen? Wir sind in einer Zeit geistiger und seelischer Epidemien. Jeder, dem es um das Wohl des Ganzen zu tun ist, muß sich opfern.«

»Gewiß!« sagte der Chefredakteur.

»Ich möchte um nichts in der Welt dabei den Eindruck erwekken, als ob dieses Vorgehen von der Besserwisserei oder dem Allmachtsgefühl eines Gerichtsbeamten erwartet werde. Nichts liegt mir ferner!«

»Ich bin auf dem laufenden«, antwortete der freundliche Redakteur.

»So danke ich Ihnen und wünsche uns beiden fruchtbare Zusammenarbeit. Unser Volk ist in schwerer Lage.«

Wenk wollte sich zu Bett legen, als er heimkam, und einige Stunden ruhen. Es war zehn Uhr geworden. Da brachte sein Chauffeur, der zugleich als Diener waltete, eine Visitenkarte: Gräfin Dusy Told.

»Bitte, bitte!« rief Wenk lebhaft und ließ die Gräfin eintreten.

»Hier wird uns zum Gegenstück doch nicht etwa eine besorgte Gattin stören, die für unsere Veranlagung nicht das nötige Verständnis hat?« sagte sie, indem sie Wenk die schlanke Hand herzlich hinhielt.

»Das Glück einer Genossin ist mir nicht beschieden worden!« antwortete Wenk und empfand mit einer betörenden Süße die Nähe der Frau. Und dennoch stand sie vor ihm wie etwas, das traumhaft in einem andern Leben lag, das er früher einmal geführt zu haben schien. Jetzt, hinter den Ereignissen der Nacht, fehlte ihm der Mut, an die Gefühle der Liebe und des Begehrens als an etwas Wirkliches zu denken.

Die Frau stand vor ihm. Er fand kein Wort für sie, und sie selber, in deren Gedanken die Tatkraft des Mannes und der Flug seiner Seele nach großen Dingen weitergewirkt hatten, wurde vor diesem Schweigen verlegen, weil es ihr wie eine Bestätigung eigener Empfindungen vorkam. Ja, sagte es in ihr, gewiß, was ich für ihn jetzt fühle, ist … Aber sie drückte sich an dem Wort Liebe vorbei. Sie errötete darob. Wenk sah es. Ein Schauer ging durch ihn. Er kämpfte mit sich. Er beugte sich auf ihre Hand nieder.

Aber da stand auf einmal die Leiche des Ermordeten aus seinen Gefühlen auf, und er war nicht mehr so kühn, in einem Wort oder einer Gebärde die betörte Benommenheit seines Herzens mitzuteilen. Er bot der Gräfin einen Sessel an, und während er selber sich einen zweiten holte, kam ihm ein Einfall, der wie eine Errettung aus dem Zwiespalt mit einemmal seine ganze Vorstellungskraft überschwemmte: Er wollte diese Frau, die er liebte und der er nicht gleichgültig war, seinem Unternehmen verknüpfen, und aus gemeinsamem Werk mochte ihnen die Ernte reifen.

Da sagte er ihr: »Diese Nacht ist ein gemeinsamer Bekannter von uns, Hull, ermordet worden. Karstens ist schwer verletzt. Ich entging, weil ich zufällig zwei Stunden früher das neue Lokal verlassen hatte, in das wir gelockt worden waren. Den Anstifter glaube ich zu kennen. Es ist wieder der blondbärtige Spieler und der alte Professor. Die Täter entkamen spurlos, aber wir haben eine sonderbare Verhaftung vorgenommen, die eine Ihnen ebenfalls bekannte Dame betrifft. Es ist die Carozza. Sie wissen von ihrem Verhältnis zu Hull. Ich habe allerdings kaum mehr als Gefühlsbeweise für ihre Schuld. Aber ich wüßte ein Mittel, ihr die Zunge zu lösen: wenn Sie, Frau Gräfin, das Wagnis unternähmen, sich ebenfalls verhaften zu lassen, so trüge ich Sorge dafür, daß Sie mit der Carozza in einer Zelle untergebracht würden. Sie kennt Sie nicht als Gräfin Told, sondern als eine Dame aus ihren eigenen Kreisen. Stellen Sie Ihr Vergehen als geringfügig hin, daß Sie bald wieder herauskämen, selbst wenn Sie wegen Teilnahme an verbotenem Spiel verurteilt werden müßten. Versprechen Sie ihr zu helfen – bei einer Flucht etwa. Vorher müßten Sie ihr weisgemacht haben, daß die Lage der Carozza sehr gefährdet sei. Vielleicht Verhaftungen in derselben Sache erfinden. Sie wird Ihnen dann wahrscheinlich sagen, wer für ihre Flucht mobil zu machen sei. Sie verstehen, Frau Gräfin. Und wir können den Verbrecher unschädlich machen. Ist das nicht ein geradezu tolles Ansinnen?«

»Ich erfülle Ihren Wunsch!« antwortete, ohne sich zu besinnen, die Gräfin. Ihre Stimme klang wie heißgelaufen. Wenk war ängstlich berührt von der Heftigkeit, von der hektischen Hingabe, mit der diese schöne, vornehme Dame seinen Einfall hinnahm.

»Mir hat das ja gerade gefehlt«, sagte mit leisem Ton die Frau, »etwas zu tun, nützlich zu sein, in einem kühnen Werk der Einsatz des Lebens, um das Leben zu spüren.«

»Und das haben Sie in den Spielräumen gesucht?« sagte er.

»Ich weiß es nicht genau. Ich fühlte mich wohl in dieser Gesellschaft, weil ich keinen Rand sah. In meinem Kreis sah ich überall Horizonte. Ich hielt das nicht aus. Ich bin Ihnen dankbar ...«

Wenk wurde es heiß in den Augen. Ein Verlangen ergriff ihn, es quälte ihn, er quälte sich selber mit ihm, und fast brutal fragte er: »Und Ihr Mann?«

Die Frau antwortete mild: »In jeder Ehe, das wissen Sie nicht aus Erfahrung, bleibt etwas unerfüllt von dem, was das Herz erwartet hat. Ich nehme meinem Mann nichts, wenn ich versuche, dieses Fehlende ohne ihn zu finden.«

»Ich verehre Sie!« sagte Wenk. Ein leises Zittern ging durch seine Stimme.

»Nein«, wehrte die Gräfin ab, »es ist Gesetz. Es ist natürlich. Und nun sagen Sie mir, was ich zu tun habe.«

»Ich werde Sie an einem Tag, den Sie bestimmen, mit meinem Auto zum Gefängnisdirektor bringen, und wir werden mit ihm alles vereinbaren. Wann paßt es Ihnen?«

»Am nächsten Samstag um diese Stunde.« Sie erhob sich.

»Die grauen Mauern des Gefängnisses werden zu leuchten beginnen!« sagte Wenk.

»Vor so viel Abenteuerei!« lachte die Gräfin.

»Nein, Gnädigste, vor Ihrer Schönheit!«

Und es war Wenk auf einmal, als liebte er sie mit einer Leidenschaft, die wie eine Flamme aus seinen Augen schlug, unsichtbar. Er beugte sich tief über ihre Hand, daß er sein Gesicht verbarg. Sie drückte ihre Hand mit einer heißen, freien Regung sanft an sein Gesicht zum Eingeständnis heimlicher Übereinstimmung und huschte davon.

Draußen auf der Straße schoß ihr alles Blut zu Kopf. Sie sagte halblaut das Wort vor sich hin, das sie oben unterdrückt hatte: »Liebe – Liebe ...«

Im Zimmer Wenks blieb ihr Duft. Wenk sog ihn ein. Dann hob er beide Hände vor sein Gesicht, und von einem Geheimnis und von Ahnungen dumpf dahingeführt, flüsterte er inbrünstig in die Dunkelheit hinein, die er so vor seine Augen legte: »Mord und Liebe! – Mord und Liebe!«

Im Verlauf des Tages stieg das Gerücht des Mordes durch die Stadt. Es wand sich aus der trüben Ecke, wo Hull sein wertloses kleines Leben gelassen hatte. Es war ein dunkler Fleck geblieben. Das Pflaster war finster vom verwaschenen Blut gefärbt. Tauwetter hatte die Bodenrinne zwischen den Pflastersteinen weich und erdig gemacht. Die Erdkrumen hatten das Blut gierig zurückgesogen. Sie hatten sich daran berauscht. Und aus dem Rausch des handgroßen Erdflecks stieg das Scheusal auf, wand sich aus dem engen Winkel davon und errichtete sich durch die ganze Stadt.

Es kamen Menschen, seine Geburtsstelle zu sehen, und tranken an der Quelle von den Schauern der Tat. Sie sahen das Ungeheuer aufstreben. Ihre Herzen sträubten sich vor dem Unwesen. Es stampfte zwischen ihnen durch, durch sie hindurch wie durch einen Nebel, körperlos ... eiskalter, flüssiger Geist. Es ward ein Lindwurm und ringelte durch die Gassen in die breite Ludwigstraße, rannte über die Plätze ins Herz der Stadt hinein, begann zu fließen nach allen Richtungen, durch die Straßen in die Häuser.

Es rann wie eine dunkle Kloake. Es rann tagelang. Sein dumpfer, feuchtheißer Geruch von Auflösung ließ Angst in die Menschenporen dämpfen oder riß eine Kraft, die keinen guten Weg finden konnte, nach dem Bösen.

In einer Vorstadtstraße wurde in der dritten Nacht später eine Dirne ermordet. Man fing den Täter am nächsten Tag. Es war ein Arbeitsloser, eine aus dem Krieg übriggebliebene Phantasie, die in die Barbarei zurückgeirrt war. Er sagte, er habe nicht gewußt, was er tat, als er dem Mädchen die Hände an die Gurgel drückte. Es sei aus der finsteren Straße etwas über ihn geflossen, es sei um die Ecke gekommen aus der Jägerstraße – und das habe ihn gezwungen.

Ein Föhn durchfraß vom Gebirge her die Stadt. Er war weich und leidenschaftlich wie ein Menschenherz. Er brüllte den Frühling hinter sich her. Alle Lichter waren grell. Alle Schatten waren von einer wilden, jähzornigen Schwärze. Alle Herzen in zwei Farben gespalten.

8

Um vier Uhr kam von Frankfurt ein telefonisches Gespräch: »Georg Strümpfli, Artist, geboren 1885 in Basel, hat an der mitgeteilten Adresse gewohnt vom 1. Januar bis 10. Dezember des vergangenen Jahres. Verzogen nach dem Ausland. Aufenthaltsort unbekannt. Eingetragen als verheiratet. Nationalität: Schweizer.«

Vom Einwohneramt wurde Wenk berichtet, die Carozza sei unter folgenden Angaben angemeldet: »Maria Strümpfli, geb. Essert, genannt Cara Carozza, Tänzerin, geboren in Brünn am 1. Mai 1892. Nach München verzogen von Kopenhagen.«

Wenk sann nach, woher die Aussprache Georch für Georg kommen könne. Beide waren süddeutscher Sprache. Georch sagte man in Norddeutschland.

Wenk suchte die Carozza nochmals auf. Sie war jetzt im Gefängnis. »Ich will nichts von Ihnen wissen«, sagte sie schroff zu Wenk. »Sie wollen mir helfen und bringen mich ins Gefängnis.«

»Nicht ich! Das ist ein Irrtum. Der Untersuchungsrichter, wie ich Ihnen gleich sagte. Ich komme nur, um Sie über etwas aufzuklären. Was Ihnen die ganze Schwierigkeit bereitet, ist der Name, den Sie gerufen haben. Darüber streitet man jetzt.«

»So. Sie scheinen Sorgen zu haben beim Gericht.«

»Ha, das haben wir allerdings. Wenn Sie bereit wären, sie zu zerstreuen, könnten Sie uns und sich helfen. Sie sagten, Ihr Mann heiße – Karl, nicht wahr, Karl Strümpfli?«

»Und wenn Sie es nochmals vergessen, er heißt Georg!«

»Er ist Schweizer?«

»Sie haben sich erkundigt, wie ich merke.«

»Gewiß. Also er heißt Georg. Sagen Sie, es ist in Ihren Augen vielleicht eine dumme Frage: hatten Sie einen besonderen Namen für ihn?«

»Nein!«

»Nannten Sie ihn nie anders als ...«

»Nein, nur Georg! Wann kann ich hier fort?«

»Das hängt vom Untersuchungsrichter ab.«

»So soll der Herr endlich kommen. Es ist unwürdig für eine angesehene Künstlerin wie mich ...«

»Das hat leider alles seinen vorgeschriebenen Gang. Ohne Anbetracht der Persönlichkeit, wie die Formel lautet. Mehr als meine Hilfe kann ich Ihnen nicht versprechen.«

»Sie gehen wieder? Ohne mich?«

»Mehr kann ich vorerst nicht tun«, sagte Wenk.

Die Carozza wandte sich ab.

Wenk begab sich an den Tatort. Er hatte zu Hause die Einwohnerlisten der Häuser durchstudiert, die an die Stelle stießen, an der der Überfall vorgekommen war. Besonders genau die Finkenstraße. Er nahm zwei Geheimpolizisten mit, darunter den Beamten, der die Täter bis an die Mauer verfolgt hatte.

Er untersuchte die Mauer bei Tageslicht. Sie zeigte Kratzspuren von Schuhspitzen, und ganz oben war ein Blutfleck. Es mochte sein, daß einer hochgehoben wurde, der dort erst die Mauer mit den Händen berührte. Aus dem Fleck leuchtete das Blut des ermordeten Hull in den prallen Februartag.

Wenk ging in die Häuser. Mehrere führten, wie er sah, nach hinten auf den Park. Er sprach mit jedem einzelnen Bewohner dieser Häuser. Einige hatten Lärm in der Nacht gehört. Aber sie hatten sich nicht darum gekümmert, weil es das jetzt immer gab.

»Und in den Häusern selber?« fragte Wenk. »Haben Sie da nichts gehört?«

Nein, da hatte niemand etwas gehört.

Wenk ging auf die andere Seite der Mauer, in den Park. Es war nichts zu sehen als an einer Stelle Spuren von vielen Füßen. Da waren sie anscheinend abgesprungen. Man sah das an den Eindrücken, die ziemlich tief waren. Aber die Spuren waren mit einer Hacke verwischt, und es war Karbol darübergegossen worden. Ein Blechgefäß lag da, das, wie der Geruch verriet, das Karbol enthalten hatte.

Diese Vorsicht war zweifellos gegen die Polizeihunde gerichtet. Das Karbol mochte vorher hingestellt worden sein. Aber ganz verstand er es nicht. Er wollte es trotzdem versuchen und ließ einen der Hunde holen. Der Hund nahm die Fährte in der Jägerstraße auf, rannte an die Mauer und sprang an ihr hoch. Als man ihn aber an die andere Seite hob, ging er nicht weiter. Er wandte die Nase entsetzt von dem Karbolgeruch ab, lief die Mauer entlang und wieder zurück und wieder entlang, immer in derselben Richtung, aber immer unentschlossen. Er versuchte hochzuspringen.

Wenk ließ ihn wieder herüberheben. Aber als der Hund auf dem Scheitel der Mauer abgesetzt wurde, um von dem jenseits aufgestellten Beamten herübergehoben zu werden, entriß er sich der haltenden Hand und rannte ungebärdig bellend oben auf der Mauer davon. Er lief nicht weit. Er blieb an einer Mauerstelle stehen und bellte in den Hof eines Hauses hinab, tief den Kopf bükkend, und versuchte hinabzuspringen.

Auf einmal war er unten und lief auf das Haus zu, blieb dann aber an der Hauswand stehen.

Diese Hauswand untersuchte Wenk genau. Er fand verkratzte Stellen an ihr, die in regelmäßigen Abständen nach oben gingen. Hier waren Leute zweifellos mit einer Strickleiter emporgeklettert. Die Spuren führten an ein Fenster im ersten Stockwerk.

Die Wohnung, zu der das Fenster gehörte, war leer. Er fragte im Haus, seit wann sie nicht mehr bewohnt sei.

Da waren alle erstaunt; denn sie glaubten, sie sei bewohnt. Einer sagte: »Da wohnt doch der Georch drin.«

Wenks Herz machte einen heftigen Schlag.

»Wer?« fragte er rasch. »Wie hieß er?«

Er hörte nochmals: »Georch!«

»Kannten Sie ihn auch?« fragte er eine Frau.

»Ja, natürlich, den Georch!«

»War das sein Familienname?«

»Das weiß ich nicht!«

Das wußte niemand.

»Von wem wurde er denn so genannt?«

»Von den Burschen, die immer zu ihm kamen!«

»Also Georg hieß er«? prüfte Wenk, um ganz sicher zu sein.

»Nein, Georch wurde er genannt«, sagte einer.

»Hat er lange da gewohnt?«

Das wußte genau niemand. Einige meinten, ein Jahr wohl. Aber er war fast nie zu Hause.

Er ließ sich den Mann beschreiben. Da geschah etwas Merkwürdiges. Schon über die Haarfarbe begannen die Leute zu streiten. Der eine gab ihm blaue Augen, der andere dunkle. Er war ein bißchen lang und mager und gekleidet wie ein Matrose. Er sah auch ein wenig aus wie ein Athlet. »Was war er denn? Was machte er?«

»Geschäftsreisender soll er gewesen sein!«

Es war sonderbar, dieser Georch war nicht in dem Haus angemeldet. Auf Wenks Liste stand er nicht.

Wenk fuhr ins Meldeamt und stellte dort mit Hilfe des Vorstehers fest, daß ein Bewohner des Hauses Georg Hinrichsen geheißen hatte, gebürtig aus der Elbegegend. Daß er aber die Wohnung vor vier Wochen verlassen hatte und sich nach Ravensburg abgemeldet habe. Die Wohnung war dann von einem Geschäftsreisenden bezogen worden, der sich Poldringer nannte.

Es war Wenk klar, daß Hinrichsen und der Geschäftsreisende dieselbe Person war. Vier Wochen war es her, daß Hull die Unterhaltung mit Wenk gehabt hatte. Und Hinrichsen und Poldringer waren dieselbe Persönlichkeit und auch der Mörder oder wenigstens der Anführer der Mörder Hulls. Denn die Carozza hatte nach ihm um Hilfe gerufen.

Vielleicht stimmte die Richtung der Abreise Hinrichsens wenigstens. Der Bodensee lag in der Nähe von Ravensburg. Die Schweiz war erreichbar.

Wenk telegrafierte nach den Hauptorten am Bodensee, insbesondere an die Paßstellen.

Einige Stunden später rief Konstanz die Polizeidirektion an, ein Mann namens Poldringer habe sich hier angemeldet. Als Staatsangehörigkeit habe er Bayern angegeben, was dem Meldebeamten aufgefallen sei, weil der Mann einen ganz ausgesprochen norddeutschen Dialekt redete. Die Polizei habe ihn deshalb beobachtet. Sie habe dabei festgestellt, daß er in den Kreisen der Leute verkehre, die im Verdacht stehen, Waren über die Schweizer Grenze zu schieben und zu schmuggeln. Er fahre öfter mit dem Lindauer Dampfboot. »Erwarten Sie mich bitte noch heute in Konstanz«, sagte Wenk zurück. »Schluß!«

Wenk machte sich gleich reisefertig. Er konnte vor der Nacht noch in Konstanz sein, wenn der kleine Schnellflieger seines Freundes, der ihm stets zur Verfügung stand, flugbereit war. Er telefonierte ihm.

Ja, das Flugzeug war bereit.

Um vier Uhr flog Wenk ab. Mit der niedergehenden Dunkelheit landete er auf dem Petershausener Flugplatz bei Konstanz.

Die Polizei bezeichnete ihm die Lokale, in denen die Leute verkehrten. Er kleidete sich um und ging als Chauffeur in eine dieser Wirtschaften, um dort zu Nacht zu essen. Er redete jemanden, den er für geeignet hielt, an. Er habe zwei Autos an der Hand, sagte er, und könne sich auch eine Art von Ausfuhrbewilligung verschaffen, wenn die allerdings nicht so genau angesehen werde. Aber wenn er einen oder besser zwei couragierte Männer mithätte, so ginge es. Es seien einige Zehntausende zu verdienen. Denn die

Autos seien schon im Herbst 1918 gekauft und so lange verborgen gehalten worden. Es seien Prachtwagen von zwei Generälen.

Der andere überlegte nicht lange. Er werde es einem Freund sagen. Zu dreien könnten sie die Sache machen.

Sie gingen später in ein anderes Haus. Da käme der Freund hin. Sie saßen lange da. Aber er kam nicht. »Wie heißt er?« fragte Wenk. »Vielleicht kenne ich ihn?«

»Er nannte sich Ball. Aber vielleicht hieß er früher anders. Wir haben hier alle ein bißchen andere Namen hi-hi, du verstehst!«

»Ich verstehe«, sagte Wenk.

Da wurde er blaß. Denn es kam ein Mann herein, in dem er den Chauffeur zu erkennen glaubte, der ihn im Gasauto nach Schleißheim geführt hatte. Es war alles auf dem Spiel. Wenks Maskierung war mangelhaft. Wenn nun der andere vielleicht der erwartete Ball wäre! Und er käme zu ihnen an den Tisch! Dann wäre es wahrscheinlich, daß er Wenk erkenne, und alles wäre aus.

Wenk wandte alle Kraft an, sich zu beherrschen, und versuchte durch Anziehen der Gesichtsmuskeln seine Züge zu entstellen. Er hatte sowieso von vornherein die Vorsicht gehabt, sich aus dem grellen Licht heraus in eine dunkle Ecke zu setzen.

Der andere ließ sich jedoch entfernt von ihm an einem großen Tisch nieder, an dem bereits eine Schar von jungen Burschen saß. Er kehrte Wenk wohl den Rücken, aber der Staatsanwalt wollte es nicht weiter wagen und verabredete auf morgen abend eine neue Zusammenkunft. Er ging rasch durch die Hintertür hinaus.

Er ging zur Polizei, sagte, wo er gewesen, und beschrieb den verdächtigen Mann. Der Kommissar holte einen Beamten. Der sagte, nach der Beschreibung scheine das der Poldringer zu sein.

»Können Sie mir Gewißheit darüber verschaffen? Noch in der Nacht? Nur bitte ich Sie, vorsichtig zu sein, denn dieser Mann ist mit allen Wassern gewaschen!« drängte und mahnte Wenk.

Dann gehe er lieber nicht hin, antwortete der Beamte. Die Stadt sei klein und alle Angestellten der Polizei, selbst die, die nur in

Zivil ausgehen, den Schiebern bekannt. Sein plötzliches Erscheinen könne Alarm geben.

»Ich muß mich dann gedulden. Sie wissen, wo er wohnt?«

»Ja!«

»So führen Sie mich gleich hin!«

Der Polizist brachte Wenk in eine Gasse, in der sich ein alter, schmutziger Gasthof befand, der sich nach hinten in viele Höfe verschachtelte. Wenk sah gleich, hier war ein Überfall schwer ohne großes Aufgebot an Mannschaften. Ein solches Aufgebot aber war in einer kleinen Stadt nicht so rasch und geheim genug zu machen. Gegenüber war das Lager einer Eisenhandlung. In diesem Lager verbrachte Wenk zusammen mit einem der Beamten, die Poldringer kannten, den nächsten Vormittag hinter einem verstaubten Fenster verborgen.

Als um elf Uhr der Mann aus dem Gasthof kam, den Wenk für den Chauffeur des blondbärtigen Spielers hielt, stieß ihn der Beamte an und raunte ihm zu:

»Das ist er, der Poldringer!«

Wenk sagte:

»Es ist derselbe!«

Nachmittags war eine Zusammenkunft beim Kriminalkommissar. Wenk erklärte, es komme darauf an, nicht nur die eine Person, sondern lebend die ganze Gesellschaft auszuheben. Hier bestehe sozusagen die Unterabteilung des Münchener Generalkommandos. Und bevor man nicht den Leiter sicher in der Hand habe, sei es ziemlich wertlos, sich dieses Dutzend Angestellter zu sichern. Er rate, sich zuerst nicht durch die Belohnung von fünftausend Mark, die gegen seinen Willen ausgeschrieben worden sei, verlocken zu lassen, sondern, da man nun eines der Nester kenne, dieses gut zu überwachen. Das sei jetzt der sicherste Weg, an den Anführer der Bande zu gelangen. Nehme man jetzt den Chauffeur, so sei der Chef doppelt gewarnt. Und der sei eine der ganz großen Nummern der Kriminalgeschichte aus den letzten Jahrzehnten. Dann sei nicht nur Belohnung durch Geld, sondern Ruhm zu erwarten. Die Beamten versprachen, das Ihrige zu tun.

Abends traf Wenk den jungen Mann, der die Autos verschieben helfen wollte. Sein Freund sei verreist, sagte er. Die Geschäfte gingen nämlich so schlecht in der letzten Zeit. Die Schweiz sei übersättigt mit deutschen Waren, und die deutschen Behörden seien wieder etwas Meister geworden über den See. Man könne zum Hungern kommen. Aber er wisse, was er tue. Verhungern wolle er nicht. Und eher, als daß er sich durch Hunger aus dem Loch vertreiben lasse, verschreibe er seine Haut der Fremdenlegion. Da sei er wenigstens auch vor der deutschen Behörde sicher. Er könne in Ruhe fressen und in Freiheit sich erschießen lassen. Hier endigten doch alle im Kittchen!

Wenk fragte, wie er es denn anstelle, um in die Fremdenlegion zu kommen. »Das ist einfacher als jemals«, antwortete er. »Vor dem Krieg mußte man nach Beifort reisen. Das ist nicht mehr nötig. Ich kann mich hier anwerben lassen!«

»Das läßt sich für den äußersten Fall merken«, sagte Wenk. »Und bei welcher Adresse?«

»Da brauchst nur zum Gasthof ›Zum Schwarzen Stier‹ gehn und nach dem Poldringer fragen. Oder komm abends in die Wirtschaft, wo wir gestern waren. Da saß er. Er hat die janzen Küken an seim Tisch in Topf jekriegt! Ich überlegt' es mir noch, sagt' ich ihm. Wenn unsere Auto-Sache klappt, hab' ich's nich mehr so nötig. Aber nun ist der Ball nich aufzufinden. Der fingerte so wat jlänzend. Er wird sich wohl nach dem fetten Land drüben durchjeschlagen haben. Übrigens hat der Poldringer sich jestern abend nach dir erkundigt. Was? Du mußt auch ein Schwergewichtler sein. Er meinte, er kenne dir. Ich sagt' ihm aber, du kämst von Basel. Du wolltest zwei Autos überschaffen. Dann sagt er: Dann ist er's doch nicht, der aus München! Ich dacht' mir, einer kann in München jewesen sein und ist jetzt doch in Basel, wat?«

»Ich war nie in München«, sagte Wenk, »nein, er muß sich irren!«

»Ejal! Schieben wir nur unsere Autos jetzt, wat?! Sag, kannst du mir einen Jrünen zulangen, als Abschlagszahlung?«

»Fuffzig?« fragte Wenk.

»Wenn es dir nicht genügt, kannste auch zwei losmachen!«

»Einer genügt mir völlig!« Er gab ihm einen Schein aus der Westentasche.

»Du brauchst dich deiner Brieftasche nicht zu schämen, wenn sie auch en Loch hat!« sagte der andere.

»Für fuffzig aus meiner Brieftasche kaufst du dir nicht mehr als für fuffzig aus meiner Westentasche.«

»No is jut! Wo wohnste?«

»Im Barbarossa«, sagte Wenk auf gut Glück.

»Kotznobel, aber wenn sie dir mal an die Hammelbeine wollen, da kommste nich durch, daß de's weißt! Geh lieber in den ›Schwarzen Stier‹. Da is man sich druff einjerichtet. Uffs Loslösen von die Jrünen! Spurlos, sag' ich dir! Wie wechjeblasen, sag' ich dir!«

Wenk flog am nächsten Morgen nach München zurück. Er fühlte sich reich. Die Reise, so hoch und von praller Kälte umsprudelt, gehoben von den raschen, glücklichen Erfolgen, stärkte sein Herz. Er zog an allen Leinen. Er hatte das ganze Geschirr in der Hand. Es lief auf ein großes Netz zu. Und er, der Fischer, war bereit und stark.

Eine Stunde, bevor Wenk hinter den blinden Fenstern des Eisenwarenlagers die Tür des »Schwarzen Stiers« zu überwachen begann, flog folgendes Gespräch durch die Fernsprechdrähte von Konstanz nach München:

»Hallo, holla, hier Doktor Dringer. Wer da?«

»Holla, hier Doktor Mabuse! Bitte.«

»Der Kranke scheint sich hier aufzuhalten. Ich bin mir noch

nicht ganz gewiß, daß er's war. Aber ich glaube ihn erkannt zu haben. Ich erbitte Anweisungen.«

»Das ist sonderbar! Gestern kurz vor vier Uhr wurde er mir noch in München gemeldet. Ganz zweifellos gemeldet. Um wieviel Uhr glauben Sie ihn gesehen zu haben, Herr Kollege?«

»Halb acht!«

»Dann kann er nur ein Flugzeug benutzt haben!«

»Es ist möglich, daß ich mich verschaut habe, aber wenig wahrscheinlich. Ich gebe die Möglichkeit, daß es der gesuchte Geistesgestörte war, nicht aus der Hand.«

»Nein, auf alle Fälle, forschen Sie weiter. Wenn Sie sicher sind, so wenden Sie sofort, verstehen Sie, Herr Kollege, sofort die sichersten Mittel an.«

»Die eiserne Zwangsjacke, Herr Kollege?«

»Jawohl! Sie wissen, er ist gemeingefährlich. Berichten Sie weiter. Was machen die Nervenkranken?«

»Sie sind bereit, ins Sanatorium einzutreten. Übermorgen reisen sie ab.«

»Danke! Schluß. Empfehlungen, Herr Kollege!«

Mabuse ging erregt einige Male durchs Zimmer. Dann kleidete er sich als Dienstmann um und begab sich in die Amandastraße, wo Wenk wohnte. Er klingelte an seiner Tür. Der Diener öffnete. »Ist der Herr Staatsanwalt zu Hause?«

»Nein, er ist verreist. Geben Sie her!«

»Ich soll aber persönlich ... Wann kommt er zurück?«

»Ich weiß nicht!«

»Ist er länger verreist, oder könnte ich vielleicht am Nachmittag den Brief abgeben?«

»Der Herr Staatsanwalt hat nichts hinterlassen.«

»Ho, ich kann mich wohl auch auf Sie verlassen«, sagte dann der Dienstmann. »Sie geben den Brief ja so sicher ab wie ich, was?«

»Natürlich! Geben Sie her!«

Der Diener las rasch die Adresse. Aber sie lautete: An Herrn Staatsanwalt Dr. Müller. »Sie sind ja überhaupt falsch. Hier wohnt Staatsanwalt von Wenk.«

»Ach der Herrgott! Da hat man mir eine falsche Nummer genannt. Ich sag's ja immer: aufschreiben, Herrschaften. Jetzt heißt's wieder, ich hab's falsch behalten! Also, wo wohnt denn nun der Staatsanwalt?«

»Ich kenn' ihn nicht!«

»Da ist nichts zu machen! Also wieder zurück. Adieu!«

Der falsche Dienstmann ging und wußte halb nur, was er wissen wollte.

Georg hatte die entlassenen Schmuggler noch nicht abgeschoben. Ob durch einen von ihnen die Reise nach Konstanz so hastig veranlaßt wurde? Hatte sein, Mabuses, Überwachungsdienst versagt? Es war jedenfalls gefährlicher als jemals zuvor. Denn es waren mehrere Agenten der Fremdenlegion entlarvt und verhaftet worden.

Wenn Wenk die ganze Gesellschaft einsperren läßt, kann einer so viel verraten, daß die Wellen bis an mich heranschlagen. Ich bin zum erstenmal nicht mehr sicher. Ich werde ihn beiseite schaffen. Weshalb hat Georg ihn durchgehen lassen, sobald er nur im Zweifel war, es könnte der Staatsanwalt sein? Der Teufel hole die Menschlichkeit, mit der wir ihn in Schleißheim laufen ließen! Früher lebe ich nicht mehr, als bis er fort ist, bis er ausgetilgt ist!

Ich werde meine Flucht gleich vorbereiten. Ich werde über die Schweizer Grenze fliehen, wenn ich bis acht Uhr nicht weiß, ob Georg nicht verhaftet ist.

Wo hat ihn Georg gesehen? Wenn ich das wüßte. Darauf kommt alles an!

Ungeduld, friß mich! Ich habe Fieber vor Haß auf diesen Störer. Wenn ich mein Fürstentum Eitopomar nicht erreiche!

Dann ging Mabuse in seine Wohnung zurück. Er hatte ein Paket unter dem Arm für sich selber. Auf alle Fälle! Wenn sie vielleicht heimlich im Innern schon von der Polizei besetzt war, war er ein Dienstmann, der etwas abzugeben hatte. Es waren Zigarren in dem Paket. Aber die Wohnung war leer, und rundum war alles unverdächtig.

An diesem Abend verließ Mabuse sein Haus nicht mehr. Es war sicherer, daß er vom Fenster aus selber sah, wer zu ihm kam, als daß in seiner Abwesenheit jemand eindrang und am Fenster auf ihn warten konnte. Er war doch für alles bereit!

Er verbrachte den Abend damit, seine Vermögensaufstellung zu überprüfen. Zu der Summe, die er zu brauchen berechnet hatte, fehlte ein halbes Jahr Arbeit noch in Deutschland. Dort kannte er das Terrain. Überall anderswo mußte er mindestens ein Jahr dransetzen, bevor er von neuem beginnen konnte. Seine Sprachkenntnisse hätten ihn sowieso nur auf ein angelsächsisches Land beschränkt.

Ein halbes Jahr. Er trommelte das in sein Hirn, sein Herz, sein Blut.

»Ich bleib' es!« sagte er laut in das einsame Zimmer, und es war ihm, als hörte er wie einen Hammer auf Eisen den Trotz durch sich pochen, der ihm diesen Entschluß eingab.

Er wurde am nächsten Morgen um halb acht dringend von Konstanz angerufen. »Doktor Dringer! Herr Kollege, ich muß mich geirrt haben. Nichts mehr zu sehen. Habe alles mobil gemacht. Die anderen Patienten sind zur Abreise vorbereitet.«

»Schade, Herr Kollege! Läuten Sie abends nochmal an!«

»Hund!« knirschte Mabuse durch das Fenster in die Stadt hinaus, in der Wenk mit ihm wohnte. »Und wenn es nur für diese halbe Stunde der Unsicherheit wäre, so gehst du um die Ecke! Das erstemal ist es durch einen Zufall mißlungen. Das zweitemal wird es keinen Zufall mehr geben.«

Mabuse verließ das Haus und ging zu Fuß davon. Er begab sich in eines der modischen Hotels und fragte nach Herrn Generaldirektor Hungerbühler.

Jawohl, er sei da. Zimmer 115.

Als Mabuse in das Zimmer eintrat, ohne geklopft zu haben, war es leer. »Spoerri!« rief er leise.

Da öffnete sich eine Schranktür und Spoerri kam heraus. »Wenk scheint in Konstanz zu sein. Georg hat mir gerade telefoniert. Aufpassen! Was macht die Carozza im Gefängnis?«

»Es wäre doch gut, wenn wir sie der Befreiungskommission überwiesen! Ein toter Mund ist sicher!«

»Nein habe ich gesagt. Ihr lebender ist mir sicherer als ihr toter«, entgegnete Mabuse heftig.

»Ich habe auf alle Fälle Verbindungen mit einem Wärter begonnen.«

»Wozu?«

»Um sie herauszuholen, wenn sie leben bleiben soll!«

»Esel!« rief Mabuse unterdrückt. »Ich sage: sie ist sicher, wo sie ist. Wenn man ihr mit den Eisenstäben der Gitter die Lippen aufbricht, redet sie nicht. Lassen Sie diese Dummheiten. Sie kommt heraus, wenn ich Europa verlasse, eher nicht! Ich kam, um Ihnen zu sagen, daß ich für Wenk noch einen Monat Zeit lasse. So lang, damit sicher gearbeitet werden kann. Merken Sie sich das Datum. Keinen Tag länger!« Dann ging er wieder, fast ohne Gruß.

9

Am nächsten Abend war Dr. Mabuse zu Geheimrat Wendel, dem Psychiater, eingeladen. Es sollte nach einem kleinen Nachtessen eine interessante Somnambule auftreten. Im Dämmerzustand weckte sie Erinnerungen in sich auf, die bis in ihre frühen Kindertage zurückreichten – bis in eine Zeit, in der die Ausbildung des Hirns noch nicht so weit vorgeschritten ist, daß es über den Augenblick der körperlichen Erfordernisse hinaus empfindet oder aufzeichnet.

Mit dem Geheimrat war Mabuse durch einen Patienten bekannt geworden, durch eine Dame aus der Aristokratie, die an schweren nervösen Hemmungen litt und die Mabuse durch eine hypnotische Behandlung geheilt hatte. In der Gesellschaft trafen sich nicht nur Gelehrte, sondern auch Schriftsteller, Künstler und Kunstfreunde von Ruf, so wie es in den letzten Jahren in der wohlhabenden Gesellschaft Mode geworden war.

Mabuse hatte als Tischdame eine Frau, die er erstaunt, ja betroffen, kannte. Sie hatte bei seinen Helfershelfern in den Spielsälen den Spitznamen: die Unaktive! Es war die Gräfin Told.

Er widmete ihr den Abend über alle Aufmerksamkeiten, deren er fähig war, erzählte spannende, ungewöhnliche Erlebnisse von waghalsigen Reisen, von Tier- und Menschenjagden in fremden Weltteilen. Er sprach mit einer grimmigen Hingerissenheit, mit einer tierischen Wut, in seinen Erinnerungen die Kraft nachgenießend, die er veräußert hatte. Er fühlte, was diese Frau in die Spielsäle trieb, und es war ihm über dieser plötzlichen Entdeckung, als blute sein Herz. Als öffne sich in seinem Blut ein Spalt, eine

Schlucht, die so tief war, daß nur zuckendes Menschenherz sie füllen konnte. Er jagte mit seiner Phantasie und seiner Sprache nach diesem Herzen wie in den Dschungel nach Tigern, die Menschenblut aufgerissen und die Jäger zu tobender Blutlust entflammt hatte.

Diese Frau war das Herz, das er brauchte. Herrschsüchtiges Begehren schoß in sein Hirn und füllte es aus. Er wollte diese Frau für sich haben. Er sah durch ihre Augen, wie seine Erzählungen ihr Blut lockerten. Das wollte sie. Er verstand sie immer ungebärdiger und umfassender. Er malte ihr die fremde Natur, er warf sie ihr hin im Kampf mit seinem Willen, seinen Muskeln, seinem Geist. Und sie sollte glauben, die ganze fremde Natur, um die er so gewaltig kämpfte, sei sie.

Sie zitterte in seinen Worten. Sie wurde schwach an ihnen. Eine Glut nach Anlehnung und Zärtlichkeit überfiel sie vor den Äußerungen dieser Männerkraft so stark, daß sie sich von seinen gewaltsamen Erzählungen, mit denen er sie an sich zu heften trachtete, wie ein Stück lebendiger, blutnasser Haut losriß, zu ihrem Mann ging und in einer flehenden, heftigen Bewegung mit ihrem ganzen Leib ihn berührte.

Mabuse sah es. Es ward rot vor seinen Augen aus seinem ganzen Blut herauf. Rot von Verlangen und Blutgier. Er ertrug nicht mehr, daß andere Blicke sich auf sie legten, daß irgendeiner der fremden Männer sie ansprechen durfte, Lippen sich über ihre Hand beugten – Willen nach ihr angelten. Rot von Blutgier und Verlangen.

Er mußte fort. Er raste gleich im Auto nach Haus. Alle Sinne blieben bei der Frau zurück, und sich von ihr entfernend, seinen Körper so von dem Blut losreißend, schrie er in der Fahrt, in der er, selber lenkend, die Straßen durchtoste, das Bild heraus, das in der Schlucht lag: »Mord und Verlangen! Mord und Verlangen!«

Zu Hause trank er, bis er nichts mehr sah als in den Kreisen, mit denen die Trunkenheit das Zimmer um ihn wirbeln ließ, ihr Herz.

Es war von seiner Hand dem schönen Leib entrissen, blutete über seine Finger und zuckte in sein Hirn.

Für die Gräfin Told kam der Tag, an dem ihr Unternehmen im Gefängnis beginnen sollte. Sie begab sich zu Wenk. Er führte sie zu der Anstalt und besprach mit dem Direktor die Angelegenheit.

Bevor sie zur Zelle geführt wurde, fragte sie noch: »Auf wie lange?«

»So lange Sie wollen, Frau Gräfin«, antwortete Wenk. »Immerhin hängt es von Ihrer Geschicklichkeit ab. Doch selbstverständlich genügt ein Wort, und Sie sind frei, auch wenn Sie Ihr Ziel nicht erreicht haben.«

Sie sagte: »Zeit habe ich. Nur möchte ich am nächsten Montag zu einer Veranstaltung mir einen Ausgehtag erbitten.«

»Aber natürlich, das läßt sich sehr gut machen! Ich werde mir erlauben, Sie abzuholen. Etwas zu berichten werden Sie ja auch dann wohl schon haben!«

»Übrigens, Herr Doktor«, sagte sie noch, »mein Mann ist auf dem laufenden. Und gelt, Sie besuchen ihn. Er leidet! Gelt?«

Wenk verbeugte sich.

Ein Wärter übernahm die Gräfin. Sie wandte sich lächelnd nochmals zurück.

»Gut Glück!« rief Wenk. Dann verschwand sie in dem langen Flur.

Die Gräfin hatte das Haus des Geheimrats Wendel in einem Taumel verlassen. Der fremde Mann war auf einmal unsichtbar geworden. Aber die Berührung mit der Kraft seines Geistes hatte sich in sie eingebrannt und verließ sie nicht mehr; diese Kraft, voll Geheimnis, drängte den Staatsanwalt von ihr zurück.

Es kam ihr vor, da sich die Zellentür vor ihr öffnete, als ginge sie nun in diese Kammer hinein, in diese fremde, kalte, weltabgeschiedene Kammer, wie in eine Zeit der Prüfung.

Sie sollte ihn am Montag wiedersehen. »Ich lade zu einem zweiten Abend meiner Somnambule am nächsten Montag auch Ihren Tischnachbar wieder ein«, hatte der alte Geheimrat mit seinem gütig-skeptischen, anzüglichen Lächeln gesagt. »Er hat ja nachzuholen, da er unerwartet fortmußte. Die Somnambule hat er nicht gesehen, aber die wache Frau Gräfin Told!«

»Wohlan!« hatte sie nur geantwortet, kameradschaftlich, sachlich, nicht verbergend, aber auch nicht eingestehend.

Die Zellentür schloß sich hinter ihr. Vor ihr saß eine Gestalt auf einem Stuhl. Sie drehte sich nicht her. »Nun?« knurrte sie wie ein Hund.

»Guten Tag!« sagte die Gräfin.

Die Carozza wandte sich gemessen um. Erst als sie der Gräfin ihr Gesicht voll zukehrte, stieß diese einen kleinen Schrei aus, und mit einem gutgespielten Erstaunen rief sie die Carozza an, indem sie lebhaft zu ihr trat. »Fräulein, Sie! Wir kennen uns ja! Welch ein Zufall!«

Sie begann gleich zu plaudern, so als bemerkte sie die grimmige Laune der Carozza nicht. »Denken Sie sich, man hat uns ausgehoben, richtig ausgehoben! Bei Schramms! Das vornehmste Lokal. Ich sag' Ihnen, Fräulein, ein Radau war das! Einer piepste, der andere wollte zum Fenster hinaus, die doch alle zugemauert sind! Sie wissen ja. Einer setzte sich hin und weinte: ›Meine Frau, meine vier Kinder, ich bin entehrt!‹ Es war ein Durcheinander wie in einem Taubenhaus. Ich konnte mich nicht ausweisen, und da haben sie mich mitgenommen! Sagen Sie, was soll ich tun? Das ist doch nichts Böses, in ein Spiellokal zu gehen! Und gespielt hab' ich ja auch noch nicht einmal!«

Aber die Carozza schaute sie nur böse an. »Sagen Sie etwas! Was haben Sie?« bettelte die Gräfin.

»Ich hab' das Bedürfnis, von Ihnen in Ruhe gelassen zu werden. War denn der junge Mann mit dem blonden Vollbart auch dabei?«

»Der mit dem Basch, meinen Sie? Nein, der war nicht da. Der ist seitdem nicht wiedergekommen!«

»Und der alte Professor?«

»Nein, auch nicht!«

»Sie brauchen mir nichts weiter davon zu erzählen«, sagte dann die Carozza barsch. »Es interessiert mich nicht. Die Welt interessiert mich nicht. Ich bin unglücklich! Ich bin verraten und verlassen worden. Nichts anderes interessiert mich mehr. Ich bin verloren. Daß Sie's wissen! Ihnen sag' ich's! Sie gehören zu uns. Verloren, ganz verloren, sag' ich Ihnen. Und verraten, daß man sich weniger um mich kümmert als um eine erfrorene Maus in einer Wiese. Die bösen Hunde! – Die bösen Hunde!«

Die Carozza sprang von ihrem Schemel und faßte die Gräfin an der Schulter. »Sie waren mit uns. Ich schüttle es in Sie hinein«, rief sie, immer ungebärdiger werdend, »daß niemand so verraten wurde wie ich. Und ich hatte es nicht nötig. Ich war eine Künstlerin. Ich war begehrt und dann so verraten und verlassen! Als sei ich ein räudiger Katzenbalg in einer Gosse!«

»Weshalb hat er Sie verlassen?« fragte die Gräfin. Sie fragte das so schüchtern. Sie kam sich vor wie ein kleines Mädchen neben dieser großen, wilden Person. Ja, er hat sie verlassen, dachte sie sich, ja freilich, verlassen für immer, und ihr grauste dabei. Denn er ist ja tot. Sie wurde unsicher vor ihrem Unternehmen. »Er ist tot!« sagte sie leise und schwingend.

»Wer?« rief die Carozza.

»Ihr Freund – Hull!« zirpte die Gräfin wie ein Insektchen und begehrte an dem Schmerz des Mädchens teilzunehmen. Der Staatsanwalt begann in ihrer Phantasie zu unterliegen.

Aber da schrie die andere auf sie ein: »Ach was! Er ist nicht tot! Den ich meine, der lebt! Und ich sitze hier gefangen! Er steht da draußen in der Stadt, so groß wie ein Turm, wie ein Fels, sag' ich dir! Du Rotznas', was weißt du denn, was er war? Alles andere war blödes Getändel. Untreue ein Nebensächelchen! Hull? Tot?

Was ist dümmer, kleiner, als daß Hull tot ist? Aber der andere, der lebt und lebt frei da draußen, wo Liebe ist, wo Licht ist, wo Leben ist. Wo er mich zu seinen Füßen dulden könnte – vielleicht – wie ein Fell, das nur dazu da ist, seine dicke Zehe warmzuhalten. Das ist der größte Mann, der besteht. Der wildeste, sag' ich dir! Ein Bär, ein Löwenmännchen, ein Königstiger aus Bengalen – hörst du? Nicht aus diesem frostigen Land. Aus Bengalen, wo das Paradies war. Wo ich nie mehr hinkomm'! Weil man mich in diesem Loch verfaulen läßt!«

Auf einmal sagte sie ruhig und fest: »Sag, glaubst du, daß es Männer gibt, die so stark sind, daß ihr Wille diese Mauer da vor mir – um mich – einblasen kann, wenn er weiß, daß ich das so – so begehre?«

»Draußen gibt es sie nicht. In uns gibt es sie!« antwortete die Gräfin. Der leidenschaftliche Atem, der sie so plötzlich aus einem Menschenherzen überfallen hatte, tobte wie ein Sturm in ihr weiter. Wie erbärmlich war sie, einen Menschen überlisten gewollt zu haben. Sie kam sich klein vor. Sie warf alle Versprechen und Pläne als etwas Beschmutzendes ab. Sie erglühte an dieser fremden Person wie ein Faden an den elektrischen Strömen.

»Ja, in uns gibt es sie!« wiederholte sie.

»Er! – Er! ...« sang die Carozza mit einem Tonfall aus der Appassionata.

Und der Gräfin trat der fremde Mann von jenem Abend wie ein Marmorbildnis aufs Herz. Mitten aufs Herz! Aber es zersprang nicht. Sie ließ die Gestalt: gewähren. Sie kam und ging und kam über sie, wie sie wollte.

»Liebst du ihn?« fragte sie die Carozza.

Aber die antwortete nur es wegschiebend wie ein Nichts: »Ach was – lieben!«

»Ich liebe ihn nicht!« ereiferte sich die Gräfin, den Bewegungen der spukhaften großen Gestalt auf ihrem Herzen zu folgen. Aber er ist doch alles! Er ist ein Mensch. Aber er ist doch eine Welt für sich. Er liegt da in solch einer Stadt von kleinen Menschen, kleinen begehrlichen Häusern und Gassen und ist ein Dschungel und ein Urwald. Mir ist, als habe er Tiger und Schlangen in sich. Alles, was stark ist in der Natur. Und ganze riesenhafte Bäume und weite, undurchdringliche Schilfwälder! Weißt du, man kann hineinkriechen! Kommt an kein Ende und ist doch in ihm!«

Sie schwieg unvermittelt. Sie vermochte nicht in Worten zu sagen, was an Erscheinungen ihr Blut durchschattete. Denn jener Mann, den sie so über sich treten ließ, war wie ein Bruder. Nein, ein Vater? Gebunden in der Wollust einer Stunde, von der kein menschliches Hirn auch nur ein Atömchen wußte noch sah. In der Stunde, in der zwei Wesen in eins versanken, um ein neues in die Dunkelheit zu werfen, aus der es fern in der Zeit wieder als etwas auftauchte, das ein Leben für sich begann und nur mit schattenhaften Schnüren an jener Stunde hing. Man konnte die Schnüre zerschneiden, zertreten, auseinanderzerren – sie blieben zusammen. Kein anderes Verlangen trug sie zu ihm zurück, als noch einmal ihre Sinne jenem Bewußtsein noch ungehemmter anheimzugeben, das wie ein Traum sie bedeckte und sie zugleich von sich stieß.

Die beiden Frauen saßen nebeneinander, die Gräfin auf dem Boden, beide wie von einer unsichtbaren Faust niedergeschlagen in diese Stellungen der Zerknirschung, Sehnsucht und Auflösung in dem fremden Blut. Ein Schweigen lag nach den heftigen, ihrem Innern entrissenen Worten über ihnen, das grauenvoll das Nichts aus dem Schoß der rinnenden stummen Zeit heraufflattern ließ. »Sagen Sie etwas!« bat die Gräfin mit schüchternem Flehen.

»Still, oder ich erwürg' dich – erwürg' dich!« schrie die Carozza.

Da wich die Gräfin zurück. Sie fühlte sich, ungemessen und grenzenlos, wie sie bis dahin ihr inneres Leben nach außen zu wenden getrachtet hatte, der anderen unterlegen wie ein Wiesel in den Krallen eines Steinadlers.

Es wurde Essen hereingeschoben. Keine der beiden sah es. Es wurde finster. Die Carozza legte sich in den Kleidern auf eine der Pritschen. Die Gräfin ahmte sie nach und streckte sich in das Stroh der zweiten Liegestatt. Die Nacht ging über sie. Die Vorstellungen versanken in einer wehen, ermattenden Schlaflosigkeit wie in einer Kloake.

Einmal mitten in der Finsternis fragte die Carozza streng: »Schläfst du?«

»Nein!«

»Weshalb bist du hier?«

Da war die Gräfin nicht mehr so kühn, ihre Lügen zu wiederholen. Sie schwieg kleinmütig.

Die Carozza blieb eine Weile stumm. Dann sagte sie mit Gleichmut: »Du solltest mich aushorchen! Hab' ich dir etwas gesagt?«

»Ja!«

»Von ihm?«

»Ja!«

»Hab' ich dir seinen Namen genannt?«

»Nein!«

»Das ist gut. Sonst kämst du nicht lebend hier heraus. Aber selbst, wenn ich ihn genannt hätte und du lügst jetzt, so wisse, daß er keinen Namen hat. Er ist tausend Männer. Er ist ein ganzes Land! Er ist ein ganzer Erdteil!«

»So wie er!« sagte die Gräfin bei sich. Aber einen Augenblick später wußte sie nicht, ob sie das nicht laut gesprochen hätte.

»Wann gehst du wieder fort?«

»Wann du willst!«

»Dann geh gleich! Geh, sag alles, was ich gesprochen hab'!«

»Nein!« antwortete die Gräfin störrisch.

»Weshalb sagst du es nicht? Wenn du doch deshalb hergekommen bist?«

»Es ist jetzt anders!«

»Nichts ist anders«, begehrte die Carozza wieder auf. »Es ist alles, wie es ist. Wie es war. Wie es sein wird! Er draußen in tausend Freiheit! Ich hier ein Aas, das schon halb unter einem Rasenstück liegt. Sag mir alles!«

»Nein, ich sag' nichts!«

»Weshalb, du – du Luder?« fuhr die Carozza sie anschreiend an.

»Weil Sie ihn so lieben!«

Da ward die Carozza still. Aber einige Blutschläge später warf sie sich hin und begann wild zu weinen und zu schluchzen.

Die Gräfin blieb liegen. Sie spürte, wie eine Seele, entblößt, mit Tatzen, von denen Haut und Fell abgezogen waren, über ihrem Herzen lag und es gefangenhielt. Sie spürte ihr Blut über das Herz unter der Tatze rieseln und sich mit dem der Tatze vermengen.

Die Tatze ward ihre Schwester. Nun hatte sie Blutsbrüderschaft mit der Mörderin drüben an der andern Wand. Aber keine von den beiden wußte, daß es derselbe Mann war, der in der Gefängnisnacht ihre Pulse vereinigte.

10

Wenk bekam schlechte Nachrichten über das Befinden Karstens'. Er hatte, da er sich anscheinend sofort energisch zur Wehr gesetzt hatte, wohl von einer zweiten Person Hiebe mit einem stumpfen Gegenstand auf den Kopf bekommen, die die Schädeldecke gesprengt hatten. Er gewann das Bewußtsein immer noch nicht wieder und war seit der Tat in einem überfeinen Zustand, der sich nicht nach der einen und nicht nach der andern Seite zu lösen vermochte.

An eine Aussprache mit ihm, sagten die Ärzte, sei in zwei, drei Wochen nicht zu denken, selbst wenn er durchkommen sollte.

Der Carozza gegenüber, über die er, wie sein Ruf, sie zu verhaften, bewies, etwas hätte aussagen können, was ihre Anteilnahme an dem Verbrechen genauer bestimmt hätte, mußte sich Wenk mit dem Unternehmen der Gräfin begnügen. Heute war Montag, und um vier Uhr erfuhr er auf alle Fälle, ob etwas von der Carozza an Klärung zu erwarten war oder nicht.

Wenk verließ sein Haus an diesem Tag nicht. Die zwei Pole, zwischen denen er seine Kräfte sammelte, waren persönlich nicht erreichbar für ihn: der eine war das Frauengefängnis, der andere, wichtigere wohl war Konstanz. Von dort wurde er öfter angerufen. Dieser Poldringer durfte keinen Augenblick aus dem Apparat herausspringen.

Da er all die Stunden zu Hause verbringen und viel warten mußte, ging er in einer erregten Ungeduld hin und her und öfter ans Fenster.

Da fiel ihm schließlich ein Mann auf. Er hatte ihn um acht Uhr in der Frühe zum erstenmal gesehen. Dann vielleicht eine halbe Stunde später nochmals. Darauf nicht mehr. Aber auf einmal wieder. Der Mann ging immer rasch an seinem Hause vorbei, wenn er ihn sah, oder er stand ferner an einer Ecke.

Hatte dieser Mann die Aufgabe, ihn zu überwachen? Wenk wollte die Probe machen.

Er bat einen Beamten der Geheimpolizei, sich so zu maskieren, daß jemand, er ihn nur flüchtig sah, ihn für den Staatsanwalt selber halten konnte. Dann holte der Chauffeur das Auto zu Wenks Wohnung, wo der Maskierte wartete, und der Verkleidete begab sich hinab in einem Augenblick, als der Unbekannte wieder an einer Straßenecke sichtbar wurde. Der Geheimpolizist stürzte rasch das kurze Stück von der Haustür auf den Wagen zu, drückte sich in eine Ecke, und das Auto sauste davon. Diesen einfachen Trick will ich mir merken, dachte sich Wenk.

Der Fernsprecher rief: Konstanz dringend kommt!

»Der Beobachtete hat drei Uhr sechzehn die Burschen, mit denen er zusammensaß, zum Bahnhof gebracht. Um drei Uhr sechsunddreißig fährt der Schnellzug nach Offenburg. Es ist ungewiß, wer von der Gesellschaft mit verreist. Die einen haben Handtaschen, die andern haben keine. Vor allem ist es ungewiß, ob der Beobachtete selber mitfährt. Ein anderer hat sieben Karten gelöst, nach Offenburg. Sie sind aber mit dem Beobachteten zu acht. Einer darunter sieht anders aus und wurde hier noch nicht gesehen. Es ist möglich, daß er der Führer der Burschen wird und in französischem Dienst steht. Was sollen wir tun?«

»Stellen Sie drei Zivilbeamte bereit. Fahren alle acht, reisen auch die drei Beamten mit. Bleibt einer oder mehrere zurück, bleibt einer der Beamten ebenfalls zurück, der diesen oder diese nicht außer acht lassen darf. Es wäre möglich, daß sie getrennte Routen reisen.«

Der Beamte in Konstanz wiederholte.

»Gut! Melden Sie schon jetzt das Gespräch an für die Abfahrt des Zuges. Schluß!«

Wenk bat um Verbindung mit Offenburg. In fünf Minuten konnte er sprechen.

»Mit dem Konstanzer Schnellzug kommen sieben oder acht Leute. Geheimbeamte fahren im selben Zug. Halten Sie auf alle Fälle sechzehn Mann bewaffnet am Bahnhof bereit. Es ist wahrscheinlich, daß die Reisenden Pässe nach dem Elsaß haben. Sie sind gefälscht ... Wenn Sie verhaften, so vermeiden Sie, bitte, alles Aufsehen. Mitteilung an die Presse nur, daß es sich um Deutsche handelt, die in die Fremdenlegion gelockt worden seien, und vor allem: sie seien gleich wieder freigegeben und nach Hause expediert worden. Über die falschen Pässe zeigen Sie sich nicht unterrichtet. Falls sich einer namens Poldringer oder Hinrichsen unter ihnen befindet, so ist er abgesondert zu halten und sehr stark zu bewachen.«

Bald danach kam wieder Konstanz: »Sieben sind abgereist. Poldringer allein zurückgeblieben. Er ging zum ›Schwarzen Stier‹ und wird beobachtet.«

»Es ist gut, danke. Bitte, läuten Sie wieder um sieben Uhr an! In der Zwischenzeit, wenn Wichtiges vorliegt, an die Kriminalpolizei!«

Dann wollte sich Wenk rüsten, um die Gräfin im Gefängnis abzuholen. Es war drei Uhr dreißig. Er war allein zu Hause. Er telefonierte nach seinem Auto. Als er es unter den Fenstern rattern hörte, ging er hinaus. Er öffnete seine Tür.

Da stand ein älterer Mann draußen. Der Herr war gebeugt, hatte einen buschigen schneeweißen Schnurrbart, feste rote Backen und lichtblaue Augen. »Herr von Wenk?« fragte er.

»Bitte!« sagte der Staatsanwalt. »Verübeln Sie mir nicht – ich habe einen eiligen amtlichen Ausgang vor.«

»Einen Augenblick nur«, antwortete der andere »mein Name ist Hull. Ich bin der Vater!«

Wenk verbeugte sich und ließ den Herrn herein. Er führte ihn in sein Arbeitszimmer.

»Herr von Wenk, man hat mir gesagt, Sie führten die Untersuchung. Gerhard war mein einziger Sohn. Ich habe ihn schlecht erzogen. Mein Leben war meine Arbeit. Meine Fabriken waren groß. Meine Frau starb früh. Es ist vielen Söhnen unserer Zeit so gegangen.«

Er sprach mit einer geraden Stimme, fast rauh. »Das nimmt meine Schuld nicht von mir. Unsere Söhne waren unser Luxus, unsere Arbeit war unsere Pflicht. Besser, wir hätten es umgekehrt gehalten. Sein Leben kann ich nicht zurückverlangen. Was ich von anderer Seite über die näheren Umstände erfahren, genügt mir. Ich will nicht mehr wissen. Ich habe mir erlaubt, wegen anderm zu kommen. Mein Sohn bekam zehntausend Mark monatlicher Rente von mir. Ich habe aus dem ganzen Unglücksfall nur den einzigen Wunsch übrigbehalten, diese zehntausend Mark monatlich so weiterzugeben, als sei er noch da. Ich will weitere zehntausend dazulegen. Das Geld soll dienen, etwas zu schaffen, was die Menschen gutmachen hilft. Und was bleibt. Herr von Wenk, können Sie mir raten?«

Wenk antwortete zögernd: »Ich muß Ihnen – gestehen, zuerst – Herr Hull, Sie machen mich betroffen!«

Wenk war von der Haltung des Vaters tief erregt. Gebändigte Menschenkraft, erwürgter Vaterschmerz, unbesiegbare Menschlichkeit – alles, was da so unvermutet vor ihn hingetreten war, machte ihn im ersten Augenblick vor Bewegung und Anteilnahme unsicher. »Ja, ich weiß nicht – Herr Hull –, weshalb wenden Sie sich gerade an mich?«

»Das kann ich Ihnen genau sagen, Herr Staatsanwalt. Sie haben die Pflicht, die Mörder zu vernichten. Ich möchte das, was Sie an Schlechtem aus unserer Heimat zu entfernen haben, durch etwas Gutes ersetzen. Das Andenken meines Sohnes soll fruchtbar werden. Von seinem Leben habe ich nichts gehabt. Sein Tod soll mir nun etwas geben, was ich mit in die Ewigkeit nehme.« Seine Stimme blieb fest bis zum letzten Wort.

»Sie haben es eilig. Vielleicht ist es gerade dieser Unglücksfall, der Sie verhindert, mir mehr Zeit zu widmen?«

»Allerdings«, sagte Wenk.

»Kann ich Sie morgen oder an einem andern Tag in Ruhe sprechen? Wenn Sie frei sind?«

»Ich bin morgen frei, Herr Hull. Kommen Sie, wann Sie wollen. Am besten vormittags. Sie brauchen sich auf keine Stunde festzulegen. Ich bin immer zu Hause. Ich danke Ihnen. Wir können zusammen ein Werk schaffen, glaube ich!«

»Nein, ich habe Ihnen zu danken, daß Sie mir helfen wollen, dies bescheidene Denkmal zu setzen, damit der Name des Unglücklichen nicht nur im Blut unter den Menschen bleibt.«

Sie gingen zusammen aus dem Hause.

Wenk fuhr zum Gefängnis. Er kam eine halbe Stunde später, als verabredet worden war. »Die Frau ist schon lange vor vier Uhr fortgegangen«, sagte der Direktor.

»So!« machte Wenk enttäuscht. »Was hat sie hinterlassen?«

»Nichts!«

»Und Sie selber wissen auch nichts? Über das Ergebnis? Hat sie Erfolg gehabt?«

»Ich habe nicht gefragt!«

»Wedhalb nicht?« fragte Wenk, durch den Ton gereizt.

»Es stand nicht in meinen Instruktionen, das zu fragen«, antwortete der Direktor mißlaunig.

»Es handelt sich nicht um Ihre Instruktionen, sondern um den Versuch, eine der gefährlichsten Verbrecherbanden Deutschlands aufzuspüren. Sie scheinen das mißzuverstehen. Sie und Ihre Instruktionen sind absolut: nichts in dieser Sache.«

»Um so besser. Wenn ich Sie bitten darf, mich nächstens mit solchen Neuerungen zu verschonen ...«

»Sie scheinen sich in Ihrem Amt nicht mehr wohl zu fühlen,

Herr Direktor. Ich werde ein Wort für Sie beim Minister einlegen. Ich empfehle mich!«

Was ist geschehen? fragte sich Wenk. Er war enttäuscht und zornig, als er zu seinem Auto hinauseilte. Was ist los?

Die Gräfin fuhr um sieben Uhr dieses Tages zum Geheimrat Wendel. Sie kam in dieselbe Gesellschaft wie das letztemal. Sie sah so wenig von dieser Gesellschaft, wie sie das letztemal gesehen hatte. Um sie und ihren Tischnachbar, den Dr. Mabuse, stiegen die Gespräche wie ein Netz von Tönen, wie eine Laube von Lauten, abschattend alles von draußen. Ihr Nachbar war schweigsamer an diesem Abend. Aber was er sprach, sagte er mit einem eindringlichen Zielen auf einen unverkennbaren Punkt.

Die Gräfin stritt die ganze Zeit mit sich, ob sie ihm nicht das Erlebnis im Gefängnis erzählen sollte, daß sie mit dieser Frauenseele zusammengewesen, die so stark war wie die Erlebnisse und Gestalten seiner Worte, und noch stärker, da sie in der Entsagung und Frau war und alles nur in der Abwehr erlebte und erkämpfte. Sie spann sich so ein in diese Vorstellungen, und das Ereignis ihrer Begegnung mit der Verbrecherin nahm in der Entfernung so plötzliche Verhältnisse an, daß die Kraft des Mannes daneben zu verblassen begann. Die Erfüllung der zweiten Begegnung mit ihm gab nichts von dem, was die Sehnsucht leidenschaftlich erwartet hatte. Der Mann sank hin vor ihr.

Sie bemerkte, daß, wie er sie am ersten Abend mit den starken Worten seines Mundes, er sie heute mit dem gewaltsamen und verlangenden, aber kalten Strahl seiner Augen an sich zog. Diese Augen waren von einem steinernen Grau. Da bekam sie ein wenig Angst, und aus der Angst heraus sehnte sie sich nach der Anteilnahme eines Menschen, die sie erwärmen und ihr Inneres mild beschatten könnte.

Sie blickte zu ihrem Mann hinüber. Der Graf saß neben der Somnambulen. Er sprach auf sie ein. Es war, als ob seine Worte nur um die ziervollen Bewegungen seiner Finger spielten. Der Ring beherrschte die Hände. Da erhob sich aus dem Herzen der bewegten Frau ein ganz fernes Gefühl, das wie die Lösung eines Fiebers ihr Herz warm überrieselte – ein Gefühl edlen, frauenhaften Mitleids. Er ist ein Kind! sagte sie sich. Wenn er mich nicht hätte, wäre er schutzlos. Wäre er ein Reifen, der die Straße hinabrollt, von den Steinen und Unebenheiten des Weges gestoßen und geführt.

In dies Empfinden drang dann wieder die Glut ihres Erlebnisses mit der Tänzerin Carozza, hob sie vom Alltag, verwühlte sie, machte sie von einer heißen, sprühenden Inbrunst und dann wieder eiskühl und fern. Orgiastisch lief sie hinterher. Es schien ihr dann, sie sei auf der Jagd nach ihrem Mann, und wenn sie zugreifen wollte, patschte sie mit den dünnen, weißen Fingern in die Teiche der großen wolkengrauen Augen ihres Nachbarn.

Mabuse wurde immer schweigsamer. Er aß nichts. Er legte sich auch keinen Zwang an, seine Schweigsamkeit zu bemänteln. Er gab sich ihr im Gegenteil mit einer drohenden Eindringlichkeit hin, als habe sich die ganze Gesellschaft um ihn herumgesetzt, um diese Schweigsamkeit wie die gottgegebene Tyrannei eines afrikanischen Königs zu erdulden und anzubeten. Die Menschen aßen nur, um sich zu dieser Anbetung zu stärken.

Nur der Graf Told tänzelte wie auf Steckelbeinen mit zierlicher Komik an der Somnambulen herum, die schwarzhaarig, mit dicken, bleichen Backen, fett und fest neben ihm saß und ihre Blicke um ihn in die Gesellschaft entließ. Da haßte die Gräfin den Mann, der neben ihr saß und schlecht gelaunt war, während ihr Gatte so gefährlich auf der Scheide des Lächerlichen hüpfte. Nein, es war nicht Haß. Es war der innere Grimm zwischen Abwehr und dem Willen zur Hingabe an ein selbststarkes und selbstsicheres Hirn und Blut.

Die Tafel wurde aufgehoben. Eine Weile stand man plaudernd rundum.

Mabuse hatte sich von seiner Tischnachbarin gelöst und die Gesellschaft des Grafen Told aufgesucht. Er brachte ihn in ein Gespräch über die Psychologie des Glücksspiels.

»Ich bin eine Spielernatur eigentlich«, sagte der Graf, »ich bleibe eiskühl, wenn ich verliere; ich entflamme und werde in der Phantasie fruchtbar, wenn ich gewinne.«

Mabuse sagte: »Das Glücksspiel ist die älteste Form, die stärkste und allgemeinste Form, in der der Mensch, dem nicht die Gabe einer Künstlerschaft gegeben ist, sich Künstler zu fühlen vermag.«

»Interessant«, antwortete der Graf, »führen Sie das, bitte, weiter aus.«

»Weil im Glücksspiel ein jeder Mensch die Erzwingung einer Annäherung wenigstens an einen Schöpferakt durchsetzen kann. Die Erschaffung durch das Prinzip, dem sich alles Leben verdankt, speist ihre Macht aus dem Kräfteparallelogramm von Willen und Zufall. Unter Zufall ist das Unwägbare, Unmeßbare, Fremde und zum Erkennen aus sich selbst heraus Unmögliche zu verstehen. Dies ist auch die seelische Mechanik der Geschöpfe, denen die Natur einen Teil der Urkraft verliehen hat: der Künstler! Zwischen den Polen Willen und Zufall läuft ihre Tätigkeit in einer Art von Trancezustand. Goethe hat das von sich selber gesagt, wenn er dichtete: Die Synthese des glückenden Spiels ist dieselbe: der Zufall gibt dem Spieler das Material; es kann winzig und nichtig und es kann alles beherrschend sein. Den Willen setzt er dann hinein, aus diesem Zufall ein Werk eigener Schöpfung zu machen.«

»Sie sind auch Dichter, Herr Doktor?«

»Nein, ich bin psychopathologischer Arzt!«

»Das sind ja gerade unsere modernsten Dichter. Denn sie geben der Kunde des Unbewußten, oder des Unterbewußten vielmehr, die sichtbare Form. Das Unterbewußte aber, das steht doch heute fest, trägt unser Seelenleben. Wir spielen nachher Bakkarat, nicht wahr?«

»Gut!«

Die Somnambule sollte ihre Tätigkeit beginnen. Ein Arzt führte sie vor und versetzte sie in den hypnotischen Zustand, in dem sie ihre Wunder der Erinnerung vollbringen sollte. Sie hatte am ersten Abend, das erzählte der Graf mit ehrfürchtig flüsternder Stimme Mabuse, Erlebnisse erzählt, die sich in ihrem Innern während ihrer ersten Gehversuche abgespielt hatten.

Der Graf fühlte eine Wärme, die unnatürlich seinen Hinterkopf bestrahlte, während er das sagte. Er drehte sich um. Aber es war nichts hinter ihm als die Tapetenwand, an der Gemälde hingen, die älterer Schule waren und ihn gleichgültig ließen.

Die Somnambule gehorchte dem Willen des Suggestors nicht. Sie entglitt wohl dem Wachsein; aber jeder Zuschauer konnte erkennen, wie allmählich der Ausdruck ihrer Augen wie aus der Ferne wieder hervorkam, bis er ganz vorn stand und plötzlich wieder wach aufstrahlte, wach und unwillig. »Einer quält mich«, sagte sie.

»Niemand quält Sie«, sagte die Stimme des Arztes eintönig und skandierend. »Man will Sie in die frühen Länder Ihrer Jugend geleiten. Eins – zwei – drei, schlafen Sie. Eins – zwei – Sie schlafen!«

Er rieb langsam, kaum berührend mit der Hand über ihre Stirn, immer wieder zählend. »Drei – eins – zwei. Wie alt sind Sie jetzt?«

»Ich bin zehn Monate alt und drei Tage.«

»Was hat morgens die Mutter gemacht, wenn sie Sie aus der Wiege hob?«

»Hat mich losgewickelt und gescherzt und – und …«

Sie seufzte, erwachte rasch: »Es ist jemand da, der soll fort. Er quält mich!«

»Es geht heute nicht. Es sind kreuzende Störungen vorhanden, die ich nicht erkennen und infolgedessen auch nicht abstellen kann«, sagte der Arzt.

Der Geheimrat trat auf Mabuse zu. »Herr Doktor, wollen Sie nicht einmal versuchen? Nach den Proben, die ich damals von Ihnen sah, verspreche ich mir von Ihrem Eintreten eine Behebung der Störungen.«

Mabuse wollte wohl versuchen, sagte er. Aber Erfolg vermöge er nicht zu versprechen. Er sei lahm im Kopf von einer Erkältung.

Er trat aber sofort einen Schritt auf das Medium zu. Man sah, daß dieses auf die unscheinbare Bewegung hin wie ein Eisenteilchen vor einem Magneten sich anders richtete. Mabuse sagte kein Wort zu ihr. Er überstrich einen Teil ihres Körpers mit den Augen. Das Mädchen wurde wie mit einem Schlag blasser, als es war. Ohne daß das Medium auch nur eine Bewegung machte, war deutlich zu erkennen, daß in ihr ein Kampf gegen fremdes Unsichtbares vorging, daß ein Widerstand rasch erlahmte, daß ihre Augen fielen – fielen …

Dann sagte Mabuse mit hastigen, vergewaltigenden Worten: »Sie liegen in Tüchern. Sie haben die Arme fest an den Leib gebunden. Sie sind sechs Monate alt. Es ist Abend. Sie schreien. Weshalb schreien Sie?«

Und aus dem schweren Körper dieses bei offenen Augen schlafenden Mädchens drang eine piepsende, winzige Stimme: »Im Bauch drückt es!«

»Das ist schlechte Luft. Man gab Ihnen zuviel zu trinken. Wer gab Ihnen das?«

»Der Leib einer Frau«, sagte das Stimmchen.

»Lieben Sie den Leib?«

Da ward das Mädchen aschfahl, und durch die piepsende Stimme drang ein schriller, qualvoller und böser Ton: »Nein!«

»Was wollten Sie tun?«

»Ihn mit dem Gaumen zerbeißen!«

»Weshalb?«

Doch ein Zittern brach über die Lippen des Mediums, teilte sich dem Körper mit, und Mabuse sagte: »Jede Minute länger ist Lebensgefahr. Ich muß die Sitzung beschließen!«

Er legte das Mädchen auf ein Sofa. Mit beruhigenden Bewegungen erlöste er es, wusch ihm das Gesicht mit Wein, und als es zu sich gekommen war, wurde es zu Bett geführt.

Die Unterhaltung stürzte nun über Mabuse. Man fragte, riet, was es sagen gewollt hatte.

»Das ist ein Märchen gewesen«, sagte Told, »ein Märchen vor dem Tor des Lebens! Sie sind ein Genie, Herr Doktor. Was wollte es aber sagen, das es so zitternd gemacht hat?«

Eine Dame schob sich heran und fragte. Aber Mabuses Augen suchten die Gräfin. Sie trat heran. Auch sie fragte.

Da sagte Mabuse: »Sie wollte sagen: Weil ich ihr Blut so gehaßt habe!«

Die Gräfin erschrak. Die andern schwiegen, peinlich betroffen. Die Gräfin lehnte sich auf und sagte hart: »Ein Kind kann nicht hassen!«

»Woher wissen Sie das?« fragte Mabuse brutal.

»Das weiß ich – von mir selber!« antwortete sie.

»So freuen Sie sich über sich. Denn dann sind Sie nicht nur ein Genie an Erinnerungskraft, sondern auch ein Engel an Gemüt!« entgegnete Mabuse höhnisch.

Gespräche lösten die Gesellschaft auseinander. Nur der Graf Told war schweigsam geworden. Immer dieser unnatürliche Hitzestrahl gegen seinen Hinterkopf! Er schaute hinter sich. Er faßte mit der Hand den Schädel ab. Nichts! Er ging zu einem Spiegel! Nichts! Er setzte sich hin, und ihm war, als sollte er einschlafen. Aber er sah alle Menschen und hörte alles. Er wollte etwas sagen, doch fühlte er, wie die Worte von seinem Mund weggepflückt wurden gleich fallreifen Früchten.

Als eine Weile so vergangen war, erhob er sich, trat auf den Kreis zu, in dem Dr. Mabuse stand, und sagte: »Wir wollten Bakkarat spielen!«

»Wie Sie wollen! Wenn wir noch Spielliebhaber finden!« antwortete Mabuse.

Da wurde Told lebhaft. »Großartig, mit Ihnen Bakkarat spielen! Geheimrat, was? Machen Sie auch mit?«

»Ich habe gesellschaftliche Pflichten gegen die Damen. Aber Sie werden Partner genug finden«, antwortete der Geheimrat.

Bald saßen sechs Herren um den Spieltisch. Er stand in einem

Raum, der an den Wintergarten stieß. Die Lampe mit einem tiefen Schirm neigte sich über den Tisch und ließ das Zimmer in einer schummerigen Dunkelheit. Im Wintergarten, in den man durch ein Fenster sah, leuchteten dunkel die gespenstischen Arme der fremden Palmen gegen das von Sternenschein ange-geisterte Glas der Wände. Sie sahen aus wie Leitern, die, aus ihren starren, hölzernen Formen erlöst, dunkel und wie ekstatische Schatten sich gegen den Himmel erstreckten.

Man schlug die Karten, wer zuerst die Bank halten sollte. Gäste umlagerten den Spieltisch. Die Gräfin Told stand im Dunkel abseits und schaute herüber. Mabuse sah ihr Fleisch leuchten aus dem dunkelroten, weit ausgeschnittenen Kleid, das sie trug. Er war finster und kalt. Kaum sprach er ein Wort. Alles, was in ihm aufsteigen wollte, unterdrückte er, und nur um den Grafen Told häuften sich seine Gedanken und türmte sich sein Wille hoch. Wenn jemand ihn anredete, antwortete er kurz und abweisend. Er spielte scheinbar mit großer Aufmerksamkeit. Aber er spielte in Sprüngen.

Bald begann es, daß die Herren, die mit geringen Sätzen angefangen hatten, ihm dies Beispiel nachmachten. Dadurch ging die Wertschätzung des Einsatzes verloren. Neben drei Mark standen fünfzig Mark, standen zweihundert. Die drei Mark schämten sich, wurden rasch zwanzig und rascher hundert und zweihundert. – Es ging nicht lang, und niemand wagte, weniger als hundert Mark zu setzen.

Als man begann, fand man Zeit, die Zwischenräume zwischen dem Kartenablegen und dem Aufheben der neuen Karten mit Gesprächen zu füllen. Diese Unterhaltung versickerte, verschwand. Die Zuschauer wurden stumm. Unter den Spielern entbrannte der Kampf, kreiste das Fieber. Es ging auf die Zuschauer über.

Die Gräfin sah, welche Summen ihr Mann setzte.

Er hat nie gespielt! Was ist los mit ihm? fragte sie sich.

Der Graf gewann. Er ließ Einsatz und Gewinn stehen. Es war ihm, als sei er ein Pferd, über dessen Flanken der Reiter bedrohend und anfeuernd hing und hetzte. Er warf Geld hin.

Der Graf sollte als letzter in der Runde die Bank bekommen. Es war ihm, als stände der Augenblick, in dem er selber die Karten verteilen und das vielfache Risiko an Gewinn oder Verlust haben sollte, wie eine Empore vor ihm, deren reiche Geheimnisse zu erklettern ein wunderbares Glück sei.

Es wurde heiß. Aus den Phantasien zuckte die Hitze durch den Raum.

Die Gräfin beugte sich in dem halben Licht vor, gebannt von dem unbegreiflichen Tun ihres Mannes. Auf einmal berührte der volle Lichtschein den Ansatz ihrer Brust, der sich klar und schön aus dem Kleidrand hob. »Norden und Süden!« sagte Mabuse, der diesen Zwillingspfirsich sah; bös und voll dunkler Wut sagte er es. »Norden und Süden, warte!«

Dann wich sein Blick zurück und legte sich dem Grafen Told auf die Hände.

Der übernahm in diesem Augenblick die Bank. Er teilte die Karten aus. Er war auf einmal verwirrt, als sei etwas geschehen. Er war froh, als er das Paket verteilt hatte. Er gewann sämtliche Einsätze. Es war sonderbar, daß sich auch das zweite Mal dasselbe Gefühl der Unsicherheit einstellte. Er gewann wieder. Das geschah nun öfter hintereinander. Die Spieler wie die Zuschauer erregten sich an der Glücksserie des Grafen. »Ihr Gatte!« wandte sich jemand an die Gräfin, »schauen Sie, er gewinnt jedesmal.«

Alle warfen einen Blick, den die Karten rasch wieder zurücknahmen, auf die Gräfin.

Der Graf teilte die Karten wieder aus. Er deckte sein Blatt auf; er kaufte zwei Figuren und schickte sich eben an, eine Karte zu kaufen.

»Halt!« rief plötzlich eine Stimme, wie von einem Unteroffizier. Eine Hand fuhr rot und roh auf den Tisch, auf die schöne, schmale weiße Hand des Grafen, an der der farbige Stein funkelte, riß sie empor, und alle sahen, daß der Graf im Begriff gewesen, die Karte, die unten lag, statt der obersten zu seinen Karten zu nehmen. Es war eine Neun.

»Aha, eine Neun! Jetzt verstehe ich Ihr Glück, Sie Kujon!« rief die schnarrende Stimme. »Sie sind ein Falschspieler!«

Alles sprang auf. Man rief durcheinander. Der Graf Told saß klein und zusammengebrochen an seinem Platz. Er saß da wie ein eingeschlagener Hut und schaute hilflos auf.

Der mit der schnarrenden Stimme drang auf den Grafen ein. »Das Geld her! Sie!« rief er drohend. »Alles Geld!«

Zuschauer und Spieler waren durcheinandergemengt. Ein Schrei fiel im Dunkeln. Durch die gewaltsamen Bewegungen des starken Mannes, der den Grafen entlarvt hatte, war ein Herr hingefallen, hatte einen andern mitgerissen. Der wollte sich am Tischtuch anhalten. Das Tuch wurde von der Platte gezogen. Geld und Karten streuten sich auf dem Boden unter den Füßen der Menschen durcheinander. Die Menschen drüber her! Da erlosch die elektrische Birne.

Aber Dr. Mabuse, der auf den Schrei aus dem Dunkeln gewartet hatte, war auf die hinfallende Gräfin gestürzt, hatte sie hoch in seine Arme gerissen, und einen Sprung später war er zwischen den Palmen und trug die Ohnmächtige hinaus in den Park unter die Sterne und die Bäume und weit nach hinten durch Gebüsch zu der kleinen Mauer, an der eine Straße vorbeiführte. Er hob sie über die Mauer hinüber. Jemand half von drüben. Und einen Augenblick später toste das Auto wie ein Räuber davon.

»Nord- und Südkugel!« sagte Mabuse ingrimmig und laut in die Fahrt hinein. »Jetzt seid ihr mein!«

Die Xenienstraße war leer. Mit einem Ruck schlug sich vor Mabuses Haus das Auto fest in die Bremsen. Er trug die Frau, die noch immer ohnmächtig war, in seine Wohnung hinein.

11

Aus dem schimpfenden Durcheinander, aus dem Chaos von verächtlichen Blicken und Selbstunsicherheit löste sich Graf Told wie von einem Traum und schlich ins Vestibül. Er dachte an seine Frau. Aber er hatte nicht den Mut, sich nach ihr umzuschauen, noch nach ihr zu fragen. Vor dem Haustor stand sein Auto. Der Chauffeur fuhr mit der Hand an den Schlag. Aber Told winkte ab: »Warten Sie auf die Frau Gräfin!«

Er ging in die Stadt: und mietete das erste Auto, das kam, um nach Hause zu fahren. Weiß ich denn, was geschah? fragte er sich ununterbrochen. Es ist über mich hergefallen. Es hat meine Hand auf den Tisch geschlagen. Weiß ich denn, was geschah? Wenn es nur ein schlimmer Traum wäre!

Aber es war kein Traum. Er kam vor seiner Villa an. Er mußte aussteigen. Er ging den Garten entlang und hinein. Der Diener nahm seinen Mantel. Der Graf begab sich in das Zimmer, in dem er mit seiner Frau, wenn sie zusammen irgendwo gewesen waren, noch ein wenig vor dem Zubettgehen zu verweilen pflegte und aus den Erlebnissen des Abends einer dem andern das nachmalte, was ihm etwas gegeben hatte. Er hing mit einer verliebten Pedanterie stark an diesem Zusammensein.

Heute war er allein da. Wo ist meine Frau? fragte er sich, unbewußt und erstaunt. So stark floß um ihn die Stimmung der vielen zarten Erinnerungen des Raumes. Er fühlte sich enttäuscht, daß sie ihm in dieser grausamen Stunde nicht an der Seite war. Es war das erste schwere Erlebnis seines Daseins.

Aber zugleich dünkte es ihm selbstverständlich, daß sie sich von ihm getrennt hatte. Er kam sich vor, als habe das unnennbare Ereignis am Spieltisch in der Wendeischen Villa ihn in Schmutz gewalkt. Es roch schlecht aus ihm. Nein, Dusy soll fort von ihm sein! Es kam eine Prüfungszeit. Sie soll fort sein, bis er sich gereinigt habe.

Aber wovon sollte er sich reinigen?

Und auf einmal überfiel ihn, lastend und kalt, was er getan hatte, wie eine einbrechende Eisdecke. Er hatte es getan! Ja, er hatte es getan! Er hatte Karten unten gemischt und hatte Karten unten herausgezogen. Er hatte damit Geld gewonnen. Aber er hatte kein Geld gewinnen wollen! Was war geschehen? Kann keiner mir helfen? Ich habe etwas getan, was ich nicht tun wollte. Ich habe mich aus der Gesellschaft ausgestoßen! Ich werde bis ans Ende meines Lebens ein Falschspieler sein. Kann niemand mir helfen?

Ich weiß, daß ich etwas getan habe. Aber ich weiß nicht, wie ich es getan habe! Und nicht weshalb und nicht wozu. Ich werde verrückt. Ich verliere mein Vertrauen in mich. Ich kann keinen Augenblick in meinem Leben für das, was ich tue, sicher sein. Entsetzlich! Grauenhaft! Es graust mir vor mir selber. Wie kam ich dahin? Das ist ein Bild von Kokoschka! Das ist eine Plastik von Archipenko! Das werde ich immer wissen. Aber was da allein aus diesem Kopf, aus diesem meinem Kopf hinausschleicht, das kann ich nun nie mehr in meinem Leben sicher wissen. Ich behalte meine Augen, mein Gehör, mein Gefühl … Aber mein Hirn verfault. Irrenanstalt! Mein Körper geht im Licht des Tages. Und mein Gehirn ist in Zwischendunkelheit eingehüllt. Kann denn keiner mir helfen?

Er kämpfte mit den Tränen. Aber er wagte nicht einmal zu weinen. Er wußte nicht: Täuscht mich nicht vielleicht mein Bewußtsein über das, was ich tue? Und wenn ich weine, geschieht es dann vielleicht nicht in Wirklichkeit, daß ich ein Bild zerschneide, das ich bisher geliebt und angebetet habe, oder meinen Diener einen Mörder nenne oder der Kammerzofe Dusys Unzüchtigkeiten sage?

Und dann war es ihm, als bräche er zusammen über den einen Namen: Dusy! Kannst du mir nicht helfen, Dusy, du? Wirst du nicht kommen? Glaubst du mir nicht? Hilfst du mir nicht?

Er klingelte und lief dem Diener entgegen. »Die Frau Gräfin?« rief er.

»Die Frau Gräfin ist noch nicht zurück!«

»Nicht telefoniert? Hat sie nicht …«

»Nein, Herr Graf. Aber der Herr Doktor von Wenk hat vor einer Stunde angerufen. Die Frau Gräfin läßt er um die Ehre bitten, ihn morgen vormittag zu empfangen. Seine Rufnummer ist am Fernsprecher aufgeschrieben.«

»Gehen Sie!« sagte der Graf.

Ich gehe zu Dr. Wenk – ja, ich gehe zu Dr. Wenk. Und dann rief er laut ins Zimmer hinein, gepeitscht von tausend Unsichtbaren, gestäupt von zehntausend Ängsten: »Sonst muß ich mich aufhängen! Ich muß es einem Menschen sagen, einem Menschen!«

Er stürzte zum Fernsprecher. Er rief die aufgeschriebene Nummer an. »Hier Staatsanwalt Wenk!« rief eine fremde, ferne Stimme, so daß Told zu erzittern begann.

Aber er raffte alle Energie und Selbstverleugnung zusammen und antwortete: »Kann ich jetzt gleich mit Ihnen sprechen?«

Ihm war in furchtbarer Not, als schmolzen vor dem Fieber seines Verlangens die übermittelnden Drähte und es könne keine Antwort durch sie kommen. Er atmete auf, als er dann hörte: »Mit Vergnügen! Ich erwarte Sie!«

»Fritz!« schrie er hinaus. »Richten Sie mir das kleine Auto!«

Und er fuhr zurück nach München.

Wenk glaubte, er komme im Namen der Gräfin und es sei im Gefängnis etwas geschehen, was seine Beziehungen zu ihr durchschnitte.

»Herr Graf – ich vermute, es war ein gefährliches Experiment! Die Frau Gräfin …«

»Nein, nein«, rief Told dagegen, »ich, ich … Meinetwegen komme ich. Mir ist etwas geschehen!«

Er erzählte. Er erzählte auch, wie er den Abend über diese unnatürliche Bestrahlung seines Hinterkopfes empfunden habe. Das sei wohl ein Vorbote des kommenden Unglücks gewesen.

»Seien Sie mir nicht böse, Herr Doktor Wenk. Ich bin ein Fremder. Ich überfalle Sie. Aber ich hätte mich aufhängen müssen, wenn ich es nicht gleich in der Nacht einem Menschen gesagt hätte. Darf ich fortfahren? Und diese starren Strahlen, wie eine glühende Eisenstange am Hinterkopf, flossen dann so weich und wohlig lau in meinem Inneren aus. Es war, als sei es auf einmal ein warmes Bad. Ich hatte die Empfindung, ich sei vor irgend etwas, das vor mir gelegen, gerettet, und in diesem Augenblick, der mir so wohl tat – da geschah es! In der ersten halben Stunde habe ich es geleugnet vor mir selber. Als ich nach Hause ging. Aber es ist geschehen. Es ist wahr! Es ist nicht rückgängig zu machen, nicht vor Menschen, nicht vor mir selber.«

Wenk war sofort sein Erlebnis mit dem alten Professor gegenwärtig. Um Gottes willen, schrak er auf, sollte der auch hier…? Die Gräfin und die Carozza! Er fragte Told: »Haben Sie einen Verdacht?«

Der Graf verstand die Frage nicht. »Einen Verdacht? Sie meinen – daß ich früher schon so gewesen bin? Krank? Nein, niemals!«

»Nein, einen Verdacht gegen eine bestimmte Person, die zugegen war?«

»Der Gedanke ist mir nicht gekommen. Ich verstehe nicht, wie ein anderer … Nein. Gegen niemanden!«

»Ist niemand in der Gesellschaft gewesen, der nicht hineinzupassen schien – der Ihnen verdächtig vorkam? Der sich anders benahm als die andern Geladenen?«

»Es war ein kleiner Kreis persönlicher Bekannter des Geheimrats. Nein, niemand!«

Wenk ließ den Verdacht fallen. Wie hätte er auch selbst die Anwesenheit des gesuchten Verbrechers mit dem Falschspiel des Grafen zusammenbringen können! Es lag so anscheinend ein seelisches Entgleiten der Macht über den Willen vor. Ein Vorgang, der sich im Unterbewußtsein einer ans Krankhafte streifenden subtilen Persönlichkeit abspielte, den das Hirn nur über seine Wirkung auf die Mitspielenden registriert hatte. Der Graf mußte zu einem Psychiater gehen. Es war auffallend, daß er zu ihm, dem Kriminalisten kam. Aber er wollte nicht fragen.

Told versank in Schweigen. Der Staatsanwalt überließ ihn sich selber. Dann erhob sich der Graf unvermittelt und sagte: »Es kommt mir zum Bewußtsein, daß ich, ohne jedes Recht an Sie zu haben, Ihre Nachtruhe gestört habe. Ich bitte Sie aufs herzlichste, mir das nicht übelzunehmen. Im Unglück ist es, als fiele die Seele in eine Schlucht. Und da greift das Bewußtsein nach dem ersten Halt. Sie hatten angeläutet. Es war eine Verbindung zwischen Ihnen und – meinem Haus. Und da …«

Er schlug um: »Aber sagen Sie, spreche ich jetzt wirklich aus, was ich sagen will, oder verrichte ich irgend etwas Unsinniges? Sehen Sie, das ist das Furchtbare des Erlebnisses. Mir steht nun als Lebensbegleiter der Psychiater bevor.«

»Nein, Herr Graf, Sie sprechen durchaus klar und sagen gewiß, was Sie sagen wollen. Ich bitte Sie, über mich zu verfügen. Irgendwo rührt mein Beruf an die Sphäre des Psychiaters; er ist vielleicht tiefer noch und jedenfalls an das Unheimlichere und Geisterhaftere des Menschen gebunden. Ich bedaure, daß der Anlaß Ihres Besuches ein so unglücklicher ist, sonst hätte ich mich freuen können.«

Indem Wenk das sagte und damit ausdrücken wollte, daß das Abseitige, geistig oder seelisch Ungewöhnliche, Verfeinerte ihm naheging, bekam er den Einfall, den Graf in den Kreis seiner Absichten einzuweihen. Told war ein Mann von Welt. Er gehörte der Sphäre an, von der aus Wenk wieder das Leben des Volkes mit edleren Eigenschaften durchsetzen zu können glaubte. Er hatte in den praktischen Erfordernissen der letzten Monate sich um diese ideelle Seite seiner Aufgabe wenig kümmern können. Die Nacht war angebrochen, hatte in einer unerwarteten Wendung einen Menschen zu ihm gesellt. Diesem Menschen war damit gedient, nicht allein gelassen zu werden. Das alles sagte Wenk dem Grafen.

»Man spricht von unserer Klasse als von einem ›besseren‹ Stand. Diese Bezeichnung, jedenfalls aus einer Wahrheit entstanden, müßte wieder lebendig gemacht werden. Unsere Klasse, frei von dem Kampf um die Sorgen sozialer Verbesserungen, ist mehr als vorher auf die Pflege geistiger Entwicklung und geistigen Besitzes angewiesen. Sie sollte die edeln Eigenschaften in sich wieder pflegen und sie nach außen wenden. Geistespolitik sollten wir treiben. Seelenpolitik!«

Der Graf Told hatte sein Leben vornehm geführt, vornehm in den Formen und vornehm in der Gesinnung. Aber er hatte sich Liebhabereien hingegeben aus Mangel an ernsthaften, seine Persönlichkeit bindenden Verpflichtungen. Er hatte sogenannte expressionistische Kunstwerke gesammelt; das waren Kunstwerke, deren Wert noch kein Maßstab gegeben war. Er hatte die jungen Dichter gepflegt, die anders waren, weil sie aus sich heraus nichts waren als Durchschnitt. Sie wurden von Leuten ins Licht gesetzt, die Geschäfte auf Entdeckungen machten. Der Kampf um das Wachsen, um das Neuwerden in der Kunst war nicht weniger zu einer Schieberangelegenheit gemacht worden als irgendwelche Waren. Nicht die schlechtesten reichen Leute wurden hineingelegt, sondern die, die für ihren Reichtum einen Kanal suchten, der das Geld zu Schönem und Geistigem umgemünzt ihnen zurückbrachte. Aber sie wurden ein Opfer der Zeit. Die ganze Zeit löste hysterisch wie eine schreiende Frau ihr ganzes Bewußtsein in der einen Vorstellung auf. Das Geld verkam; um so unbegrenzter wurde seine Macht über die Menschen. Wie kranke Frauengier den Schoß verkommen ließ und ihn immer unstillbarer machte. Alles war krank.

Da lag die Berührung der Liebhabereien des Grafen und seinesgleichen mit der Zeit. Die Zeit benützte, was edel an ihnen war. Die Propagierer der neuen Bilder waren Börsenjobber. Sie warfen die Spekulation um Geld zusammen mit geistigen Bestrebungen. Die ›Blauen Pferde‹ hat man einmal für zweihundert Mark haben können. X. kaufte sie für achthundert. Heute sind sie für zweihunderttausend nicht mehr käuflich. Das waren die Anekdoten, die sie vermünzten.

Wenk und der Graf sprachen stundenlang so. Der Graf widerstand. Er hatte etwas von der Dialektik der Künstler gelernt, deren Bilder er kaufte.

»Man wird das Wort prägen«, sagte ihm einmal Wenk, »er spricht so gut wie ein Expressionist! Und übrigens beginnt diese Kunstgattung sich mit einer andern geistigen Gesellschaft unserer Zeit zu verschwägern, die auf ähnlichen Voraussetzungen steht: mit den sogenannten Theosophen. Sie werden es erleben, daß der Expressionist eo ipso auch Theosoph sein wird oder Anthroposoph. Nicht weil sich diese Gebilde innerlich naheständen, sondern man wirft die Geschäfte zusammen. Sie werden heute stets finden, daß diejenigen, die am meisten über den Materialismus unserer Zeit wehjammern, ihm in ihrem Privatleben durchaus ergeben sind. Im übrigen braucht es bei den einen wie bei den andern ja durchaus nicht immer um Geld zu gehen. Herrschsucht über Geist und Seele ist auch ein Element dieser Zeit, die die Herrschsucht der einen gegen die der andern tauschte. Man fischt halt jetzt überall im Trüben der Verhältnisse. Und uns Menschlichen bleibt immer nur der Krieg. Gegen die neben uns, gegen die mit uns und gegen uns selber. Unserer Klasse gehört jetzt der Krieg gegen uns selber!«

Einmal sagte Wenk dann dem Grafen, er möge doch bei ihm übernachten, da es so spät geworden sei.

Told antwortete unwillkürlich: »Ja, aber meine Frau ...«

Aber dann schaute er Wenk an. Er schwieg. Sein Gesicht war durchzuckt vom Widerschein der Qual. Erst nach einer Weile vermochte er zu sprechen: »Sie hatten es mich vergessen machen, Herr Doktor Wenk! Ich werde für diese Nacht, die ich Ihnen raubte und die Sie mir so teilnahmsvoll schenkten, so lang ich lebe, in Ihrer Schuld sein. Ich weiß nicht, wie ich sie überdauert hätte – allein! Jetzt ist sie hinter mir wie ein Geschenk. Ich nehme Ihr Gastbett an.«

»Wäre es Ihnen«, fragte am nächsten Morgen Wenk den Grafen, »unangenehm, wenn ich mit dem Geheimrat Wendel Ihr Erlebnis bespräche?«

»Nein«, antwortete Told. »Ich bitte Sie, es zu tun!«

Der Graf zögerte, weiterzusprechen. Wenk sah es und wartete. Er sagte dann, den andern erratend: »Ich stehe Ihnen ganz zur Verfügung. Wenn Sie noch einen Wunsch hätten ...«

Da antwortete Told rasch und errötend: »Ja – auch mit meiner Frau zu sprechen, vor der ich mich so – schäme!«

»Sie brauchen sich nicht zu schämen!«

»Meine Frau hat einen so starken Lebenswillen. Unser Leben war ihr, glaube ich, immer ein wenig zu schwach, zu blaß ... Es fragt sich, ob ihr zugemutet werden kann, es weiter mit einem Mann zu führen, der nun doch ein Kranker ist!«

»Ich werde mit ihr sprechen!«

Der Geheimrat empfing Wenk sofort. So liebenswürdig er konnte und mit der gütigen Ironie, mit der er alle Erscheinungen des Lebens abkantete, erklärte er Wenk, seine Auffassung sei, der Graf habe spielen wollen, abenteuern wollen. Er habe das wohl seiner Gattin abgeschaut. Die Kraft der Persönlichkeit seiner Frau habe er erreichen Wollen, indem er von dem Weg des Anstandes ab auf diesen abenteuerlichen Einfall verfiel, falsch zu mischen und Geld zu gewinnen. Es sei nicht wegen des Geldes gewesen, gewiß nicht!

Er habe eben nur ein Abenteuer der Phantasie erleben wollen, so wie er es an seiner Frau sah. Diese aber vermochte durch ihre persönlichen Kräfte sich stets aus der Schlinge zu ziehen. Dem schwachen Grafen aber sei schon der erste Versuch ins Unglück ausgeschlagen. Seine Phantasie sei wohl erfüllt gewesen mit den Räubergeschichten von Falschspielern, die jetzt im Kurs seien. Die Sache falle schließlich auf seinen Spielnachbar, den seine Geldgier trieb, aus dem Erlebnis der Phantasie eines schwächlichen Mannes einen gesellschaftlichen Skandal zu machen.

»Darf ich erfahren, wer dieser Nachbar war, Herr Geheimrat?«

»Ja, jetzt«, lachte Wendel, »wo ich so unfreundlich über ihn sprach, kann ich ihn nicht verraten. Es ist übrigens ein harmloser Familienvater, ein Professor an der Anatomie.«

»Es ist nämlich alles viel ernster, als Herr Geheimrat wissen können. Der Graf hat die Nacht bei mir zugebracht, wohin er vor sich selber geflohen war. Er hat mir den Fall bis in die geringsten Einzelheiten erzählt, und ich habe keinen Grund, an die mindesten entstellenden Tendenzen bei ihm zu glauben. Er war durch und durch zermürbt und zerstört von dem Ereignis. Es scheint sich um ein geistiges Versagen zu handeln, um ein plötzliches Ausschalten der Gehirnkontrolle. Könnte nicht unter Ihren Gästen ein Mensch gewesen sein, der vielleicht einen besonderen Eindruck auf den Grafen machte?«

»Nein, es war weder ein expressionistischer Dichter noch ein solcher Maler bei mir«, lächelte der Rat.

»Bitte, verübeln Sie mir meine Fragen nicht als zudringlich, Herr Geheimrat. Sie glauben nicht, daß ein solcher Mensch anwesend war?«

»Nein, das glaube ich nicht. Alle Gäste sind mir seit langem persönlich bekannt. Sie wissen ja, um welchen Anlaß es sich handelt. Diese Somnambule, nicht wahr! Es waren Fachleute, Professoren, einige Künstler von Namen und persönliche Freunde. Dann ein Doktor Mabuse, den ich noch nicht sehr lange kenne, dessen außergewöhnliche praktische Fähigkeiten ich aber sehr schätze. Er ist psychopathologischer Arzt. Was mich darauf bringt, daß man den Grafen Told vielleicht ihm zuschicken soll, wenn die Sache so liegt, wie Sie eben erzählten. Der Graf ist der Sohn meines Jugendfreundes. Ich nehme sehr Anteil an ihm. Raten Sie ihm in meinem Namen, er solle zu Doktor Mabuse gehen. Ich gebe ihm einen Brief an ihn. Allerdings kenne ich nur seine Fernsprechnummer.«

Wenk ging. Vom Geheimrat fuhr er nach Tutzing in die Toldsche Villa. Er hoffte, dort die Gräfin zu treffen. Aber der Diener sagte ihm, weder die Gräfin noch der Herr hätten die Nacht in der Villa zugebracht.

Darauf begab sich Wenk in seine eigene Wohnung zurück, in der Told blaß, verhärmt und mit zerrissenen Gesichtszügen auf ihn wartete. »Ich habe es gewußt«, sagte er, als Wenk ihm mitteilte, die Gräfin sei nicht nach Hause gekommen. »Aber man hofft immer auf das Unwahrscheinliche. Und der Geheimrat?«

»Ich habe ihm wiederholt, was Sie mir erzählt haben. Er hatte das Erlebnis anders, aber als nicht sehr böse eingeschätzt. Er rät Ihnen, sich von einem Psychopathologen behandeln zu lassen, den er kennt. Er gab mir einen Brief mit an ihn, sehen Sie!«

»Doktor Mabuse – der war gestern ja auch in der Gesellschaft!« sagte der Graf, als er die Aufschrift las.

»Soll ich zu ihm gehen?« bot Wenk an.

»Nein, Herr Doktor, einmal muß Ihre Liebenswürdigkeit aufhören. Ich muß mich ja auch entschließen, meinen Fall als etwas nun wirklich in meinem Leben Vorhandenes in meine täglichen Verrichtungen aufzunehmen. Ich werde, da seine Fernsprechnummer gerade dasteht, den Doktor Mabuse anrufen. Wenn Sie erlauben, gleich von hier aus.«

»Herr Doktor Mabuse«, sagte ihm Told im Fernsprecher. »Sie waren gestern zugegen, als mir der Unfall beim Geheimrat Wendel zustieß?«

»Ja!«

»Ich bedarf Ihrer ärztlichen Hilfe. Geheimrat Wendel gab mir einen Brief an Sie. Darf ich ihn Ihnen bringen?«

Die andere Stimme antwortete schroff: »Nein. Ich behandle nur im Haus des Patienten selber. Wie ist Ihre Adresse? Erwarten Sie mich morgen vormittag elf Uhr. Wiederholen Sie: um wieviel Uhr?«

»Um elf Uhr!« antwortete Told erschrocken bis ins Herz hinein.

Dann verließ er den Staatsanwalt.

12

An etwas Schwarzem, von roten Ringen und Blitzen Durchfurchtem erwachte die Gräfin Told. Es war dunkel und fremd um sie. Ein ganz zartes Licht leuchtete abgedämpft irgendwo hoch, wie auf einem Berg, in das Zimmer, in dem sie lag. Sie lag auf einem Ruhebett, angekleidet. Sie hatte das Zimmer nie gesehen. Auch erkannte sie kaum etwas in dem Raum. Sie lag da und versuchte, das, was sie erlebt hatte, in sich wieder hervorzurufen. Es widerstand. Nur hart, wie mit einem Schlag, stand ein Augenblick da, in dem die grauen Augen jenes Dr. Mabuse, der ihr von Tigern erzählt hatte, sich über sie senkten, grauenerregender als Krallen einer Bestie, die Blut roch – geisterhaft – ein Griff aus der Luft, aber der Atem gerann ihr. Ihr ward, als ob ihr das Herz zurückfloh und wie ein Pferd, dem die Hufe nicht mehr am Stein hielten, hinterrücks verloren in eine Schlucht stürzte.

Eine Tür öffnete sich. Sie wußte nicht genau, wo. Sie fühlte es mehr, als daß sie es genau gehört hätte. Sie wartete auf etwas. Auch ihre Vorstellungen stauten sich zurück und warteten.

Nach einer Weile sprach aus der zarten Düsternis heraus eine Stimme: »Sie sind wach. Wünschen Sie, daß ich Licht mache?«

Es war eine Stimme, von der im ersten Klang der Gräfin dünkte, sie sei eine Glocke, das Fest der Seele einzuläuten. Aber im Nu zerging diese Empfindung. Ein Gefühl des Nichtglaubens durchzog sie. Wie kam diese Stimme in die Dunkelheit? Diese einzige von allen Stimmen, die sie nicht erwartet hatte. Sie erschrak so ins Unerkennbare der Seele tief hinein, daß ihr war, als fröre ihre Haut über den ganzen Körper zu Eisblumen zusammen.

Ein Laut knirschte aus ihrer Kehle. Sie hörte ihn nicht. Sie streckte nur abwehrend die Hände aus. Da wurde es hell im Zimmer.

Dr. Mabuse schloß die Tür und kam an das Lager heran. Er sagte: »Die Lage ist so: ich habe Sie gewünscht! Ich habe Sie mir genommen!«

Die Gräfin gewann an den menschlichen Lauten die Beherrschung wieder. Sie erhob sich vom Ruhebett, aber sie fühlte sich von der Ohnmacht wie ausgesogen. Was wollte dieser Mann? Ja, sie wußte doch genau, was er wollte. Er war ein Tiger.

Trotzdem fragte sie: »Was wollen Sie?«

»Ich sagte es Ihnen eben!« antwortete die große Stimme kurz.

»Und nun?«

»Bleiben Sie bei mir!«

»Ich will nicht!« schrie die Gräfin. »Ich will meinem Mann helfen. Ich will nicht!«

Da erst ward ihr wieder klar, was sich ereignet hatte. Ihr Mann hatte falsch gespielt!

Du mein Gott, mein lieber Gott, wie war das möglich gewesen! Sie wußte doch so genau, daß er das nie tun würde. Welche Widersprüche! Welche Qualen! Welche Verzweiflung! Welche Hölle! Und sie war bei der Helferin der Mörder Hulls gewesen und war ihr erlegen. Alles drehte sich durcheinander, und Blut erschien neben dem schwarzen, ohnmächtigen Unglück, das ihr Mann angerichtet hatte.

Sie hörte die Männerstimme, groß, voll Grauen, voll Gefahren: »Sie wollen nicht? Frage ich danach?«

Er hatte den Tiger nicht gefragt und den Auerochsen nicht. Sollte er eine schwache Frau fragen? Das ist wahr! Sollte er sie fragen? Sie war seine Beute.

Dieser Vorstellung gab sie sich mit einer wollüstigen Angst hin. Sie gehörte dem stärksten Mann, den ihre Augen jemals gesehen. Was konnte sie sich wehren? Er hatte sie einfach genommen. Gab es Männer, deren Willen genügte, ohne Berührung eine Frau zu nehmen?

»Wie bin ich hergekommen?« fragte sie.

»Wir haben zuvor Wichtigeres zu besprechen. Wie wollen Sie sich einrichten?« fragte die Stimme groß und kalt neben ihr und mit einem erbebenmachenden Ernst.

»Ich will nicht!« schrie die Gräfin. Ihr war, als seien Marterwerkzeuge in ihr Hirn eingegraben.

»Das ist nicht die Frage!« antwortete die Stimme, wie ein Stein – er fällt – er liegt Jahrtausende ... »Es handelt sich darum: Bleiben Sie freiwillig bei mir oder als meine Gefangene?«

Die Frau, erwachend am Gefühl des Zwanges, mit dem sie bedroht wurde, vermochte ihre Sinne zu sammeln. Sie schaute, horchte, lauerte. Leise begann sie zu rechnen: List oder Widerstand?

Sie antwortete nach einer Weile: »Sie können mich in München nicht als Ihre Gefangene halten!«

Mabuse mit drohendem Ton: »Woher wissen Sie, daß Sie in München sind?«

»Haben Sie mich verschleppt?« rief die Gräfin,

»Ich bin kein Gorilla!«

»Wer sind Sie? Wie heißen Sie?«

»Wie Sie mich nennen werden!«

»Dann werde ich Sie Gorilla nennen!« wollte sie böse sagen. Aber es begann, daß ihre Zunge in einer süßen Schwere diesem häßlichen Namen widerstand. Sie sprach ihn nicht aus. Irgend etwas war in sie eingetreten, was ihre Lage so mild machte. Was Lockungen und Versprechungen aus der Weite herholte und in ihrem kleinen Herzen zusammentrug wie emsige, nächtliche Heinzelmännchen.

Etwas in ihrem Gewissen lehnte sich dagegen auf, daß es ihr gut gehen sollte, wo ihrem Mann doch ein Unglück zugestoßen war und ihr selbst, wer weiß was, widerfuhr.

Sie fragte trotzig: »Nun also, was wollen Sie von mir?«

Aber der Mann schaute sie nur hart und ruhig an, und ihr war, ihre Frage schwömme klein und verächtlich auf einem großen Meer davon. Das Meer aber war die Brust dieses Mannes. Es gab innen und außen keine kraftvollere Brust. Diese Brust war ein Idol ihrer heimlichsten, eingeschlossensten Wünsche gewesen. Sich hineinbetten – hineinbetten – wie in das Dschungel.

Da sagte der Mann, nachdem er sie so eine Weile angeschaut hatte, mit einer gewaltsam erfüllten Ruhe: »Das Geschlecht der Menschen ist zu verächtlich geringherzig, als daß seine Männer und Frauen der einen Kraft für fähig wären, die die Schöpfung sonst in den Unterschied der Geschlechter gelegt hat: einmal sehen, wissen, und eins gehört dem andern so ganz wie der Tag dem Licht!«

»Das will sagen«, fragte die Gräfin zaghaft, »Sie lieben mich? Deshalb – bin ich hier!«

»Ich begehre Sie. Das ist mehr als Liebe – für mich! Sie sind hier, weil es meinem Begehren keinen Widerstand gibt. Sie können eine Königin werden. In dieser Brust und in Eitopomar in Südbrasilien. Eine Königin über Urwälder, wilde Tiere, zahme und wilde Menschen, Täler, Felsen und Fernen. Wer kann in dieser verächtlichen Gegend Ihnen mehr geben?«

»Niemand!« sagte die Gräfin, traumhaft vom Geheimnis umfangen, das so rasch das doppelte Spiel in ihr begonnen hatte.

»Sie haben sich also entschlossen, freiwillig zu bleiben?« fragte Mabuse.

Die Gräfin fiel wieder zu ihrer Lage zurück. Sie wich von dem Mann, und wie Schutz suchend stellte sie sich hinter die Ottomane. Sie preßte die Lippen aufeinander. Aber in ihrem Schweigen wühlte in zerrender Qual das Doppelte, daß sie fortwollte und dennoch irgendwoher das Verlangen trug, zu bleiben und zu gehorchen.

Er sagte: »Wenn es das gäbe: Ein Mann und eine Frau sehen sich zum erstenmal, und in dem ersten Blick, den sie tauschen, sagen sie sich: Jetzt gibt es nichts mehr in mir von dem, was ich war. Jetzt ist alles wie ein tönernes Gestell zerschlagen, und nur du – du bestehst. Undenkbar ist auch nur ein Blutschlag, der nicht durch alles, was ich bin, dir gehört. Es ist, als ob die Jahrzehntausende des Bestehens der Geschlechter in diese zwei Wesen auf einmal alle ihre Kraft geschleudert hätten, mit der die Menschen in so dreckiger Sparsamkeit und mit so kupplerischen Bremsen umgehen. Welch ein Geäse ist der Mensch! Aber das andere wäre Ebenbild Gottes und Schöpfung!«

Der Gräfin war, als spanne eine plötzliche Gewalt sie zwischen zwei Pole. Sie wußte, sie war selber die zwei Pole zugleich, und doch war der eine anders als der andere. Muß ich von einem zum andern laufen? fragte sie sich. Sie wurde sehr müde. Oder kann ich so ausgespannt bleiben – so wohlig –, so von der Sonne einer Wesensart beschienen, die ich an mir liebe?

Es war der Hang, dem Außergewöhnlichen nachzugehen, um zu fühlen, wo sie am meisten Mensch sei und sie selber, gelöst von allem, was um sie hing und nichts mit ihr zu tun hatte. Und über die Gräfin fiel wieder das Gefühl eines Paradieses, die Windgesänge elysäischer Gefilde, die reine ungeteilte Gefühle aushauchten. Fiel über sie, als ob sie fähig wäre, die süßen Gruppen fern von ihrem Blick aufgescharter Horizonte von ihrer Sehnsucht zu erlösen und in ihrem Blut als eigenen Besitz einzubergen. Was geschieht mit mir? fragte sie, sich leise zurückkämpfend und schnell wieder dem tönenden Paradies entgegensinkend, das vor ihren ermatteten Augen in ihr Herz zu schweben begann.

Das graue Auge des fremden, drohenden Mannes strahlte wie eine Jahreszeit auf sie. Es stand vor ihr, hoch wie Wolken. Die Jahreszeit vergewaltigte die Erde. Aber die Erde gab sich in aller Liebe hin. War das das Geheimnis auch ihrer Natur? fragte sich die Gräfin. Die Jahreszeit ging wie ein Urwesen mit Kräften von jenseits des Horizonts durch die Wälder, über die Flüsse, Städte, Gebirge – mit Augen, nicht rechts, nicht links schauend vor geisterhafter Macht, und war auf einmal mitten in allen Dingen. Wenn der Mann so wie die Jahreszeit über mich geht – ist das – das Paradies? Erfüllung? Wahr gewordene Sehnsucht? Erlöster Wahn? Ist das meine zweite Natur? Der ich nicht zu folgen gewagt habe?

Sie wollte widerstehen. Aber eine süße Kraftlosigkeit öffnete alle Poren an ihr. Sie ward dunkel und voll gebender Schmerzhaftigkeit, wie ein Acker im März. Eine Dohle krähte. Aber es sang eine Amsel hinterher über sie. Und die krächzende Dohle und die singende Amsel entrissen eine Made, eine lebende Made ihrem Bett in der Baumrinde. Und auch die Baumrinde war im Erwachen, und es sang durch ihre Zellen. Und die Amsel stieg hoch in die Luft und sang in Triolen, die von Erdgeist trieften.

Die Frau ward die Amsel. Und ward zugleich die Made. Sie gab sich und wurde vertilgt. Und wußte es nicht vor Dunkelheit und Trubel im Blut. Sie ward zuallerinnerst aufgerührt und war ganz unten gewesen, schäumte oben und war nicht greifbar, wie eine Seifenblase. Über ihr stieg der Ruf des Mannes wie das Rauschen des Sommers, der das Steigen der Säfte im gereiften Ährenfeld bricht.

13

Der Besuch Mabuses beim Grafen Told fand statt. »Ihr Krankheitsbild ist durchaus nicht außergewöhnlich«, sagte Mabuse. »Es heilt aus, wenn Sie die Sicherheit über sich wieder erlangen. Es wird unheilbar und verschlimmert sich, wenn Ihnen das nicht gelingt. Es ist ein Vorbote einer dementia praecox. Ich werde Sie, wie alle Patienten, aus taktischen Gründen in Ihrem Hause behandeln. Ich stelle eine Bedingung, daß Sie, solange Sie in Behandlung sind, das Haus nicht verlassen und niemanden sehen, der Sie an Ihr früheres Leben erinnert.«

Told war betäubt von der Gewaltsamkeit, mit der dieser Arzt gegen ihn auftrat. Zart und scheu, wie er war, erdrückt von dem Erlebnis, wagte er kein Wort gegen ihn. Er fürchtete ihn von der ersten Minute an.

Als Mabuse die Villa verließ, in der er eine Menge Dinge gesehen, die von dem Kult zeugten, den der Graf mit seiner Frau trieb, sagte er sich: Er muß fort, wenn sein Name nur einmal wieder über ihre Lippen kommt.

Mabuse war in einer wilden und tierhaften Weise erregt. Die Berührung mit diesem Mann, dem die Frau so lange schon zu eigen gewesen war, pflügte seine Adern auf, reizte ihn, als sei er ein Stier und empfing Wurfspeere in den Nacken. Er bückte sich unversehens wie zum Angriff und bohrte sich in seine Vorstellungen hinein, berstend vor Haß und Rachsucht. Es war ihm, als sei eine Beule in ihm geplatzt und entließe einen Strom von Bösem. Er warf sich vollends hinein.

Als er heimkam, ging er gleich zu dem Zimmer, in dem die Gräfin eingeschlossen war. Der Raum war wie ein Versteck ins Haus hineingeborgen. Licht kam nur aus einem runden Fenster, zu dem sich die Decke in reichen Formen emporwölbte.

Die Frau erhob sich, als er kam. Sie war weiß wie das Leinentuch ihres Bettes. Sie ging ihm entgegen und sagte: »Es ist in der Nacht etwas mit mir geschehen, das außerhalb meines Bewußtseins liegt. Was haben Sie mit mir gemacht?«

»Was Sie mit sich machen ließen!«

Da erzitterte die Frau so stark, daß sie niederglitt, und am Boden liegend hob sie ihren Blick, verletzt, wie von einem angeschossenen Tier, zu ihm und rief entsetzt: »Teufel! Teufel!«

»Dieser Name gefällt mir«, sagte Mabuse. »Es schmeichelt mir. Das nächstemal werden Sie mich Luzifer nennen. Denn ich werde Ihnen das Licht bringen!«

Die Gräfin, zusammengebrochen am Boden liegend, verfiel einem leidenschaftlichen Schluchzen. Eine haltlose, verzerrende Angst brach in ihr auf. Sie rief, bebend im Weinkrampf: »Wo ist mein Mann?«

Aber da sah sie, daß Mabuse eine so nichtige, kleine und wegschiebende Bewegung machte, daß der Frau geschah, als ränne ihre schmerzhafte, peinigende Frage wie ein Taukügelchen aus der Hand und spurlos verschwindend in den Staub, und es sei überflüssig, nach ihr auch nur einmal hinabzuschauen. Und so über ihr zerfetztes Herz gebeugt, fragte sie sich: Ist dieser Mann denn so gewaltig, daß vor ihm und seinem Willen alles zergeht, was ich war und was andere Menschen vorher mir waren?

Wieder mußte sie sich dem zwiefachen Strom ergeben, der sie zu tragen begann. Heimlichstes, selber nie Gesehenes trieb aus der Flut in ihr Hirn. Gemartert ließ sie ihre Vorstellungen gewähren. Mußte es nicht wahr sein, was so aus ihrem Blut erstand? Sie konnte sich von dem Neuen nicht mehr trennen. Sie konnte sich dagegen wehren; sie konnte dagegen antoben. Aber sie konnte es nicht mehr von sich ablösen.

Der Mann stand schweigsam über ihr. Die Stummheit bedrohte sie. Sie dachte, mit einem eigenen Laut könne sie dies Drohende zerschlagen wie eine Seifenblase. Aber sie fand nicht die Kraft zu einem anderen Wort und wiederholte, gefesselt an ihren Zustand, die Frage: »Wo ist mein Mann?«

Da ging Mabuse wortlos und schroff hinaus.

Als er von ihr so fortgegangen war und in dem Raum nichts anderes mehr zurückgelassen hatte als seinen herrischen Unwillen, vermißte sie etwas. Es wäre ihr lieber gewesen, er stünde noch da. Ihre Vereinsamung wuchs um sie und schlug alle Grenzen ein. Eine Raumlosigkeit tat sich um sie auf, wie ein Abgrund, der mit saugenden Spektren sie hinablockte. Aber sie konnte nicht stürzen. Sie hing an einer dünnen Wurzel. Sie wußte: Diese Wurzel ist das wenige, was mir aus meinem bisherigen Leben geblieben ist. Sie wünschte, auch diese Wurzel möchte abreißen. Lieber hätte sie den ganzen Tod gehabt als das Schweben über dem Nichts.

Mabuse ging in seinem Zimmer hin und her. Er war ein gefangenes Tier, gefangen zwischen seiner Rachwut und Herrschsucht und dem Widerstand dessen, was draußen gegen sein Ziel lag. Es war etwas so Kleines wie die Erinnerungen, mit denen eine Frau an die Stunden gebunden war, die sie geheim oder vor Menschen mit ihrem Mann verbracht hatte. Aber weil es so wenig war, wuchs die Vernichtungsraserei so begehrend in ihm an, um es ganz zu zermalmen.

Spoerri kam. Er war als Soldat gekleidet. »Weshalb?« fragte Mabuse unwirsch, vergaß aber gleich seine Frage und wollte etwas über Georg hören.

»Er ist in Schachen in der Villa. Er geht nicht aus. Er ist vorsichtig!«

»Was macht er?«

»Nachts hilft er das Kokainlager unter dem Gartenhaus nach

der Schweiz hinüberbringen. Ich wüßte einen neuen Artikel, den sie drüben abnähmen. Äther!«

»Weshalb Äther?« fragte Mabuse.

»Man beginnt es zu konsumieren.«

»Wer – man? Wo?«

»Bei uns in der Schweiz!«

»Bei euch? Zu wie vielen seid ihr?«

»Man kann es unter die Leute bringen!«

»Das erinnert mich an die Mädchen, die Sie nach der Schweiz exportierten, um den Salvarsanschmuggel zu beleben. Ich will nichts von Geschäften wissen. Verstehen Sie – nichts!«

»Ich sage nichts mehr darüber!«

»Spoerri, vielleicht nie mehr!«

Da drang ein Jodler aus dem rauhen Hals Spoerris. »Herr Doktor! Eitopomar?«

»Wir saufen, Spoerri, wir saufen! Ich weiß nicht! Wir saufen! Hirtenknabe mit sechsundachtzigtausend Mark Jahreseinkommen ...«

»Oh, was habe ich davon? Ich stecke es ja immer wieder in die Unternehmen vom Herrn Doktor!«

»Weil es sich dort um zehn Prozent höher verzinst als bei einer Versicherungsgesellschaft. Soll ich dich auf die Sohle nehmen, Hirtenknabe? Trink!«

Spoerri fiel als der erste vom Sessel. Er lag auf dem Boden, rund um sich Schmutz, und schaute unglücklich den Herrn an. Er lag da wie ein Hund, der am Sterben war und sich bewußt wurde, das Leben des Herrn nun nicht mehr bewachen zu können.

Mabuse, pendelnd, mit einer Hand schon an die Tischkante gekrallt, um nicht mit dem Stuhl zu Boden zu drehen, stotterte: »Spoerri, glaubst du, es gibt einen Menschen, dessen Wille so stark ist, daß er einen Menschen töten kann, ohne ihn zu berühren?«

Aber Spoerri verstand nicht. Mit seinen glotzenden Augen schaute er dumm und treu, bekümmert und krank zum Herrn hinauf.

»Ich kann das! Und ich tue es! … Schlafe!« sagte er plötzlich; und sich erhebend, trat er den andern mit dem Fuß nieder.

Mabuse ging einige Schritte. Er mußte sich stützen. Da raffte er sich auf. Sein Wille durchstieg ihn wie eine bronzene Schraube. Und steif und starr, ohne zu schwanken, vom Trunk entzündet und über sich selbst hinausgehoben, ging er in das Zimmer, in dem sich die Gräfin aufhielt, und blieb bei ihr, ohne ein Wort zu sagen. Von dieser Stunde der Schmach an war die Frau willig seiner Knechtschaft. Sie vergaß ihre Vergangenheit, vergaß sich selber und war ihm Untertan.

In der Nacht fuhr Mabuse nach dem Bodensee.

Beinahe, da jemand in der Villa die Lichter löschte, verunglückte er am Wagen der Straßenwalze, die keine dreißig Schritte von seinem Garteneingang entfernt stand. Unmittelbar vor ihr griffen die Bremsen fest. Da fuhr er nicht gleich ins Haus, sondern einen Kilometer weiter, ließ das Auto am Straßenrand stehen und ging am Ufer entlang zum Haus.

»Weshalb sagen Sie mir nichts von der Straßenwalze?« herrschte er Georg an. »Eine Streichholzschachtel, die draußen auf dem Wege liegt, kann unser Verderben sein. Holen Sie das Auto? Laufen Sie! Es steht auf Wasserburg zu an der Landstraße. Bringen Sie es zu Steuer und kommen Sie gleich zurück.«

Am nächsten Morgen rief der Fernsprecher Wenk aus dem Schlaf. »Hier Straßenwalze!« hörte er. Er erwachte sofort.

»Ich höre, bitte!«

»Gestern nacht um zwei Uhr kam ein Auto, blieb unmittelbar vor unserem Wagen halten und fuhr dann weiter. Da es ohne Licht fuhr, folgte auf meinen Befehl Schmied mit dem Rad. Er fand es eine Viertelstunde weiter an der Landstraße verlassen. Er kam sofort zur Meldung zurück. Ich schlich mich in den Garten der Villa. Aber der Hund schlug an. Da ging ich außen herum ans Ufer. Ich sah einen Mann vom See her in den Garten und ins Haus gehen.

Als Schmied und ich dann zum Auto zurückgehen wollten, war es nicht mehr da. Heute morgen nichts Auffallendes!«

»Danke! Erwarten Sie mich heute!«

Eine Stunde, bevor dieses Gespräch durch die Drähte lief, es war noch Nacht, hatte Mabuse die Villa verlassen. Er hatte Frauenkleider angelegt und war fortgerudert. Er fuhr auf Nonnenhorn zu. Ein Motorboot kam, ein Fischer, der vom Schmuggel aus der Schweiz nach Hause fuhr. Mabuse hielt ihn an. Der Fischer sagte, er habe keine Zeit. Er müsse mit seinen Fischen heim. Da sprang Mabuse mit einem Satz aus seinem Boot hinüber auf ihn, warf ihn unter die Bank, knebelte ihn und schob ihn in das Ruderboot. Er fesselte ihn unter die Bank an, kletterte in das Motorboot zurück und steuerte in den See. Er zog die Weiberkleider aus. Darunter hatte er einen Anzug, in dem man ihn für einen Fischer gehalten hätte. In weitem Bogen fuhr er zum Ufer zurück, begab sich zu dem Bauern, in dessen Scheune das Auto verborgen war. Georg lag darin und schlief.

Während einer längeren Aussprache mit Georg zog sich Mabuse um und fuhr dann ins Württembergische. Georg ging nach Schachen zurück.

Mabuse wollte nach Stuttgart. Seine Gesellschaft hatte ihn von dort aus am gestrigen Morgen antelefoniert: ein Kranker wolle ihn konsultieren. Das hieß: es war jemand eingefangen worden, der sich zum Ausplündern eignete.

Als Mabuse abends am Spieltisch saß, kam ihm plötzlich wieder das Bild vor Augen, wie er unvermittelt vor der Dampfwalze seine Bremsen zog. Die Walze stand mit großen Umrissen in der Finsternis. Es war, als wollte sie über ihn niederfallen, wobei sie ganz unmeßbare Verhältnisse annahm und langsam sich zu den Gesichtszügen des Staatsanwalts Wenk änderte. Wie ein vorsintflutliches Tier stand sie nun, in dies Gesicht gekleidet, in seiner Erinnerung. Eine flattrige Unruhe störte Mabuse. Er verließ vorzeitig den Spieltisch mit Verlust und fuhr noch in der Nacht nach München zurück.

Unterwegs sagte er sich, als käme eine plötzliche Erkenntnis über ihn: Es ist lächerlich. Es ist nur eine Verdrängung, der ich erlegen bin. Ich will den Wunsch nach dieser Frau durch die Angst vor dem Staatsanwalt verdrängen!

Da lag Wenk noch stärker als bisher in seinem Weg. Weshalb war er noch da? Hatte Mabuse nicht deutlich genug befohlen? So wollte er den Befehl wiederholen!

In seiner Wohnung in München legte er sich gleich ins Bett. Er schlug die Lust nieder, zur Gräfin zu gehen, und schlief rasch ein.

Als die Straßenarbeiter in Schachen nach der Mittagspause zur Arbeit zurückkehrten, hatte sich ein Mann unter sie gemischt, aus einer Wirtschaft heraus, der ihren Aufseher zu sprechen wünschte. Ob er wohl Arbeit fände? fragte er.

»Meine kannst du gleich haben, wenn du sie gut bezahlst«, scherzte einer.

Aber der Mann sagte, er wolle die Arbeit ja nur, um selber dafür bezahlt zu werden.

»Das ist etwas anderes«, lachte der Arbeiter. »Da ist der Aufseher.«

Der Mann ging zu ihm. Er sprach leise mit ihm und zog ihn wie unabsichtlich von den andern fort.

Er könne vielleicht Arbeit bekommen, sagte der Aufseher, der als ein Polizeikommissar tätig war. Er wolle seine Papiere sehen.

Die gab der Mann her, indem er sagte: »Herr Kommissar, zeigen Sie sich nicht erstaunt. Tun Sie, als läsen Sie die Papiere durch, und stellen Sie mich als Gehilfen des Heizers auf die Walze. Der Heizer ist doch Sergeant Schmied?«

»Jawohl, Herr. Ja, also gut! Kommen Sie«, antwortete der Kommissar. »Sie können die Arbeit haben, da – kommen Sie.

Schmied, bitte!« rief er. Er erklärte Schmied leise, daß der Herr Staatsanwalt als Gehilfe den Tag auf der Walze verbringe.

»Was haben Sie noch beobachtet?« fragte Wenk, als er mit Schmied auf der Maschine fuhr.

»Der Herr Kommissar hat Sie deswegen nochmals angeläutet. Aber Sie waren schon fort. Es ist sonderbar. Wir sahen doch den Mann nachts in die Villa gehen; wir dachten, es sei der gewesen, der das Auto an der Straße stehengelassen hatte. Aber das scheint nicht zu stimmen. Als wir dann zurückkamen, war das Auto fort. Heute früh nun fuhr eine Frau in der Nähe des Ufers hinter der Villa in einem Boot. Ob sie von der Villa kam, konnten wir nicht feststellen. Eine Stunde später aber kam auf einmal der beobachtete Poldringer die Landstraße her und ging ins Haus hinein. Den hatten wir aber gar nicht aus der Villa fortgehen sehen. Das ist das Sonderbare.«

»Sie haben keinen Verdacht, die Villa könnte einen unbekannten Ausgang haben?«

»Nein, unsere Beobachtungen Poldringers haben bisher stets ganz genau gestimmt. Er kam immer denselben Weg zurück, den er fortgegangen war. Er geht überhaupt kaum aus. Nicht jeden dritten Tag!«

»Gibt es kein Mittel, in die Villa hineinzu- kommen?«

»Ohne Aufsehen zu erregen, nicht. Ich sehe das an der Art, wie Bettler dort abgefertigt werden. Sie haben drinnen einen Wolfshund, der scharf dressiert ist. – Man käme auch nicht heimlich hinein.«

»Ist der Poldringer jetzt drin?«

»Ja, ich sah ihn vorhin an einem Fenster!«

»Hatte das Auto ein Nummernschild?«

»Ja, Kreis Konstanz. Hier ist die Nummer!«

»Das ist wohl gefälscht. Es kam von Lindau, sagten Sie?«

»Jawohl. Ich habe die Nummer nach Friedrichshafen, Ravensburg, Lindau, Wangen und Konstanz hintelefoniert. Von Konstanz aus wurde mir dann mitgeteilt, die betreffende Nummer gehöre einem Auto der dortigen Sanitätskolonne. Das Auto habe Konstanz noch nie verlassen.«

»Kann man es sich nicht so erklären, daß das Auto in der Villa angemeldet war, aber nicht vor der Villa hielt, weil man das so im Gebrauch hat oder weil etwas dem Insassen verdächtig war, zum Beispiel die Straßenwalze – daß Poldringer benachrichtigt war, das Auto an der Straße erwartete und es zu irgendeinem Versteck weiterführte? In der Zeit kam der Mann, der es hergebracht, in die Villa. Entweder ist er nun mit Poldringer noch drin, oder es war das Weib in dem Boot. Er fuhr dorthin, wo das Auto eingestellt war. Dieses Versteck müßten wir ausfindig machen!«

»Wir hören nachts öfter den Lärm eines Motorbootes nicht weit vom Ufer. Aber das können wir ja nicht überwachen.«

»Ich schlafe diese Nacht bei Ihnen im Wagen. Wir stellen den Wagen einen halben Kilometer weiter vom Haus weg. Kann man sich in der Nähe der Villa gut eindecken?«

»Ja!«

»Wie gehen dann zusammen. Abgemacht? So lerne ich noch Straßen glattwalzen«, lachte dann Wenk. »Bisher tat ich das nur mit Verbrechern.«

»Jawohl, Herr Staatsanwalt!« erheiterte sich Schmied und zog den Hebel, der die Maschine anhielt. »Werfen Sie Kohlen ein, Herr Staatsanwalt!« und Wenk schaufelte der Maschine das feurige Maul voll Kohlen.

»Bis dahin haben der Herr Staatsanwalt auch nie einer Straßenwalze eingeheizt, sondern nur Verbrechern!« verweilte der Heizer bei dem von Wenk begonnenen Witz.

»Noch nicht genug, Herr Schmied, wie Sie an der Villa sehen. Aber ich hoffe, mit Ihrer Hilfe ...«

»Wir kriegen sie, Herr Staatsanwalt!« antwortete Schmied eifrig.

»Nur nicht so feurig! Ich glaube, wir haben es mit der im Augenblick wohl gefährlichsten Bande Europas zu tun. Sie wissen, festgestellt sind schon jetzt: Falschspielerei, Mord und Terror! Und zwar bandenweise!«

»Jawohl!« sagte Schmied.

Als sie abends zusammen den Wagen verließen, flüsterte Schmied: »Herr Staatsanwalt erlauben, daß ich auf etwas aufmerksam mache. Ich tue jeden Abend hier so, als erginge ich mich ein wenig nach der Arbeit. Rauche eine Pfeife dazu. Da ist seitlich, sehn Sie, wo wir jetzt hinkommen, eine kleine Tür. Sooft man da vorbeigeht, bellt der Hund. Da hab' ich mir gedacht, da ist was los! Man sieht sie aber nicht von der Straße. Sehn Sie – jetzt bin ich gerade dran – so! und da knüpf ich rasch so im Vorbeigehen – hören Sie den Hund! – immer einen Zwirnsfaden über. Wenn die Tür geöffnet wird, reißt es den Faden ab, ohne daß der Durchgehende es merkt. Ich habe dann noch die Kontrolle über diese Tür in der Hand, selbst wenn ich sie nicht sehe. Ich weiß dann, ob er nicht in der Dunkelheit hier hinausging. Morgens ist mein erster Weg zur Tür, um den Faden wieder wegzureißen.«

»Hängt er jetzt schon?«

»Ich habe ihn gerade angeknüpft!«

»Das haben Sie geschickt gemacht. Ich hab's nicht einmal gemerkt!« lobte Wenk.

»Gehen wir zurück. Eigentlich ist es ein Nebenweg der anderen Villa!«

»Kennen Sie deren Bewohner?«

»Seit dreißig Jahren schon bewohnt sie ein altes Fräulein. Es bestehen gewiß keine Beziehungen zwischen den beiden Villen.«

Sie gingen auf die Straße zurück.

»Wenn Sie schlafen wollen, so stehe ich nicht im Weg, Herr Schmied. Ich weiß ja jetzt einigermaßen!«

»Gut wäre es schon. Die letzte Nacht, Herr Staatsanwalt! und vor vier muß ich wieder draußen sein.«

»Ich weiß. Also gute Nacht.«

Wenk durchging die ganze dunkle Frühlingsnacht. Es geschah nichts. Er bemerkte nichts. Am nächsten Morgen begab er sich in das Hotel in Lindau, dessen Adresse er in München hinterlassen hatte. Er sei von München angerufen worden, sagte ihm der Leiter. Sein Diener lasse melden, der Graf Told wünsche ihn dringend so bald wie möglich zu sprechen. Der Herr Graf habe es in die Münchener Wohnung telefoniert. Er sei sehr aufgeregt gewesen und habe den Diener gebeten, es gleich dem Herrn Staatsanwalt nachzudrahten.

Wenk fuhr nach München zurück. Er klingelte gleich den Grafen an. Eine fremde Stimme antwortete, der Herr Graf sei verreist.

»Hat er nichts hinterlassen?«

»Nein!«

»Wohin ist er gereist?«

»Ohne Adresse. Schluß!«

Das kam Wenk sonderbar vor.

14

An diesem Morgen war Mabuse bei Told gewesen. »Es geht Ihnen schlecht, sehe ich«, stürzte er über ihn. »Die Pupillen Ihrer Augen haben sich unnatürlich erweitert!«

»Ist das ein Zeichen?« wollte Told eingeschüchtert fragen.

»Ja. Reden Sie nicht über Ihren Zustand. Schließen Sie ihn aus Ihren Gedanken aus. Wo ist Ihre Frau?«

Told, aufschreckend, vermochte nicht zu antworten.

»Ihre Frau wollte wohl nicht mehr mit Ihnen leben – leben!« wiederholte der Arzt grausam. »Was? Sie haben Ihre ganze Vergangenheit zu zerstören. Alle Verbindungen aufzugeben. Rufen Sie Ihren Diener!«

Told klingelte. Der Diener kam. Der Graf verwies ihn mit einer Handbewegung an den Arzt.

»Hat jemand telefoniert?«

»Nein, Herr Doktor!«

»Hat jemand aus dem Haus telefoniert?«

Told sagte: »Ich!«

»Wem?«

»Herrn Doktor von Wenk!«

»Weshalb?«

»Ich wollte mit ihm sprechen!«

»Was?«

Der Graf verwirrte sich: »Nur – so sprechen! Mit einem Menschen sprechen!«

»Ist Ihr Diener – bin ich ein Auerochs?« fragte Mabuse grob. »Sie können mit mir sprechen! Was haben Sie auf der Leber?«

Der Graf starrte weg. Er hatte nicht einmal mehr den Mut, seinen Arzt anzuschauen. Wird er mich heilen? fragte er sich. Dann begehrte er schwach und zaghaft gegen ihn auf.

Du bist kein Mensch! Du bist ein Teufel! schrie sein Inneres heimlich. Aber seine heftigen Gedanken glitten hastig davon. Er war so schläfrig. »Ich bin immer müde!« sagte er.

»Befehlen Sie in meiner Gegenwart Ihrem Diener, alles was Sie besuchen will oder Sie anruft, kurz abzuweisen. Er hat zu sagen: Der Graf ist verreist. Ohne Adresse, Schluß!«

Mechanisch wiederholte Told dem Diener den Befehl. Der verbeugte sich und ging.

»Ich bin nicht sicher, ob ich Sie weiter behandeln werde!« sagte Mabuse.

Aber Told verstand ihn nur mehr halb. Es war ihm, als sickere ein träges Gift durch seine Adern.

»Sie haben Durst!« befahl Mabuse.

»Ja!« flüsterte der Graf.

»Trinken Sie Kognak und Tokaier gemischt. Soviel Sie wollen. Nur schwere Sachen! Der Alkohol wird es Ihnen leicht machen. Sie müssen alles in sich zerstören, was war. Ihre Frau auch. Wenn Sie die Überzeugung haben, daß das Ihnen gelingt, sind Sie heilbar. Alles zerschlagen. Sie verstehen mich! Der Alkohol hilft dazu!«

»Alles …«, stammelte der Graf, als läge er in einem Sumpf, der ihm schon die Mundwinkel näßte. »Alles …«

»Nach zwei Jahren können Sie dann daran denken, Ihr Leben wieder aufzunehmen. Nach welcher Zeit?« warf brutal der Arzt dazwischen. »Nach welcher Zeit?« hämmerte er ihm nochmals ins Hirn.

Told erwachte aus dem Hinbrüten. An der Zahl erschauernd, antwortete er leise: »Zwei Jahre!«

»Wissen Sie, daß Ihre Frau Sie in eine Irrenanstalt stecken will? Sie benutzt dazu den Staatsanwalt Wenk. Ist das der, der angerufen hat? Ich komme morgen wieder!«

Der Graf blieb zurück, allein, verstoßen. Ihm schien sein Gehirn von Elefanten ausgestampft, sein Gemüt von Nilpferden zerschmatzt, vermengt mit Kot und Schlamm.

Mich verläßt die Welt, murmelte er. Die Bilder, die er um sich gesammelt hatte, feierten Orgien an den Wänden. Er verstand nicht mehr, was ihm an ihnen so gefallen hatte, daß er sie jahrelang um sich geduldet hatte. Er nahm ein Jagdmesser und schnitt ein jedes von oben bis unten durch und schlug mit dem Messer in irrem Grimm in den Rahmen herum.

Als er das getan hatte, sprang er entsetzt zurück. Er faßte sich an seine Stirn und sagte laut: »Ja, du mein Gott, ich bin verrückt!«

Er begann Kognak zu trinken. Er trank aus einem Rotweinglas. Als er drei Gläser getrunken hatte, war er berauscht. Da schien ihm, als habe der Arzt etwas zurückgelassen. Es lag vor ihm. Er wußte nicht, was es war. Er griff danach. Da war es ihm auf einmal mitten in den Kopf gesprungen. Wie ein Keil saß es drin eingeklemmt. Er fühlte es genau zwischen den beiden Gehirnhälften.

Eine Angst zerriß ihm das Herz wie Papier in Fetzen. »Doktor, Doktor!« schrie er. Er hörte seine Stimme grausig in der Leere verschallen. So weit die Welt war, er war allein!

Da sank er ohnmächtig hin.

Karstens starb. Die Phantasie griff an dem Tod des zweiten Opfers wieder verhängnisvoll in die Öffentlichkeit. Wenk sah sich sehr bedrängt und entschloß sich eines Tages, das Letzte mit der Carozza zu versuchen. Er ging zu ihr ins Gefängnis. »Ich spreche nicht mit Ihnen!« sagte die Carozza, sobald sie ihn sah.

Wenk kehrte sich nicht daran und bemerkte mit bekümmertem Ton und verschwommenen Hoffnungen: »Wissen Sie, daß auch die schöne Dame, die stets bei Schramms saß und nicht mitspielte, verschwunden ist?«

»Nein«, rief die Carozza im Augenblick, »die Sie zu mir ins Gefängnis geschickt hatten?«

»Ja!« sagte Wenk; aber erst, nachdem er dies gedankenlose Ja gesagt hatte, erschien ihm die Bedeutung dieser Mitteilung. Das war nun rätselhaft. Hatte die Gräfin der Carozza von ihrer Sendung erzählt? War sie mit den Spielern im Bund? Das war doch unglaubhaft. Aber wie auffallend: die Carozza, die nicht mit ihm sprechen wollte, gab ihre Absicht auf, sobald die Rede auf diese Frau kam. Wenk wollte der Carozza nicht die Gewißheit geben, daß er erstaunt über diese Mitteilung war. Er redete deshalb, indem er zugleich einem Weg nachdachte, auf dem dem Geheimnis beizukommen sei, ohne viel zu überlegen, was ihm gerade einfiel. Im Verlauf dieses Hinsprechens äußerte er auch schließlich eine Vermutung, die bei dem vielen Überdenken des Zusammenhangs der Carozza mit dem Verbrecher ihm gekommen war, die er aber mitzuteilen noch nicht für reif genug gehalten hatte.

Er sagte: »Sie sind ja nur das Opfer des Verbrechers. Weil Sie sich nicht von ihm zu trennen vermochten.«

Da sprang die Carozza vom Sitz und starrte Wenk an wie in einem Krampfe,, Er schaute ihr in die Augen. Der Ausdruck eines maßlosen Schreckens stand in diesen Augen und in der Verzerrung der Gesichtszüge. »Nun?« fragte er aufmunternd und hoffnungsvoll.

Aber die Carozza verharrte in ihrer Erstarrung. Da wagte er es weiter: »Ich könnte Ihnen, wenn wir einig werden, für Sie günstige Vorschläge machen.«

Langsam erwachte die Carozza aus ihrem Entsetzen zurück. Seit drei Jahren, da Mabuse sie von sich gestoßen, war ihr Leben nichts anderes gewesen als eine Kette von märtyrerhafter Selbstverleugnung und von ergebener Opferwilligkeit gegen diesen Mann, der sie unglücklich machte und sie zum Verbrechen trieb. Niemals hatte sie einen Gedanken an sich herangelassen, ihn zu verraten, ihm diese Opferwilligkeit zu verweigern. Sie trug wie einen Sklavenstempel durch ihr ganzes Blut das unumstößliche Angehörigkeitsgefühl an seine Stärke.

Da auf einmal, in der Bemerkung des Staatsanwalts, sah sie den geliebten Mann bedroht. Was wußte der Staatsanwalt? Woher wußte er es? Hatte die Gräfin sie dennoch verraten! Langsam nährte sie in sich den Plan, zu erfahren, wie weit der Staatsanwalt unterrichtet wäre. Sie konnte vielleicht warnen – vielleicht – und dabei durchzuckten sie wie Blitze wollüstige Gefühle, Doktor Mabuse zu retten und ihn vielleicht wiederzugewinnen. Nein, das nicht! Das wagte sie nicht auszudenken. Aber ihn zu retten, wäre ihr schon genug gewesen, wäre Seligkeit. Sie sagte schließlich: »Da Sie besser unterrichtet zu sein scheinen, als ich dachte, so will ich reden. Lassen Sie mir zwei Tage Zeit.«

Die Carozza hatte durch den Wärter erfahren, daß jemand sich um sie kümmerte. Der Beschreibung des Wärters nach war es Spoerri. Sie fand Gelegenheit, von ihrem Gespräch mit dem Staatsanwalt Mitteilung zu machen und ihre Warnungen anzubringen.

»Gut!« sagte Wenk froh. Dann wollte er ein übriges tun, und da er mit seiner Vermutung das Richtige getroffen zu haben schien, dachte er, es sei günstig, auch noch verhetzend dieser Seele zuzusetzen. Und er sagte: »Ich bin übrigens in bezug auf die Gräfin einer Spur nachgegangen. Die Gräfin scheint sich bei Ihrem Freund verborgen zu halten.«

Aber er schämte sich über diese Worte so, daß er errötete und mit einer schmerzlichen Inbrunst die paar Begegnungen wiedererlebte, die ihm die Verschwundene so nahegebracht hatten. Doch seine Worte hatten eine ungeahnte Folge. Die Carozza fiel über ihr Lager nieder, schluchzte auf, versuchte zu sprechen, aber die Worte versagten ihr, und sie erhob nur drohend und verzweiflungsvoll ihre Fäuste über den Kopf.

Da ging Wenk ganz plötzlich, in der Meinung, es sei gut, sie in dieser Stimmung nicht zu stören, sondern sie sich weiter in sie hineinhüllen zu lassen. Als er die Tür aufriß, fiel ein Mann gegen ihn, doch es war nur der Wärter. »Ich wollte gerade nach der Gefangenen schauen«, sagte er.

»Verzeihen Sie!« entgegnete Wenk und ging davon.

Kurz darauf geschah folgendes:

Bei Hengnau an der württembergischen Grenze war ein Mann angehalten und verhaftet worden, der Kühe nach Württemberg treiben wollte. Der Mann stellte sich in den ersten Tagen stumm, dann tobte er. Der Untersuchungsrichter, um ihn einzuschüchtern, sagte ihm eines Tages: »Gestehen Sie nur bald, bevor das neue Gesetz kommt. Wenn Sie vorher abgeurteilt werden, kann es Ihnen mild gehen. Nachher kann es Ihnen den Kopf kosten.«

»Was ist das für ein neues Gesetz?« fragte er.

»Auf die Vergehen, die die Ernährung des Volkes gefährden, kann Todesstrafe gestellt werden.«

»Wie wird man getötet?«

»Mit dem Beil wahrscheinlich!«

»Und wenn ich vorher abgeurteilt werde?«

»Bekommen Sie höchstens ein Jahr Gefängnis.«

Da gestand er auf einmal. Er öffnete alle Schleusen. Er gestand alles, was er seit Jahren getrieben hatte, und nannte alle Namen von Schmugglern, die er kannte.

Es wurden mehrere Verhaftungen vorgenommen. Die Angelegenheit wuchs sich immer breiter aus, und es wurde schließlich eines Tages auch der Name jenes Mannes genannt, den Mabuse nachts auf der Lindauer Landstraße aus seinem Dienst entlassen hatte – Pesch!

Pesch wurde verhaftet.

Er verbrachte die erste Nacht im Gefängnis von Wangen, aus welcher Gegend er war. Als der Wärter aber am nächsten Morgen seine Zelle öffnete, war der Verhaftete verschwunden. Wenige Stunden später wurde der Gendarmerie nach Wangen telefoniert: im Wald an der Lindauer Straße liege ein Mann. Es sei zweifellos ein Mord vorgekommen.

Das Gericht begab sich an die Stelle. Der Tote war Pesch. Er war erdolcht worden. Als man seine Leiche forthob, sah man, daß auf dem großen hellen Stein, auf dem sie gelegen, Zeichen mit Blut gemalt waren. Sachverständige entzifferten am selben Tage die Zeichen.

Sie hießen: Villa Elise.

Die Bürgermeister sämtlicher Ortschaften in der Nähe wurden angefragt nach einer Villa dieses Namens. So hatte man bald herausgefunden, daß es in Schachen eine Villa Elise gab, die von der Polizei bewacht wurde.

Es wurde sofort Wenk gemeldet. Er fuhr nach Lindau. Die beiden Beamten, die die Straßenwalze führten, hatten festgestellt, daß Poldringer am Tage, an dem Pesch ins Gefängnis gebracht worden war, Schachen mit einem Fahrrad verlassen hatte. Er war erst nach drei Uhr in der Frühe zurückgekommen.

Da setzte es Wenk durch, daß zwei Motorboote auf den See gelegt wurden. Man gab ihnen den Schein, als gehörten sie zu den Zoll-Uberwachungsbooten. Sie wurden mit Scheinwerfern ausgestattet.

Es war wieder ein Menschenleben draufgegangen. Aber der neue Mord hatte Weiteres verraten – viel Gefährlicheres, als man bisher wußte. Es war zweifellos, daß die Bande sich auch mit Schmuggel befaßte; man sah auch, daß unsichtbar zwischen dem Leben und Treiben der Mitmenschen diese Kraft des Bösen einen Staat für sich gebildet hatte, der vor ihm und der für ihn lebte und seinem Willen Tat angedeihen ließ.

Pesch hinterließ eine Frau mit fünf Kindern. Da das Vermögen eingezogen wurde, waren sie dem Elend preisgegeben.

Wenk ging zum alten Hull, um dessen Hilfe für diese zu erbitten, und sagte ihm in einem raschen Einfall: »Ein Erziehungsheim für Kinder von Verbrechern gründen – unter einem verbergenden Namen –, das wäre vielleicht eine gute Anlage für Ihr Geld. Man kann die Kinder, auf die sich ja öfter die Eigenschaften der Väter weitervererben, von klein an beobachten, ihre Neigungen erkennen, bessern, wenn es geht, oder, wenn es nicht geht, der menschlichen Gesellschaft diese Elemente fernhalten – noch bevor sie die Gesellschaft geschädigt haben. So würde von vornherein ein großer Teil der Verbrecher unschädlich gemacht und viele Menschen gerettet ...«

»Ich will das tun«, sagte Hull. »Ich danke Ihnen.«

Am selben Abend ging Wenk durch die Marstall- auf die Maximilianstraße. Als er am Vier-Jahreszeiten-Saal vorbeikam, war ihm, als sähe er in der Menge von Menschen, die in den Eingang sich drängten, einen Bekannten. Aber er kam nicht drauf, wer es war, und ging gleich weiter. Er durchforschte sein Gedächtnis im Gehen, wem dieser so auffallende bekannte Rücken wohl angehören möge. Er fand aber die Person nicht zurück.

Gleich nachher kam er an einem Schaufenster vorbei, in dem ein Plan der Klassenlotterie hing. Eine fette Schrift war im dunkeln Fenster zu erkennen. Das Wort »Spielerglück« stach aus ihr hervor.

Dies Wort warf die Erinnerungen Wenks mit einem Schlag auf den Weg. Es war der Rücken des blondbärtigen Spielers gewesen.

Wenk erschrak vor dieser Entdeckung. Er suchte diesen Mann durch Tage und Nächte und durch ganz Deutschland, und da war er so nahe an ihm vorbeigegangen, daß er ihn hätte an der Schulter festhalten können. Er kehrte gleich um, ging zum Saal zurück und las an der Eingangstür ein kleines Plakat:

EXPERIMENTELLER ABEND
DES DR. MABUSE

Er beorderte einen der anwesenden Polizisten, sofort sechs Zivilbeamte herbeizuholen, ließ sie in unaufälliger Weise alle Ausgänge schließen, und als die Beamten aufgestellt waren, ging er in den Saal. Der Saal war leicht zu überwachen. Er ging von Reihe zu Reihe. Der Experimentierer war gerade mit Vorbereitungen beschäftigt.

Wenk setzte sich hin und her und überblickte Gesicht um Gesicht, Menschen um Menschen. Aber erfand niemanden, der diesen Rücken hatte, dessen Bild sich ihm so stark eingeprägt.

Er sah Bekannte. Der Geheimrat Wendel saß da, gleich in der vordersten Reihe. Ein Kollege vom Gericht mit seiner Frau und seiner erwachsenen Tochter. Er tat, als kenne er niemanden, und suchte fieberhaft. Aber es war alles vergeblich.

Da stürzte er sich hitzig kopfüber in das Unternehmen, ging zu den Beamten hinaus und erteilte ihnen folgende Weisungen: Alle Türen werden verschlossen, bis auf diese eine. Zwei Beamte gehen in den Saal. Einer von ihnen sofort auf die Bühne und bittet das Publikum, in Ruhe einer nach dem andern den Saal zu verlassen. Beide passen auf, daß niemand zurückbleibt. Die vier andern stellen sich an der Tür auf und lassen die Leute durch, Person für Person. Von der Tür wird nur ein Flügel geöffnet.

Wenk selber wollte an der Tür stehenbleiben, und wenn er den Verhaftungsbefehl gegen einen Mann ausspräche, sollte der Betroffene von zwei Beamten sofort beiseite gezogen und gefesselt werden. Die beiden andern Beamten hatten dann nichts anderes zu tun, als aufzupassen, daß keine Person sich den verhaftenden Beamten nähere. Die Dienstrevolver seien schußbereit zu halten.

Im Saal entstand bei der Verkündigung des Beamten zunächst ein heiteres Erstaunen. Dann hörte man einige unwillige Rufe. Der Beamte suchte zu beruhigen.

Das erste, was sich in Mabuses Vorstellungen zeigte, als er die Botschaft des Geheimpolizisten hörte, war, ob es nötig gewesen, sich der Gefahr des öffentlichen Auftretens auszusetzen. Aber er schob diese Vorstellung gleich als etwas Lästiges weg.

Es war nötig, denn es war für seine Seele die Kugel, in der sich Ernährungsstoff in konzentriertester Form zusammenpreßte. So mußte er mit seinen suggestiven Fähigkeiten immer in Berührung mit einer namenlosen Allgemeinheit bleiben. Dann spürte er eine Macht über die Grenze des Kreises hinaus, der ihm verpflichtet war, und von dem er jeden kannte, schier ins Ungemessene wachsen. Und sein Geist übte sich, vieles zu umfassen, viele Menschen auf einmal in die Hand zu nehmen und in den irren Dingen, die seine geheime Gabe ihnen auferlegte, ihre Wenigkeit und seinen Haß und seine Gewalt über sie auszukosten.

Hier auf dieser Bühne war er neu geboren worden. Hier hatte er sein Leben der Macht begonnen, als der Krieg ihn von seinen Pflanzungen in der Südsee als einen ruinierten Mann nach seiner Heimat zurückgetrieben hatte. Dieses gab er nicht auf.

Noch während mit traumhafter Schnelle diese Überlegungen ihn durchzogen, ging er zum Beamten hin und fragte, was geschehen sei. »Sie müssen sich an Herrn Staatsanwalt Wenk wenden«, sagte der. »Er ist draußen!«

Da erblaßte Mabuse, wandte sich weg und stieg raschen Schritts zum Geheimrat Wendel hinab, den er in der ersten Reihe noch immer sitzen sah. Im Gehen entsicherte er mit der Hand in der Tasche seinen Browning und zielte, von einer Blutwelle überlaufen, die Haß und Kampf durch seine Muskeln warf wie einen Brand, mit seiner Phantasie Wenk mitten in die Stirn.

Du zuerst und dann! sagte er bei sich.

Aber schon lächelte er den Geheimrat an.

»Ihre suggestiven Kräfte«, sagte der Geheimrat, »scheinen den Staatsanwalt Wenk zu beunruhigen!«

»Wenk?« fragte Mabuse erstaunt tuend zurück.

»Ich sah ihn nämlich mit Luchsaugen vorhin von Stuhl zu Stuhl schleichen und jeden Besucher durch Jacke, Weste, Hemd und Unterkleid hindurch auf sein kriminalistisches Gewissen prüfen. Er scheint seinen Mann aber nicht gefunden zu haben.«

Mabuses Brust dehnte sich von einem schnaufenden Gefühl des Glücks. Er war wie ein Pferd, das nach langem Hungern und Ziehen den Kopf in die Krippe senkt.

Obgleich er sofort klar verstand, fragte er den Geheimrat: »Weshalb meinen Sie das?«

»Einfach! Wenn er ihn gesehen hätte, hätte er sich ihn von den Beamten herausholen lassen, ohne Ihre Sitzung zu stören!«

»Das ist wahr«, sagte Mabuse. »Gehen wir!«

Mabuse drängte zur Tür, den Geheimrat mit sich ziehend. Mit allen Sinnen paßte er um sich auf, in seinen Rücken, wo er den Anschluß an Wendel nicht verlieren durfte, nach vorn, wo die Gefahr drohte, der er entweichen wollte.

Bewegungen ließ er, wenn sie ihn von dem alten Professor zu trennen drohten, mit allerlei Listen und einem Einsetzen seines ganzen Muskel- und Gliederapparats anders verlaufen, als er sie begonnen hatte.

Es kam ihm nur auf eins an: nicht als Besonderer durch die Tür vor den Staatsanwalt zu treten. Der berühmte alte Geheimrat mußte von ihm die Aufmerksamkeit des Spürhundes draußen wegsaugen.

Wendel war ein alter Herr. Auf Eile kam es ihm nicht an. Aber Mabuse durfte nur nicht als der letzte draußen vorbeigehen, bestrahlt von Auffälligkeit, doppelt beäugt von der Enttäuschung, daß jener den Gesuchten nicht gefunden hatte. Es kamen noch welche hinter ihm, unter denen er sein konnte, wenn er nicht als der letzte den Saal verließ.

Eines war sicher: Er war es, den der Staatsanwalt suchte, und kein anderer! Wenk wußte nicht, daß es Mabuse sei, den er haben wollte, sonst hätte er ihn von der Bühne herunter verhaftet. Wie war er ihm auf die Spur gekommen? Ein Rätsel, das ihn reizte! Verrat? Er wurde nicht verraten! Hatte Wenk irgend etwas an ihm erkannt von den Abenden in den Spielsälen her? Nein! Er wußte, seine Masken machten ihn unkenntlich. Also …

Da berührte eine Hand die seinige. Mabuse sah in das fragende Auge Spoerris, erblickte neben ihm einen andern Mann seiner Sicherheitsgarde und lenkte seine Augen sofort unbeteiligt weg.

Spoerri und der Genosse drängten sich vor ihm durch die Tür.

Mabuse rechnete weiter: Also ja, es konnte nur so sein, daß irgendein Zufall Wenk auf seine Spur gehetzt hatte. Vielleicht die Erinnerung einer Ähnlichkeit – Bewegung der Erscheinung. Wenk durfte also möglichst wenig von ihm sehen. Und da sein Rücken Wenks Augen am längsten ausgesetzt war, zog er den Mantel zwischen den Ellbogen durch und verbarg damit diesen Rücken.

Da war er mit dem Geheimrat an der Tür. Rasch schob er Wendel vor und klebte sich an ihn.

In dem Augenblick, als der Geheimrat in die Tür trat, befahl Wenk einem Beamten, zwei Männer, die auf der Treppe verweilten, zum Gehen zu nötigen. Mabuse hörte den Beamten sagen: »Soll ich sie verhaften?«

Da gewann er den Blick hinaus. Er sah, daß die Drohung Spoerri und seinem Genossen galt. Mabuse versuchte seinen Blick hinaufzulenken. Er schlug sein Taschentuch mit einer großen Bewegung durch die Luft und schneuzte sich laut. Spoerri sah, verstand und zog den andern mit.

Wenk hatte den Geheimrat an der Hand. Das sah Mabuse.

Da sollte er hinaustreten.

Der Geheimrat stellte vor: »Herr Doktor Mabuse!«

Wenk, ohne das Auge von der Tür zu lassen, hinter der er den Saal schon stark gelichtet sah, nahm Mabuses Hand und entschuldigte sich: »Sie verübeln mir die Erfüllung einer Pflicht nicht, Herr Doktor?«

Mabuse antwortete mit einer verbissenen Freundlichkeit, bereit, die Hand in der Tasche an die Waffe zu werfen: »Nicht im geringsten. Ich trete selbstverständlich zurück, wenn es sich wie hier zweifellos um das Wohl der Allgemeinheit handelt, die Sie von einem Verbrecher zu befreien haben.«

Schon war er weitergeschoben. Wenk winkte ihm noch zu, schaute aber nicht mehr um, da er die Tür nicht freigeben durfte.

Der Geheimrat nahm Mabuses Arm für die Treppe. Mabuse geleitete ihn rasch zur Garderobe und verabschiedete sich. Eines seiner Autos hielt in der Maximilianstraße. Rechts und links von der Ausgangstür des Foyers standen die Leute, die zu allem bereit waren, ihn stets begleiteten. Spoerri hatte sich mitten in den Ausgang gestellt, um die Treppe zu überwachen.

Er ging dann hinter Mabuse her. Die andern in gelösten Gruppen, aber immer bereit, zusammenzuspringen, folgten.

Erst als Mabuse im Auto davonfuhr, gingen sie auseinander und ein jeder seinen Weg.

Im Auto heimrasend, sagte Mabuse sich auf einmal: Ich habe eine Dummheit gemacht. Ich hätte wenigstens fragen sollen, ob ich den Abend fortsetzen dürfe.

Das machte ihn niedergedrückt. Es hatte etwas an ihm versagt. Früher wäre ihm ein solcher Fehler nie unterlaufen, sann er weiter und quälte sich: Bin ich am Niedergang? Ist es Zeit für Eitopomar?

Aber auf einmal schrie er dumpf und tierisch auf: »Nein. Es ist das Weib! Wenk wird mich hängen. Das Weib macht mich alt und liefert mich seinem Strick aus.« Weshalb machte die Frau ihn alt, die so jung und schön war und sich ihm mit einem wehmütigen Fatalismus ergeben hatte? Er trank diese Ergebenheit wie einen Wein, sagte ein anderer Zug von Vorstellungen.

Er wurde uneins mit sich. Er fand keinen Genuß mehr darin, daß er der großen Gefahr entronnen war. Und in seine kreuz und quer pflügenden Gedanken schlug unselig und den Atem raubend wie eine Katastrophe die Vorstellung: Weil ich sie liebe!

Da haßte er sich. Da führte er die Ballen von Haß, mit denen er den Menschen zusetzte, gegen sich und lud sie über sich aus. So stark litt er, daß er unter dem Druck, den dieses Chaos an Gefühl auf seine Adern trieb, röchelte.

Er war vor seinem Haus.

Sein breites Gesicht hatte alle Furchen vertieft. Aber das Schreckliche waren seine Augen. Die Gräfin erschrak vor ihnen, als er in ihr Zimmer kam. Sie waren nicht mehr von dem großen steinernen Grau eines Achats. Sie waren wie mit kupfern grellen Runen bezogen. »Was ist geschehen?« fragte sie.

Da erzählte er nicht, was er eigentlich erzählen gewollt. »Weißt du, wer ich bin?« fragte er. Seine Stimme klang in einer tobenden Wildheit. »Ich bin ein Werwolf. Ich sauge Menschenblut in mich! Jeden Tag brennt der Haß alles Blut auf, das mir in den Adern läuft, und jede Nacht sauge ich sie mit einem neuen Menschenblut voll. Wenn mich die Menschen fangen, zerreißen sie mich in vierundsechzig Stücke. Ich beiße dir die Kehle durch, du weißes Tier, das mich zerstören will!«

Die Gräfin, aufgepeitscht, irr vor Schmerz und Zerissenheit, stöhnte: »Töte mich! Was gäbe es Besseres?«

»Ich liebe dich!« schrie die Stimme des besessenen Mannes über ihr.

Die Frau barg den Kopf in ihre Hände. Sie hörte dieses eingestehende Wort zum erstenmal aus dem gewaltsamen Mund. Ertränkend wogte unter ihm der Rausch des Blutes durch ihr Gemüt, das sich von der Welt fort in die Schlucht eines Gefängnisses verloren hatte, aus dem es kein Hinaus mehr gab.

Ihr Leben war tot. Ihr Blut aber lebte in einer starren Grellheit, in einer künstlichen, furchtbaren und geisterhaften Entzündung an der Gewalt dieses Mannes und brannte durch ihre tote Seele wie eine Flamme durch verschlossene Türen. Sie brannte, und es gab nichts mehr zu verbrennen. Wovon lebte die Flamme?

Mabuse verließ die Frau, ohne ein weiteres Wort gesagt zu haben. Ich habe ihr genug gesagt! sprach er bei sich.

Er legte sich zu Bett, fand keinen Schlaf. Es war, als sei etwas Neues in sein Leben gekommen, das so unveränderlich geschienen hatte. Es war, als habe die Gefahr, die er schon mit der Hand anfassen gekonnt, in dem dunkeln, kalten Loch aufgewühlt, von dessen Grund er sein Leben und seine Taten wie aus einem Brunnenschacht heraufzog. Stundenlang quälte er sich, dies Neue zu fassen, in sich einzuordnen. Es entwich ihm.

Da ging er zu der Frau zurück, die schlaflos und in Kleidern auf dem Bett lag.

Er sagte ihr: »Wir müssen uns aussprechen! Unsere Schicksale sind ineinandergelaufen, und wir müssen sie durch unser Leben weitertragen. Ich habe aus irgendeinem Brunnen meiner Abstammung einen Schuß ins Blut bekommen, der mir ein Leben in der staatlichen Ordnung einer Gemeinschaft unmöglich macht, in der Kräfte über meinen Kräften stehen. Ich bin deshalb so etwas wie ein Räuberhauptmann geworden. Ich kenne nur zwei Dinge: Herrschenwollen und Hassenmüssen! Seit diesem Tag kommst du dazu. Ich dachte anfangs: Die verbrennt mit den zwei Flammen meines Gemüts. Es ist aber nicht wahr. Hundert sind drin verbrannt. Du nährst dich davon. Dir ist es Speise. Wenn ich betrunken bin und den Haß nicht vergessen, aber etwas beiseite stellen kann, weil es dann schönere Dinge gibt, nenn' ich dir oft den Namen: Eitopomar.

Eitopomar ist kein Weindunst. Es ist ein Urwald in Brasilien. Er ist hoch im Land drinnen. Er wird für mich gerodet. Alles Geld, das ich hier dieser nichtigen Gesellschaft von Jammerkerlen abnehme, lege ich dort an. Dort entsteht mein Land. Dort will ich mein Leben beschließen. Erst dachte ich: mit meinem Harem! Jetzt weiß ich aber: mit dir! Vierzig Tage muß man reiten, bis man zur nächsten Wohnung von Menschen kommt. Und auch das sind welche, die es hier nicht aushielten. Man kommt aber nie hin, weil die Botokuden einen nicht durchlassen. Es ist möglich, daß meine Agenten, die das Geschäft geordnet haben, mich betrügen und daß, wenn wir hinkommen, es kein Fürstentum Eitopomar gibt. Aber um dich betrügt mich niemand!

Meine Lebensart hier hat inzwischen zu ausgedehnte Kreise gezogen, als daß ich noch viel länger neben und unter der Ordnung und Macht des Staates und der Gesellschaft mich erhalten könnte. Ich habe heut den Beweis bekommen, daß man mir auf der Spur ist. Es gilt von nun an also Vorsicht.

In Genua wird für mich ein Schiff gebaut. Ich fahre nicht auf fremden Schiffen. Ich bin mein Fürst. Das Schiff ist am ersten Juni abzuliefern. In der Nacht vom ersten auf den zweiten Juni schiffen wir uns ein. Aber bis dahin sind es fast noch zwei Monate. Ich kann nicht ruhen. Ich werde bis zu der Nacht unserer Abreise Räuberhauptmann sein.

Wir wollen klug sein. Du beziehst eine andere Wohnung. Sie ist so sicher wie diese hier. Aber wenn sie mir diese hier ausspionieren, fangen sie dich. Ich bin in der Lage, mit aller Wahrscheinlichkeit zu entkommen. Morgen um Mitternacht siedelst du um. Spoerri führt dich hin.«

Ohne Widerstand, ohne Beteiligung der Sinne, verzehrt von der Flamme dieses über sie hereingebrochenen männlichen Willens, nahm die Gräfin Worte und Befehl hin – Schicksal.

Um neun Uhr war Dr. Mabuse beim Grafen Told.

Mabuse wollte jetzt, da er zur Flucht sich jede Stunde bereit halten mußte, mit dem Gräflein abschließen.

Er nötigte ihn zum Trinken. Das tat Told seit einigen Tagen mit einer düsteren Leidenschaft. Schweigend sah Mabuse zu. Als Told betrunken war, sagte ihm der Arzt: »Sie sind ein durchaus widerstandsloses Individuum. Wo haben Sie Ihr Rasiermesser?«

Told zeigte lallend auf den Waschtisch.

»Ist es geschärft?« fragte Mabuse mit einem lastenden Nachdruck. »Scharf genug?« fragte er nochmals mit einer Betonung, so scharf, als wollte er dem Grafen die Frage durch die Kopfhaut einschneiden.

Mabuse nahm es in die Hand, ergriff einen Papierbogen und schnitt einen langen Riß hinein. Drohend sagte er dann: »Es ist scharf genug. Ja!«

Darauf legte er das Messer zurück, schob es aber nicht mehr ins Etui. Er rief den Diener herein und sagte ihm: »Der Zustand des Herrn Grafen hat sich verschlechtert. Der Herr Graf trinkt Kognak und Tokaier. Gegen einen leichten Mosel hätte ich nichts einzuwenden. Aber diese schweren Spirituosen sind nicht erlaubt. Entfernen Sie, was der Graf übriggelassen hat. Der Herr Graf will – sich – zur Ruhe – begeben!«

Das sprach er mit einem auseinandergezogenen, befehlshaberischen Ton. Er ging dann vor dem Diener aus dem Zimmer und verließ das Haus.

Eine halbe Stunde später durchschnitt sich der Graf Told den Hals. Er wußte nicht, was er tat. Er hatte die Empfindung, als hindere etwas in seinem Hals ihn an einem unerhörten Glück. Er wollte nur dieses lästige Hindernis entfernen.

Um zwei Uhr kam ein Bote Mabuses, um sich nach dem Befinden des Grafen zu erkundigen. Der Diener sagte, er schlafe. Aber er wollte lieber noch einmal nachschauen. So fand er ihn blutbesudelt, vom Sessel auf den Boden gerutscht, kalt schon und tot. Der Bote des Arztes kam ins Zimmer, sah die Leiche und ging. Der Diener wußte nicht, was er tun sollte. Er hatte die Meinung, da keine Verwandten des Grafen in der Nähe waren und die Adresse der Gräfin ihm unbekannt war, er müsse den Selbstmord zuerst der Polizei anzeigen. Dann wußte er aber wiederum nicht recht, an welches Amt man solche Meldungen zu geben hätte, und es fiel ihm ein, daß der Staatsanwalt von Wenk ja ein Bekannter des Grafen gewesen sei und als letzter ihm nachgefragt hatte. Er fuhr nach München, suchte den Staatsanwalt auf und erzählte.

»Ist der Herr Graf denn immer zu Hause gewesen?« fragte Wenk.

»Ja, immer!«

»Weshalb sagten Sie mir denn damals, der Herr Graf sei ohne Adresse verreist?«

»Der Arzt hatte mir befohlen, im Interesse des Zustandes des Herrn Grafen niemanden zu ihm zu lassen und alle Anfrager mit dieser Antwort abzuweisen. Der Herr Graf empfing niemanden als den Arzt.«

»Wie hieß der Arzt?«

»Sein Name wurde nie genannt. Ich weiß es nicht!«

Da erinnerte sich Wenk, daß der Geheimrat Wendel ihm doch den Brief an den Dr. Mabuse gegeben und daß der Graf an seinem eigenen Fernsprecher jenem telefoniert und mit ihm eine Zusammenkunft abgemacht hatte.

Wenk zitterte, als er, von den Schauern eines unerhörten Verdachtes gestreift, dem Diener das Bild des Dr. Mabuse, wie er es von dem Vier-Jahreszeiten-Saal her in der Erinnerung hatte, vorzeichnete: ein großer Mann, etwas vorgebeugt, glatt rasiert und geschoren, ein breites Gesicht mit einer großen Nase und grauen, großen Augen.

Als der Diener sagte: »Ja, genau so sah er aus«, wurde Wenk aschfahl. Mit einem Schlag sammelten sich auseinanderliegende Eindrücke – nur angeflogene Vorstellungen, halb angedachte Gedanken, Bilder, die sich verschleiert, aber nicht verloren hatten.

Weshalb hatte der Dr. Mabuse, als Wenk den Saal räumen ließ, nicht gefragt, zu welchem Zweck das geschehe? Nicht gefragt, ob er nicht nach der vollbrachten Durchsuchung die Experimente wiederaufnehmen könne? Weshalb hatte Wenk, der doch den bekannten Rücken hatte in den Saal gehen sehen, ihn drinnen nicht wieder zurückgefunden? Weshalb hatten die zwei Männer, die der Anordnung, davonzugehen, nicht folgen wollten, mit dem Augenblick, als Mabuse aus dem Saal trat, dem Beamten plötzlich gehorcht? Weshalb hatte das Auge dieses Mabuse, so kurz er hineingeschaut, so eindringlich in ihm nachgewirkt, als suche er etwas, was verschollen oder nicht aufgefunden tief in seinem Innersten lag?

Er entließ den Diener.

Er suchte die Adresse des Dr. Mabuse im Telefonbuch nach. Sie stand nicht drin. Aber Mabuse hatte ein Telefon; denn der Graf hatte ihn ja von hier aus angerufen. Der Geheimrat Wendel wußte die Nummer.

Als jedoch Wenk, nachdem er sich bei Wendel erkundigt, die Nummer anrief, meldete sich niemand. Er fragte auf dem Auskunftsamt des Fernsprechers nach und hörte, die Nummer sei aufgehoben. Wer denn die Nummer bis vor drei Wochen gehabt habe?

Das ließ sich so schnell nicht feststellen.

Wenk fragte nochmals Wendel an. Dr. Mabuse habe seine Rufnummer geändert. Ob er seine Adresse kenne? Nein, die kannte Wendel nicht. Er habe von Mabuse nur die Rufnummer gehabt und stets telefonisch mit ihm verkehrt.

Auf dem Meldeamt der Polizei fragte Wenk nach der Adresse des Dr. Mabuse.

Man fand diesen Namen nicht unter den in München angemeldeten Personen.

Auf dem Fahndungsamt ließ Wenk alle alten Telefonbücher nach dem Namen Mabuse durchsuchen. Nirgends wurde dieser Name gefunden.

Da ging Wenk zum Direktor des Fernsprechamts, um die Nachforschungen dort zu beschleunigen. Der Direktor führte ihn ins Auskunftsbüro. Dort waren zwei Fräulein. Die bat er, nachzusuchen, um was er telefonisch gebeten hatte.

»Was wollten Sie wissen?« fragte die eine ältere der Damen.

Die Adresse des Dr. Mabuse, der vor drei Wochen unter einer Nummer, die nicht im Telefonbuch stand, in München angeschlossen gewesen sei.

Das Mädchen sagte, es lasse sich nichts finden.

Mit diesem Bescheid ging Wenk zum Direktor zurück. Der Direktor sagte, das sei ganz ausgeschlossen, und begleitete Wenk selber zu dem Büro mit den beiden Damen. Er schaute zusammen mit ihnen nach und fand nichts.

Aber während der Direktor sich so vergeblich über die Listen beugte, kam Wenk ein Einfall.

Als der Direktor ihm meldete, ein Dr. Mabuse sei im Laufe dieses Jahres überhaupt nicht in München angeschlossen gewesen, bat Wenk, dann nachzuschauen, unter welcher Nummer und Adresse ein Mann namens Poldringer eingetragen sei. Da sah er, wie die ältere der Frauen aufzuckte und sich gleich wieder beherrschte. Doch einen Augenblick später sagte sie ihm grob, Poldringer gebe es viele in München, und ohne Vornamen und genaue Adresse könne sie nichts sagen.

Wenk wandte sich an den Direktor: »Herr Direktor, es tut mir leid, Ihnen die Unannehmlichkeit bereiten zu müssen: ich verhafte diese beiden Damen!«

Er trat gleich zwischen die Frauen und die Weckapparate. »Bitte nehmen Sie Platz auf diesen beiden Stühlen, bis die Beamten kommen. Sie hier, Fräulein, Sie dort!«

Das eine der Mädchen wurde kreideweiß. Das andere errötete zuerst und begann dann zu weinen.

Wenk sagte, mehr zu ihm gewandt: »Es ist nur eine Formalität. Sie werden mir durch Ihr Benehmen ermöglichen, die Angelegenheit ohne Aufsehen sich entwickeln zu lassen, und es ist wahrscheinlich, daß Sie nicht lange ohne Aufklärung bleiben!« Dann rief er die Kriminalpolizei an und erbat sich drei Beamte.

Der Direktor sah die Listen nach Poldringer durch. Unter diesem Namen gab es mehrere Eintragungen. Die meisten waren Geschäftsleute. Ein anderer ohne nähere Bezeichnung wohnte Xenienstraße und ein zweiter ohne Berufsangabe Ludwigstraße.

Die Mädchen wurden weggeführt. Wenk ging zur Ludwigstraße. Er kam in ein Mietshaus, sah sich die Umgebung und das innere Haus an und ging zur Xenienstraße.

Ihm blieb das Herz stehen, als er in der Xenienstraße an dem Haus, dessen Nummer unter dem Namen Poldringer im Telefonamt angegeben worden war, das Marmorschild sah:

Dr. Mabuse
Psychoanalytische Behandlung

Er eilte davon, den Kopf zwischen den Schultern. Er merkte sich nur rasch die Nummern der gegenüberliegenden Häuser. Die Straße bestand nur aus frei stehenden Villen.

Das Blut trommelte in seinen Augen. Das Herz blies Posaunen, in seinen Ohren war Geschützbrausen. Er hatte den Verbrecher. Nein, er hatte ihn noch nicht. Er kannte ihn nur!

Bevor er Weiteres tat, fuhr er zum Gefängnis. Denn die Frist, die die Carozza erbeten hatte, war um, und was sie ihm nun mitteilen sollte, konnte ihm die letzten Sicherungen auf das Glücken des Werkes geben.

Am frühen Morgen dieses Tages, als der Wärter im Frauengefängnis die erste Runde zu machen hatte, wurde die Tür zur Zelle der Carozza geöffnet. Die Carozza schlief noch. Sie wurde geschüttelt, und als sie rasch erwachte, sah sie den Wärter über sich gebeugt. Aber es war nicht der Wärter, es war Spoerri. Doch nein, sie träumte. Sie war doch im Gefängnis. Wie kam Spoerri an ihr Bett? Sie wollte die Erscheinung wegwischen. Doch ihre Hand blieb am Gesicht hängen. Da erhob sie sich entsetzt. Sie erwachte sofort ganz. Ja, es war Spoerri. Er sagte: »Du weißt, ich stehe mit dem Wärter im Bund!«

Die Carozza nickte. »Damit wirst du auch wissen, daß er mir gesagt hat, was gestern hier zwischen dir und dem Staatsanwalt vor sich ging.«

Die Frau fragte fahrig: »Was war das denn?«

»Daß du den Doktor verraten willst!«

Die Carozza sprang aus dem Bett. »Wer sagt das?« schrie sie.

»Bitte nicht schreien. Der Wärter sagt es.«

»Es ist nicht wahr!«

»Der Wärter hat kein Interesse, zu lügen!«

»Hat er dem Doktor es gesagt?« fragte angstvoll die Carozza.

Da log Spoerri: »Ja, der Doktor schickt mich zu dir, natürlich!«

»Es ist nicht wahr!« rief, dem Weinen nahe, die Carozza. »Ich wollte ihn retten!«

»Kannst du das beweisen?«

»Ich wollte ihn retten, Spoerri, er ist bedroht!«

»Er ist immer bedroht. Das ist Unsinn. Kannst du beweisen, was du sagst?«

Die Carozza erzählte heftig, was zwischen ihr und dem Staatsanwalt vorgegangen war. Spoerri entgegnete gleichgültig: »Ich meine, so beweisen, daß nichts mehr daran zu tüfteln ist? Rasch, bitte. Ich muß in fünf Minuten aus dem Flur hinaus sein.«

»Was soll ich tun, daß der Doktor mir glaubt?« fragte entsetzensvoll die Carozza.

»Der Doktor ist sehr in Sorge, muß ich dir sagen. Er hatte so was nicht von dir erwartet.«

»Nein, nein«, stammelte fassungslos die Carozza. »Wie soll ich beweisen ... Wie soll ich ... Du weißt doch, Spoerri ...«

Da zog Spoerri mit einem feinen Lächeln ein Fläschchen aus der Tasche. »Da drin«, sagte er, »liegt der Beweis.«

»Wo?« fragte die Carozza aufgelöst.

»Hier drin, meine Liebe, nicht wahr?«

»Ich verstehe dich nicht«, sagte die Carozza.

»Ho, das brauchst du auch nicht. Nur zu trinken, weißt du, bloß ein Schlückchen. Dann glaubt dir der Doktor aufs Wort.«

Da sah die Carozza das Fläschchen entsetzt an. »Was ist es?« stotterte sie.

»Ein Himmelstränkli, meine Liebe. Tut nicht im mindesten weh. Vom Doktor selber gebraut. Aber wirf es noch rasch zum Fenster hinaus! Ich mache dir das Fenster schon auf. Vergiß das nicht! Aber ganz rasch, nicht wahr? Sofort werfen! Denn ohne die Flasche merkt kein Mensch, was dir geschah. Ja, das erwartet der Doktor. Das ist dann ein Beweis, an dem nichts mehr zu tüfteln ist. Im übrigen, du kennst uns ja. Selbst ist der Mann!«

Damit hob er ein Messer aus der Tasche und spielte leichthin mit ihm. Er warf es an die Tür, und es blieb mit der Spitze waagerecht darin stecken. Er riß es zurück und sackte es wieder ein.

»Siehst du«, sagte er. »Aber nun muß ich. Also auf Wiedersehen!«

Er wollte gehen. Die Carozza sprang ihm nach. Sie sank in die Knie und krallte sich an sein Bein an. Sie schluchzte: »Ich bin doch jung. Ich lieb' doch das Leben. Ich habe ihm doch genützt. Ich hoffte befreit zu werden. Von ihm. Wenigstens befreit, wenn er mich schon nicht mehr lieben kann.«

»Na ja«, sagte Spoerri, »aber wie gesagt, er fühlt sich seitdem beunruhigt. Du kannst es ja halten, wie du willst.«

Die Carozza: »So befrei du mich von hier. Ich werde es ihm tausendmal beweisen, daß er meiner sicher sein kann. Ich gebe mein Leben für ihn.«

»Bitte!« warf Spoerri roh hinein.

Aber die Frau, losgelassen: »Was bin ich denn? Ein Schatten, der hinter ihm hergeht und sich vor ihm verbirgt, ohne sich von ihm trennen zu können. Tausendmal – tausendmal. Befrei mich!«

»Und wenn wir dabei erwischt werden, hängen wir beide, hat er gesagt. Und wer weiß, ob sie dann nicht auch an ihn kommen.«

Da war die Carozza auf einmal gefaßt und sagte: »Gut, es ist wahr! Geh! Und sage ihm ... Nein, du brauchst nichts zu sagen. Ich will dann ja nichts mehr von ihm.«

Spoerri ging rasch. Das Fläschchen blieb in der Hand der Carozza. Es war an ihren fiebrigen Fingern warm geworden. – Er glaubt mir nicht, sagte sie zaghaft. Der Doktor glaubt mir nicht mehr. Sonderbar – gibt es für irgend etwas auf der Welt mehr Beweise als dafür, daß meine Gedanken ihm treu waren? Oh, dies Leben, dies schmutzige, unverständliche, zerstörende Leben! Dies furchtbare Leben!

»Komm!« sagte sie zur Flasche. »Nein, daran brauchst du nicht mehr zu tüfteln, du – Mann! Du süßer Mörder! Du Erwürger! – Scheusäligkeit, Seligkeit, du ...«

Das schrie sie.

Dann erschrak sie vor ihren Schreien, als ob sie damit das geliebte Leben in Gefahr bringen könnte. Sie riß den Stöpsel vom Fläschchen, und mitten in der Zelle stehend, trank sie, warf einen Augenblick darauf die Flasche in das feurige Fensterloch, in das der Morgen der freien Welt draußen wie die Mündung einer losgehenden Kanone hereinschoß.

Wenk stand vor dem Verwalter des Gefängnisses. »Ja, Herr Staatsanwalt, wir haben Sie leider nicht verständigen können. Sie waren nicht zu erreichen. Ein Herzschlag anscheinend, sagt der Arzt. Sie lag heute früh tot in der Zelle.«

Wenk ging zwischen Enttäuschung und Grauen in die Zelle. Sie war leer. Die Pritsche noch unaufgeräumt. Die Kleider der Carozza lagen auf einem Schemel. Wenk sah sich um und wollte wieder gehen. Da war ihm, als habe auf dem Fenstergesims etwas aufgeleuchtet. Er trat zurück, untersuchte das Fenster und fand einen kleinen Glasscherben, der gerundet war und einen starken Geruch ausströmen ließ. Wenk stieg auf einen Stuhl. Draußen fand er noch einen Splitter. Er ging in den Hof hinab, und bald hatte er die Überreste des Fläschchens zusammen. Es hatte sich an einem Eisenstab des Gitters zerschlagen. Wenk ließ die Glasreste untersuchen. Es waren Spuren von Giften daran.

Er ging zu Fuß nach seiner Wohnung zurück. Ein neues Opfer, sagte er ununterbrochen. Ein neues Opfer … Dann auf dem Wort Opfer weiterspielend: Ein wirkliches Opfer. Denn diese hat sich selbst geopfert! Das fühlte er. Diese Dirne war als ein Opfer ihrer Liebe gestorben. Sie hätte mir doch nichts gesagt, ahnte er nun. Sie wollte mich bloß irreführen, um Zeit zu haben, jenen zu warnen. Ich habe kein Glück bei Frauen.

Er war tief ergriffen. Weshalb, fragte er sich, sind diese starken Seelen immer nur auf der andern Seite zu finden? Immer beim Bösen? Und als am nächsten Tag die Carozza begraben wurde, stand er als einziger Leidtragender am Grab. Langsam nur fand er sich zur Arbeit zurück.

Aber dann war er Hals über Kopf in sie hineingesunken. Er stellte Pläne auf, den Dr. Mabuse in seinem Hause zu fangen. Das erste, was zu geschehen hatte, war, daß man auskundschaften mußte, wann ganz sicher jener sich in seinem Hause befand. Dann mußte man wenigstens sich die beiden Hauptleute sichern, parallel in der Xenienstraße und in Schachen vorgehen, keine Zeit lassen, daß einer den andern benachrichtigen konnte.

Die Vorbereitungen mußten bis aufs äußerste ausgearbeitet werden. Und dann mit einer Überrumpelung, die nicht länger als drei Minuten dauern durfte, losgeschlagen werden. Denn ein Mann, der mit einer solchen Kühnheit mitten in der Stadt bis in die Domäne der staatlichen Justiz hinein solche Verbrechen durchführen ließ, hatte sich in seinem Hause gegen Überfälle aufs beste gesichert. Das war unumstößlich.

Über diesen Vorbereitungen verging die Zeit.

Zuerst mußte sich Wenk eine der beiden gegenüberliegenden Villen als Beobachtungsposten sichern. Er nahm dazu die Hilfe des alten Hull in Anspruch. Er fuhr gleich zu ihm.

»Können Sie mir einen großen Dienst leisten?« fragte er. »Lassen Sie durch einen Vertrauensmann in einer der Villen Nr. 26 oder 28 in der Xenienstraße ein Stockwerk oder besser die ganze Villa mieten. So wie sie ist. Es muß übermorgen beziehbar sein. Kosten spielen keine Rolle. Ich brauche das Haus für zwei oder drei Wochen. Das Frühjahr ist da. Vielleicht wünscht eine Partei eine kleine Reise zu finanzieren.« Hull begab sich gleich ans Werk.

Von Lindau erbat Wenk den sofortigen Besuch des Kommissars von der Straßenwalze. Der Kommissar kam mit dem Schnellzug um elf Uhr nachts.

»Herr Kommissar, die Sache ist reif!« sagte ihm Wenk. »Sie müssen sich bereit halten, in jedem Augenblick loszuschlagen. Ich überlasse Ihnen den Plan. Sie haben ja reichlich Zeit gehabt, die Geographie und die Gelegenheiten kennenzulernen. Nur müssen Sie mit dem Augenblick des Eintreffens meines Befehls: Villa Elise verhaften! was gehst du, was hast du, vom Leder ziehen. Tot oder lebendig. Man wird ein zweites Boot auf den See legen. Für die Landseite verdoppeln Sie die Zahl Ihrer Leute. Die Straßenwalze führen Sie weg. In Schachen beginnt jetzt die Frühjahrssaison. Halten Sie sich mit sechs bis acht Mann als Strandgäste dort auf.«

Um sieben Uhr am andern Morgen reiste der Kommissar zurück.

Um elf Uhr kam der alte Hull mit einem Mietvertrag für die Villa 26 in der Xenienstraße. »Es wohnt ein junges Paar da«, sagte er, »dem mein Vorschlag, wie es scheint, sehr recht kam. Sie wollten nach der Schweiz, wo die Eltern wohnen, und waren nur vor der Valuta zurückgeschreckt. Ich bot Ihnen fünftausend Mark für den Monat. Diese werden sie in Franken umwechseln. Ich schädige unsere Valuta ...«

»Aber Sie nützen der Heimat, Herr Hull! Sie werden sich bald davon überzeugen«, sagte Wenk.

»Sie können von heute abend sechs Uhr an die Villa beziehen!«

Um sechs Uhr hielt Wenk in der Kleidung eines grünen Radlers seinen Einzug in die leere Villa. Er ließ das Rad draußen stehen und suchte sich gleich ein Fenster aus, das ihm paßte. Er war ganz allein im Haus. Er versteckte sich hinter einem Spitzenvorhang und schaute auf die Straße.

Das erste, was er sah, war, nachdem er so eine Viertelstunde Posten gestanden hatte, daß jemand das Rad draußen stahl und damit fortsauste. Er hatte niemals einen Verbrecher bei der Tat gesehen. Dies Letzte seines Berufs war ihm erst heute vergönnt. Er leitete es als eine gute Vorbedeutung in sein Gemüt und lachte über die komische Hast, mit der der Dieb Umschau hielt, aber schon auch das Rad zwischen seinen Schenkeln hatte.

Er überblickte zwei Stunden lang in einem Stück die Haustür und die Gartentür, die Fenster, das Dach der Villa Mabuse. Kein Mensch kam, noch ging. Wenk blieb bis Mitternacht. Nichts! Er schlief am Fenster ein, wachte wieder auf, schaute und schlummerte wieder ein bißchen und erwachte dann erst, gerädert, im hellen Morgenlicht.

Wenks Diener als Ausläufer von Oberpollinger brachte ihm das Frühstück.

Es wurde ein langer Tag. Wenk zog sich den Fernsprechapparat ans Fenster und rief mehrere Bekannte und Ämter an.

Endlich, abends sechs Uhr, hielt gegenüber ein Auto. Kaum hielt es, so fuhr es wieder an und davon. Ein Herr schritt auf die Haustür zu. War es aber Mabuse? Nein – denn es war ein alter Herr, der die unverkennbaren Schritte eines Tabetikers machte. Vielleicht ein Patient.

Dann sah Wenk bald darauf einen Kaminfeger das Haus verlassen. Der Kaminfeger ging rasch und lustig, eine Zigarette hoch in die Luft dampfend. Wenk hatte den Kaminfeger nicht ins Haus hineingehen sehen. Das war ein Zufall gewesen. Der alte tabetische Herr blieb lange. Wartete er so lange auf den Arzt? Oder war es ein Helfer Mabuses? Das war zweifelhaft. Aber es durfte nichts überstürzt werden.

Die Dämmerung waltete bereits stark, als ein Mann mit einem Paket drüben an der Haustür klingelte, die mit einer überraschenden Schnelligkeit sich öffnete. Nach einer halben Stunde kam dieser Mann wieder heraus.

So ging es noch einmal. Auch in der Nacht kamen und gingen ab und zu Menschen. Dasselbe wiederholte sich am nächsten Tag.

Am dritten Tag wurde Wenk in der Frühe angerufen. Es war sein Diener. Die Kriminalpolizei habe ihm etwas Wichtiges mitzuteilen. Es sei in der Nacht etwas in einem Spielsaal vorgefallen. Ob er einen Beamten zum Bericht wünsche?

Ja, er solle nur in irgendeiner Lieferanten-Uniform kommen.

Der Beamte kam eine halbe Stunde später als Telefonarbeiter gekleidet, und berichtete: Gestern nacht kam ein junger Mann auf die Wache und erzählte, in dem geheimen Spielsaal von Schmitz hätten sie Bakkarat gespielt. Ein alter Herr, der zweifellos Tabetiker sei, habe mitgespielt und immer verloren. Als es drei Uhr morgens war, habe der alte Herr einen Wutanfall bekommen, habe etwas gerufen, und da seien auf einmal drei Männer, die mitgespielt hatten, auf den Tisch gesprungen. Mit vorgehaltenen Revolvern hätten sie »Hände hoch!« gerufen. Ein vierter sei dann von Mann zu Mann gegangen, habe das Geld vom Tisch und alles Geld aus den Taschen der Mitspieler genommen. Ihm hätten sie zwölftausend Mark geraubt. Den alten Herrn aber hätten sie ruhig gelassen. Der sei dann aufgestanden Und weggegangen und auf einmal ganz gesund gewesen. Zwei von den Räubern haben ihn hinausbegleitet. Die andern haben den Rückzug gedeckt. Draußen hatten die Räuber zwei Autos.

Diese Meldung erregte Wenk.

Seinen Plan störte das Ereignis nicht. Im Gegenteil zeigte seine Verwegenheit, daß Mabuse sich sicher fühlte. Aber Wenk hing hier in dem fremden Haus an der Gardine wie eine schlafende Fledermaus, und der Verbrecher ging in der Stadt seine Wege mit einer Kühnheit, als habe er niemanden und nichts zu fürchten.

Er nahm sich sein Recht. Wie konnte es anders sein, wenn er, der Staatsanwalt, der damit betraut war, ihn zu fangen, sich hier an die Fenstervorhänge klebte!

Wenk verließ kurz entschlossen seinen Posten und kam erst abends zurück. Er hatte den Befehl gegeben, die Laterne vor Mabuses Haus zu löschen, indem man die Scheibe einwarf und der Glühkörper zerstörte.

Es war eine dunkle Nacht. Wenk schlich sich in den Garten der Mabuse benachbarten Villa, sobald sich deren Fenster verdunkelt hatten. Er hatte einen Behälter mit geschwärztem Mehl bei sich. Er kletterte über den Zaun in Mabuses Grundstück, schlich vorsichtig zum Gartenweg und verteilte das Mehl in einer dünnen Schicht über ein Stück des kurzen Dammes zwischen Gartentür und Haus. Darauf eilte er über den Zaun in den Nachbargarten zurück und von dort in seine Nummer 26.

Eine halbe Stunde später verließ jemand das Haus Mabuses. Wenk erkannte nichts von der Person.

Anderthalb Stunden nachher kamen Schritte in der Straße unter seinem Fenster vorbei. Er sah einen Mann, der Soldatenuniform trug. Der Mann ging plötzlich zum Haus Mabuses hinüber. Er verschwand in dessen Tür.

Wenk stieg wieder hinab und klemmte sich wieder in einen Busch der Mabuse benachbarten Villa. Nach einer langen Weile hörte er Mabuses Tür gehen. Er sah im Sternenschein, daß eine ältere, beleibte Dame das Haus verließ. Sie ging auf die Straße. Fast im gleichen Augenblick tauchte dort ein Auto auf. Die Dame stieg rasch hinein, und das Auto jagte davon.

Wenk überkletterte wieder vorsichtig den Hag, der zwischen ihm und Mabuses Garten war, kroch auf allen vieren über den Rasen zum Weg, den er mit dem Mehl bestreut hatte, und beleuchtete eilig mit einer kleinen elektrischen Taschenlaterne den Boden. Da sah er, daß die Sohlenabdrücke von allen drei Personen von genau denselben Schuhen herrührten.

Also, der zuerst angekommen war, der Soldat und die Dame waren ein und derselbe Mensch. Und gestern und vorgestern, ging es Wenk auf, der Kaminfeger, der Tabetiker, der Mann mit dem Paket … alle dieselbe Person und alle – Mabuse!

Wenk blies vorsichtig den Mehlstaub fort.

Diese Nacht mußte die Entscheidung bringen. Sturmtrupps der Polizei lagen auf den nächsten beiden Wachen bereit. Sie waren gerüstet, in jeder Sekunde aufzubrechen. Wenn Wenk Mabuse sicher im Hause wußte, eilte er in seine Nr. 26 hinüber, rief an, drei Minuten später konnten die Polizisten das Haus Mabuses umstellt haben. Das Sprengen der Tür kostete eine halbe Minute. Sechs Mann blieben draußen, sechs stürmten mit ihm hinein. War Mabuse in seiner Hand, flog der Befehl nach Schachen.

Wenk schlich rasch in den Nachbargarten zurück. Er legte sich flach auf die Erde und wartete. Die Erde atmete die Wärme, mit der sie sich aus dem Spätfrühjahrstag vollgesogen hatte, um seinen Leib. Er spürte die Kraft des Bodens. Und in einem Gefühl der höchsten Spannung, jetzt, zwei Stunden, eine Stunde, vielleicht nur Minuten vor dem Gelingen seines Werkes, war ihm, als durchbrauste eine Musik, in der alle Geheimnisse des Menschenblutes tobten, sein Herz. Tränen füllten seine Augen. Mit Liebkosungen suchten seine nackten Finger den dunstenden Erdboden. Es war ihm, als fühlte er das entblößte Herz der Menschheit, für die er sein Leben aufs Spiel setzte.

Sein Entschluß war, hier zu liegen und zu warten, bis Mabuse in irgendeiner Verkleidung zurückkam. Er konnte nicht mehr fehlgehen. War jener drinnen – wie in einer Mausefalle drinnen im Hause –, so eilte Wenk hinüber und rief seinen Befehl in den Fernsprecher.

Aber bevor es soweit war, sollte er noch eine Erfahrung machen, die ihm das Herz stillstehen und einen Schrei in seinen Mund treiben ließ, durch den er sich beinahe verraten hätte. Ein Auto kam die Straße herauf. Es hielt mit einem schreienden Ruck vor Mabuses Gartentür. Aber niemand stieg aus. Nein, die Tür Mabuses öffnete sich und es kam jemand die Stiegen herunter, und als dieser Mensch ins Licht der Scheinwerfer trat, sah Wenk, daß es die Gräfin Told war.

Wenn er nicht im selben Augenblick seinen Mund in den Erdboden gepreßt hätte, wäre sein Schrei gehört worden.

Das Auto raste den Weg zurück, den es gekommen war. Frauenräuber! Gattenmörder! tobte Wenks Blut auf.

Das war also das Geheimnis vom Tode des Grafen Told! Ein Teufel und ein Werwolf!

Wenk fühlte auf einmal die Kühle der Nacht unter seinen Kleidern. Er zitterte. Bekam er Fieber vor der letzten Minute? Er kämpfte alles in sich nieder. Er hörte in der Stille der Nacht sein Blut wie einen Wasserfall am Trommelfell rauschen; so war er mit aller Energie auf der Lauer und lauschte dem, was kommen sollte.

Es schlug zwölf Uhr. Ihm war, als bebte die Stadt vom Schlag der Glocken. Als müßte dieser Glockenschlag in das unbekannte Haus eindringen, in dem irgendwo gerade das Scheusal war, und jede Tonwelle werde ein wogendes Messer, das ihn zerfleischte.

Der Glockenschlag der Mitternacht ging vorüber. Ein Schritt hallte nah oder fern. Wenk konnte es nicht unterscheiden. Von der Stille und der erwartenden Gespanntheit trommelten seine Ohren laut.

Auf einmal kreischte die Gartentür. Im Sternenlicht war eine breite weiße Hemdenbrust zu sehen. Sie leuchtete. Ein Mann kam rasch auf die Haustür Mabuses zu – und in dem einen Augenblick, als vor dem Öffnen der Tür die Gestalt des Mannes da oben stand, erkannte Wenk trotz der Dunkelheit ganz genau, daß diese Gestalt der Dr. Mabuse war.

So schloß sich das Netz.

Wenk wartete drei, vier Minuten. Stürzte die Stadt nicht ein in diesen etlichen Minuten? Quoll das Pflaster nicht auf? Tobte der Jüngste Tag nicht vom Himmel herunter?

Dann raffte er sich auf, und steif wie ein Blech überkletterte er den Zaun auf die Straße und eilte hinüber zu Nr. 26. Er stürzte in der Finsternis hinauf, lief an den Fernsprecher, rief die Nummer und dann an die Wache die Befehle, die er vorbereitet hatte. Er hatte nur die Straße und die Hausnummer zu nennen, die er bisher der Sicherheit wegen geheimgehalten hatte.

Ein Motorradfahrer sollte gleich beim Eintreffen der telefonischen Meldung zur zweiten Wache fahren. Unmittelbar nach ihm sollte das Auto mit der ersten Mannschaft ihm folgen, an der zweiten Wache mußten die vom Motorradfahrer alarmierten Leute gleich auf das Auto und zusammen mit dem inzwischen angekommenen Fahrzeug der ersten Wache zu dem Haus rasen. So war es abgemacht.

Wenk hastete, nachdem er telefoniert hatte, wieder hinab. Er stellte sich in die dunkle Haustür und wartete darauf, den Klang der Autos die Straße herauf zu hören. Verbrannte er nicht? Mein, er biß sich auf die Zähne. Er krampfte alle Muskeln. Er mußte kalt und hart sein. Stahl! Stahl! Stahl! Er brauchte nicht lange zu warten.

15

Das Haus wurde von den dazu bestimmten Polizisten umzingelt, während Wenk an der Spitze der andern zur Haustür hinaufeilte und auf die Klingel drückte.

Doch schon war die Sprengbombe bereitet.

Mabuse war noch nicht zu Bett gegangen. Der Lärm, der unerwartet die Straße erfüllte, hatte ihn an die Luke getrieben, die in einem der geschlossenen Läden über der Haustür angebracht war. Er sah im ersten Blick: es war die Polizei!

Er erschrak nicht. Er sammelte sich nur. Aus allen Geweben und Gefäßen zog er die Kraft, die ihnen innewohnte, in sein Hirn. Er befand sich vor einem Augenblick, den er Tausende von Malen sich selber vorgeschildert hatte.

Während er das Gesicht an den Spion hielt und sich nichts von dem entgehen ließ, was draußen im Licht der Scheinwerfer, die sein Haus von allen Seiten in Grellheit badeten, geschah, zog er eilig aus dem Schrank, den er, ohne seinen Posten zu verlassen, erreichte, eine Polizistenuniform heraus.

Er hörte die Hausglocke läuten.

In der Wand hatte er ein Telefon. Es war eine Leitung, die er zusammen mit Georg während einiger Nächte durch den Boden der Villa gelegt hatte, die auf der Hinterseite mit seinem Grundstück zusammenstieß. Er drückte das verabredete Alarmzeichen auf den Wecker. »Spoerri?«

»Ja!«

»Die Polizei ist im Begriff, bei mir einzudringen. Fliehn Sie nach verabredetem Programm. Die Gräfin holen. Das neue Auto für mich bereiten. Zündung ausprobieren. Tauben nach Schachen! Schluß.«

Während er noch sprach, begann er eilig über seine Kleider die Polizistenuniform anzuziehen.

Da flog der Knall der Explosion durchs Haus, unter der sich die Haustür öffnete. Ein Stuhl flog um. Mit einem Satz war Mabuse im Flur.

Mabuse befand sich, als das geschah, im ersten Stockwerk. Dies Stockwerk war für sich gegen die Treppe abgeschlossen.

Hinter dem ersten Polizisten, der durch die Fetzen der Tür ins Haus drang, lief Wenk, einen schweren Revolver in der Hand. Er war betroffen von der Vornehmheit der Einrichtung. In einem verschwenderischen Reichtum waren die Täfelungen aus edeln Hölzern ausgearbeitet, mit den kostbarsten alten asiatischen Teppichen behängt. Er sah das im Laufen im ersten Blick.

Stumm wies er die, die hinter ihm kamen, die Treppe hinauf. Er selber und die dazu bestimmten Leute verteilten sich auf die drei Türen, die aus der unteren Halle abgingen. Sie waren alle drei abgeschlossen. In einer Minute waren sie aufgesprengt. Die Polizisten sausten durch die Löcher in die Zimmer. Einer gleich an die elektrischen Lampen. Aber alle elektrischen Lampen waren ausgeschaltet.

Sechs Polizisten waren die Treppe hinaufgestürmt. Die Tür, die in den getäfelten Wänden des ersten Stocks diesen gegen das Treppenhaus abschloß, war offen. Die Männer stürzten hinein in einen dunkeln Flur. Sie hielten die Revolver vor. Sie durchwühlten mit den Spitzen ihrer Revolver die Gegenstände, die aus der Dunkelheit gegen sie ragten.

Nirgends ging das elektrische Licht.

Es dauerte eine Weile, bis genügend elektrische Taschenlampen zur Verfügung standen. Dann waren im Nu alle Zimmer besetzt, und die Türen, die auf den Flur führten, schlossen die Beamten hinter sich ab. Sie zogen die Schlüssel heraus. Sie machten sich, als sie niemanden in den Räumen sahen, über die Kisten her und brachen sie mit den Äxten auf.

Mabuse lauschte dem Lärm, der sein sonst so schweigsames Haus wie eine Fabrik erschütterte.

Er hatte, als er sich das Haus einrichtete, neben die Tür, die ins erste Stockwerk hineinführte, in das Tafelwerk eine Kabine einbauen lassen. Ein Zimmermann, der zu seiner Bande gehörte, hatte ihm die Arbeiten gemacht.

Diese Kabine, durch eine Architektur, die von hervorragender Geschicklichkeit zeugte, verbarg sich unsichtbar in der Raumgestaltung des Flurs, von dem aus man hineinkam. Aber die Tür, die vom innern Flur in diese geheime Kabine ging, war so in die Verzierungen des Getäfels eingefaßt, daß niemand eine Öffnung dort vermuten konnte.

In diese Kabine war Mabuse gesprungen, als er die Explosion der Haustür gehört hatte. In ihr hatte er einen zweiten Apparat nach der anderen Villa. Während die Treppen noch den Lärm der Heraufstürmenden durch die Holzwände über ihn warfen, drückte er auf den Weckknopf und nahm das Hörrohr.

Aber niemand antwortete mehr in der anderen Villa.

Spoerri war also schon fort.

Nun kam der Augenblick, wo das Wagnis begann und Rettung oder Tod gleich nah waren.

Die Kabine hatte eine zweite Tür. Diese, ebenso wie die innere, in die Architektur des Getäfels eingepaßt, dem Auge unauffindbar, öffnete sich unmittelbar auf die Treppe. An diese Tür legte Mabuse das Ohr.

Er vernichtete alle Sinne in sich mit der geisterhaften Kraft seines Bluts, um nur Trommelfell sein zu können. Geräusche, Stimmen, Axtschläge, Rufe, Schimpfworte, Befehle, anknipsende Taschenlaternen, ja bis zu dem leisen Fauchen hinaus, in dem die Azetylen-Scheinwerfer atmeten, empfing er wie ein Mikrophon.

Aber nur auf eines mußte sich das Trommelfell einstellen: auf die erste Sekunde, auf die erste Abbröckelung einer Sekunde, in der er keinen Schritt, keinen Lärm, nicht einmal das Atmen, nicht einmal das Stehen eines Menschen auf der Treppe hörte.

Dieser Splitter eines Augenblicks mußte eintreten, bevor sämtliche Räume des Hauses nach ihm durchsucht waren und man ihn nicht gefunden hatte.

Dann konnte – dann würde die Flucht gelingen!

Es war ihm, als spüre er wie auf der Trommel einer Zentrifuge sein Blut versprühn und auf das Trommelfell als einen nadelspitzendünnen Strahl niedergehn, der sein Gehör für diese notwendige Fähigkeit vorbereitete. Alles Blut zog sich aus den Nerven des Fühlens, Sehens, Schmeckens, Riechens. Sein Wille schlug sich wie eine triumphierende rote Bande durch seinen Leib. Sein Ohr wurde in seinen Vorstellungen so groß wie der Bodensee und so fein wie der Gesang eines Edaphonfadens in dem Bröckchen Erde, das er an seinen dünnen Lackschuhsohlen kleben fühlte. Alles andre in ihm ward ein Eis, war anästhe-tisiert. Aber sein Ohr eine vulkanische Brunst am Herzen der Erde, aus der er lebte.

Und da hörte er den ersehnten, einzigen, den von Posaunen und Kanonen umbrandeten Blutschlag, der ihn retten sollte.

Er stieß die schmale Tür zur Treppe auf. Er rannte aufs Geratewohl hinaus und hinab, bevor er noch nachkontrolliert hatte, ob sein Ohr ihn nicht getäuscht. Aber er sah gleich: es glückt!

Im Flur unten stand ein Polizist. Mabuse rief ihm zu: »Er hat sich im Badezimmer … Er hat sich im Badezimmer …«

Mabuse sieht sie noch alle herauslaufen aus einem Zimmer unten und die Treppen anstürmen. In der Haustür stehn zwei Männer. Sie stehn mitten in der zertrümmerten Tür, und die Fetzen des Holzes, rund um ihre Körper hervorragend, scheinen ihnen wie die Spieße eines Heiligenkranzes in die Rücken einzudringen.

»Verstärkung holen!« schreit Mabuse, als er bei ihnen ist, »im Badezimmer verschanzt!«

Sie lassen ihn durch. Er läuft, die eine Hand zum Wegschieben benutzend, mit der andern den Browning haltend.

Ja, er kommt hinaus.

Die Nacht brennt von den Scheinwerfern, ein Feuerwerk der Freiheit und Beglückung um ihn. Entzückte, flammende Visionen besprühen seinen Geist und sein Herz. Er trinkt das Licht draußen in vollen Zügen in die Augen.

»Was ist?« schreit einer der Männer draußen auf den Einstürmenden.

»Befehl des Staatsanwalts – Verstärkung holen! Badezimmer verschanzt!« schreit Mabuse zurück.

»Nimm das Motorrad!« brüllt der andre.

Auch das noch. Mabuse hat es schon unter den Schenkeln. Er fällt hinein, er bettet sich hinein. Er fällt wie von einem Turm herab in ein weltengroßes Polster. Und die Nacht saugt ihn wie ein befreundetes Ungeheuer fort aus den Scheinwerfern und aus der Hatz, mit der sie ihn fangen wollten.

Eine Viertelstunde später wirft er das Rad in den Würmkanal und schwingt sich in den neuen kleinen Rennwagen wie auf eine Wolke. Der Rennwagen streckt den Schnabel nach Südwesten und rast schnaubend und wie ein vor Entzücken der Schnelligkeit zirpendes Geschoß die Chaussee dahin. Der Wagen ist gepanzert.

»Was ist los?« rief Wenk den davonstürmenden Polizisten nach.

»Er ist im Badezimmer. Er hat sich verschanzt!« schrie einer zurück.

Wenk raste die Treppe hinauf. »Wo?«

»Im Badezimmer!« brüllte es von allen Seiten.

»Alle Mann zum Badezimmer!« kommandierte Wenk.

Man lief. Die kleinen Scheinwerfer der Taschenlaternen rasten an den Wänden ineinander und durcheinander. Wohin läuft man? Zum Badezimmer! Fünfzehn Mann stürzten zum Badezimmer.

Da fragte Wenk: »Wo ist denn das Badezimmer?«

Aber niemand wußte, wo das Badezimmer war.

Und nun schrie es durch alle: Was war das? Was war das?

Die Zimmer wurden kopfüber gestellt. Die losgeschraubten Sicherungen wurden am Schaltbrett wieder angedreht. Helligkeit warf sich durchs Haus. Die Räume glänzten – Reichtum und Pracht, Gemälde, Teppiche, Bronzen, Möbel. Das Badezimmer wurde gefunden. Es hatte eine Wanne aus Marmor.

Aber das ganze Haus war leer.

Wenk raufte sich die Haare. Ihm war, als sei er ein leerer Schacht, und alles Gute, Schöne, aller Erfolg, Stolz, alles sei durch den Schacht hinab in ein unauffindbares Loch gefallen.

Man ging mit den Äxten an die Wände. Man vermutete etwas. Und bald hatte man die Lösung des Rätsels und die geheime rettende Kabine gefunden.

Aber Wenk faßte sich. Es stand noch irgendwo eine zweite Mausefalle. In Schachen! Die Villa Elise.

Der Staatsanwalt brauste zur Zentrale des Fernsprechamts. Alle Linien wurden für ihn geschlossen. Er hatte alles bis aufs Letzte vorbereitet. In Strahlen um München herum waren die Landstraßen unter den Augen der Polizei! Die Strecke München – Lindau hatte acht Posten und jeder einen Fernsprecher, der in einer Minute die Ereignisse, die vor ihm geschahen, durch die Nacht nach München warf.

Wenk gab Alarm nach allen Richtungen.

Er hatte durch den Kniff Mabuses reichlich eine halbe Stunde versäumt. Wenn es ginge, wie er es sich dachte, und wenn er das Auto des Fliehenden auf achtzig bis neunzig Kilometer schätzte, so blieben zehn Minuten, bis Buchloe den Durchgang melden mußte.

Aber kaum hatte er das berechnet, mit dem Bleistift am Rand der Kilometertafel, so meldete Buchloe.

Wenks Herz sang auf.

»Hier Buchloe! Ein Auto gerade durch! Polizeiwidrige Schnelligkeit. Richtung Kempten. Großer gedeckter Wagen!«

Es war zwei Uhr zehn. Eine Viertelstunde später kam Kaufbeuren.

»Großer gedeckter Wagen etwa achtzig Kilometer Geschwindigkeit soeben durch. Richtung Kempten.« Es war zwei Uhr fünfundzwanzig.

Wenk begann rasch die Schnelligkeit auszurechnen, mit der der Wagen fuhr.

Aber da meldete sich Buchloe ein zweites Mal: »Ein zweiter Wagen soeben durch! Kleiner offener Wagen mit einer Person!«

Und zehn Minuten später folgte Kaufbeuren mit derselben Meldung.

Sie fliehen truppweise. Der zweite Wagen fuhr schneller. In ihm wird Mabuse sein. Im ersten Helfershelfer!

Ober-Günzburg meldete die Durchfahrt der Wagen schon in einem Gespräch. Der zweite Wagen folgte dem ersten, als der Beamte gerade den Durchgang des ersten angezeigt hatte.

Einen ähnlichen Bericht brachte Buchenberg.

Da hielt Wenk es an der Zeit, Schachen anzurufen. Er gab die Anweisung, das Eintreffen von zwei Wagen abzuwarten und dann nach dem vorgezeichneten Plan loszuschlagen. Der Mann, auf den es vor allem ankäme, trage wahrscheinlich die Uniform eines Münchener Polizisten. Man solle sich dadurch nicht irremachen lassen. Das sei Mabuse!

Wir haben sie sicher, sang alles in Wenk, als weiter Meldung auf Meldung folgte. Und alle Meldungen ihm versicherten, daß der Weg der Fliehenden auf Schachen ginge.

Ortsnamen auf Ortsnamen glühten vor Wenk an der Namenstafel auf. Aus der Nacht riefen ihn Dörfer und Städtchen an und banden sich an ihn. Unsichtbares Geisterband warf er über Landschaften, die bis an die Grenzen des Reiches gingen. Die heimliche Tat einer weiten Landstraße riß er so aus der Finsternis an sich, und die Landstraße wußte nichts davon. Er hatte mit dem kleinen Hebel diese ganze ungemessene, in Finsternis gehüllte Chaussee, über die die Tat tobte, in seiner Hand.

Die Etappen, die er eingerichtet, hatten ihm nicht versagt – ihm, dem Feldherrn. Keine einzige!

»Hergatz!« leuchtete es auf, und das kleine Geräusch des Weckers in der Maschine vor ihm erscholl ihm so vertraut, als sei es sein Name, der gerufen wurde.

»Ja!« sagte er, »Staatsanwalt Wenk, München!«

»Ein kleines offenes Auto mit großer Schnelligkeit vorbei auf Lindau zu. Zwei Personen drin. Doch nicht sicher erkannt.«

»Danke. Lassen Sie die Verbindung offen! Es wird noch ein Auto kommen!«

Wenk wartete. Er hörte in den verstummten Drähten alle Geräusche, die die Nacht zwischen München und einem kleinen Ort Hergatz, in dem er nie gewesen, summte.

»Sind Sie noch da?« fragte Wenk nach einer Weile.

»Jawohl!«

»Ist das zweite Auto noch nicht vorbei?«

»Nein!«

Nach einer Weile fragte Wenk wieder. »Nein!« hörte er nochmals.

Eine Viertelstunde später danach rief er Hergatz von neuem an.

Es kam kein anderes Auto, antwortete der Beamte.

Da warf Wenk erregt die Landkarte vor sich auf. Er suchte fieberhaft. Buchenberg – Isny – Gestratz – Opfenbach – da Hergatz! Und hinter Isny bog eine Landstraße nach Wangen und dem Württembergischen oder links eine andre nach dem Österreichischen.

Wenk rief Wangen an. Aber es antwortete nicht. Er wiederholte. Er ließ zehn Minuten im Sturm läuten. Es war vergeblich. Wangen hatte er nicht in seine Berechnungen und nicht in seine Vorbereitungen gezogen. Nach dem österreichischen aber konnte er keine Weisungen geben.

Über diese Gebiete erstreckte sich die Macht seines Hebels nicht mehr. Ein Auto entwand sich ihm. Ein Auto wurde ihm von der Nacht gestohlen, von den fremden, feindseligen, in Finsternis gehüllten Straßen entrissen.

Aber dann überlegte er sich, es könnte eine Panne den großen Wagen auf den Weg gelegt haben. Ja, natürlich war es so. Denn deshalb hatte der kleine Wagen auf einmal zwei Personen, der bis Hergatz immer nur mit einer gemeldet worden war. Der neue Umstand durfte ihn nicht mehr stören. Durfte ihn nicht aus der Glücksserie herausdrängen. Er vertraute, und es mußte losgeschlagen werden.

Er rief Schachen an.

»Wahrscheinlich kommt nur ein Wagen. Lassen Sie ihn einfahren! Warten Sie zwanzig Minuten, ob nicht der zweite folgt, und umstellen Sie die Villa dicht. Und dann Schlag auf Schlag!«

Kaum war sein letztes Wort im Sprachrohr verklungen, als der Weckapparat wieder rief. Die letzte Etappe – der Bahnhof von Enzisweiler!

Ein kleines offenes Auto sei in rascher Fahrt von der Landstraße Lindau – Friedrichshafen abgebogen und fahre Schachen zu. Zwei Personen!

Es war vollbracht! Weiteres konnte Wenk selber nun nicht mehr tun!

Er mußte warten. Vielleicht begann in wenigen Augenblicken die Schlacht am Bodensee, die seine Strategie vorbereitet hatte. Er befahl noch, auf den zweiten Wagen nicht erst zu warten, sondern beim Eintreffen des ersten gleich hinter seinen Insassen in die Villa einzudringen., sie zu fesseln, die Lichter zu löschen und eine Stunde lang noch auf den zweiten Wagen zu warten.

Wenk schaute auf die Uhr. Er legte sie vor sich. Es war drei Uhr achtzehn Minuten.

Eine Unruhe bebte ihm in den Hand- und Fußgelenken und verzitterte in sein Hirn. Er fühlte sie wie einen schmerzenden Wirbelwind aus seinen Lenden in den Kopf rasen. Dort blieb sie stehen, ein Weilchen nur. Dann pumpte sie sich wieder denselben Weg durch und ungezählte Male immer denselben Weg von den Lenden ins Hirn.

16

Spoerri hatte die Gräfin aus der Villa im Westen, in der sie eine halbe Stunde lang gewohnt hatte, ins Auto gerissen.

Mabuse hatte mit seinem neuen kleinen Wagen das große Fahrzeug zwischen Kaufbeuren und Günzburg eingeholt. Sie fuhren, ohne anzuhalten, weiter. Es war alles zwischen ihnen seit langem so festgelegt.

Als die Straße nach Wangen von der Lindauer Chaussee abbog, hielt mit einem Schlag der vorfahrende große Wagen. Das kleine Auto fuhr dicht an. Die Gräfin wurde herübergehoben. Mabuse raste weiter. Spoerri fuhr nach Österreich.

Mabuse hatte angeordnet, von hier aus die Flucht geteilt vorzunehmen. Spoerri sollte über den Rhein in die Schweiz. Ein jeder mußte Dr. Ebenhügel in Zürich seine Adresse geben, der sie dann beiden austauschen könnte. Mabuse und die Gräfin fuhren nach der Villa Elise. Dort wartete Georg, der durch Brieftauben unterrichtet war, mit dem Koffer, in dem die Dokumente und Edelsteine gesammelt waren, die Mabuse mit auf die Flucht nahm. Sie sollten dann zu dreien ohne Verzug über den See in die Luxburger Ach fahren und mit einem Auto, das dort wartete, auf der Romanshorner Straße weiter nach Zürich. Für Zürich war nur ein kurzer Aufenthalt vorgesehen, in dem Geschäfte erledigt werden sollten.

Es war zu erwarten, daß die bayerischen Behörden die Schweiz baten, nach den Flüchtigen zu fahnden. Mabuse wollte deshalb den Aufenthalt in der Schweiz so kurz wie möglich halten und gleich zur italienischen Grenze weitereilen. Pässe hatte er für sich und die Gräfin auf einen portugiesischen Namen anfertigen lassen.

Ein italienischer Beamter war gekauft. Von ihm an fielen alle Schwierigkeiten zu Boden wie Blätter im Herbst.

Die Gräfin lag im Hintersitz des Wagens. Sie war verborgen von der auffallend hohen Karosserie. Vor sich sah sie unbewegt wie ein Urgestein Mabuse sich über das Steuer errichten. Das werfende Federn des rasenden Wagens und die Ungewisse Nachtdüsternis ließen die Umrisse seiner breiten Gestalt ins Gespenstische verfließen. Nur diese Umrisse hatten Leben. Mabuse machte nicht die geringste Bewegung. Er war dort vor ihr herausgewachsen wie ein Felsblock aus einer Wiese.

Straßenalleen, Bauerngehöfte, Dörfchen flogen zurück. Der Bodensee kam in die Nacht. Einige Lichter, an fernen Ufern verteilt, Flächen, versinkend in der Finsternis, von der Ahnung der Menschen ertastet, ein Wechsel der Luft, die man einatmete und die das Gesicht badete. Zwei ferne Städtchen schwammen wie erleuchtete Schiffe auf dem Meer. Das war schon die Schweiz.

Lindau blieb abseits. Villenstraßen bogen sich über das sausende Fahrzeug.

Und dann kam die letzte Minute. Der Wagen prellte über das Geleis am Enzisweiler Bahnhof, tobte auf die Villa Elise zu. Mabuse sah von weitem durch die Nacht mit seinen scharfen und geschulten Augen, daß das Gartentor weit offenstand.

Die Tauben waren also richtig und rechtzeitig angekommen. Ihm war, als ob er aus dem Brausen der Schnelligkeit heraus, das hinter ihm zusammenschlug, in der Finsternis eine fremde Bewegung empfunden hätte. Es war kurz nach halb vier Uhr. Er paßte mit allen Sinnen rund um sich, ohne die Schnelligkeit zu bremsen.

Als er ins Tor einbiegen sollte, warf er, und er ließ dem Wagen seinen vollen Lauf dabei, die Bremsen alle mit äußerster Kraft einen Augenblick lang zu. Der Wagen schlug wie ein Fisch hinten auf, warf herum und schoß, wieder losgelassen, gerade ins Tor hinein und in den Gartenweg. Eine bleierne Finsternis fiel über Mabuse.

Da fühlte er, daß etwas den Wagen angesprungen war. Eine Gestalt schwang von der Bremserseite über die Tür, preßte sich zwischen die Seitenlehne und Mabuse. Zwei Hände fuhren über seine Hände, entrissen ihm das Steuer. Ein heißer Mund, wild, schwarz, hinreißend wie die Nacht, flüsterte in ihn hinein: »Herr Doktor? Ich. Georg. Geben Sie das Steuer. Wir sind umstellt. Gleich in den See ...«

Mabuse ließ das Steuer, warf sich von den Bremsen. Der Wagen in der neuen Faust dröhnte wie Schnellfeuergeschütze an die nachtgrauen Wände der Villa, schnob um eine Ecke, setzte auf einen Rasen, tollte halb über den Rasen, halb durch den Kies eines Gartenweges auf die Mauer zu, die sich vor dem See erhob, niedrig, den hohen Garten vom Wasser abhaltend. Der Wagen schwänzelte einmal wie ein wildes Pferd und tobte einen geneigten Holzsteg hinab, dessen Bretter unter ihnen donnerten wie ein Gewitter.

Einen Augenblick später schlug er die Nase ins Wasser. Der See kreischte auf.

Georg machte einige blitzschnelle Griffe, von Mabuse unterstützt.

Den Schrei der Gräfin warf die Nacht zurück. Dann fuhr das Fahrzeug, mit einigen wilden Schwankungen zuerst, aber bald ruhig, nur vorwärts drängend, im Wasser weiter.

»Es funktioniert wie Zauber!« rief Georg.

Denn dieser Wagen war eine Erfindung von ihm. Man konnte ohne Aufenthalt mit ihm von der Landstraße ins Wasser; ein paar Hebelgriffe verwandelten ihn in ein Motorboot.

»Die Tauben sind schuld!« sagte Georg, als er das Fahrzeug ganz in seiner Gewalt hatte. »Als sie in der Dunkelheit kamen, vor einer Stunde, da hörte ich auf einmal, als ginge eine flüsternde Stimme in einem Buschwerk. Ich paßte scharf auf. Ich glaubte zu bemerken, daß eine Bewegung um den ganzen Park herumschlich. Hier – dann zwanzig Schritte weiter – dann wieder zwanzig

Schritte weiter – im Kreis herum, ganz im Kreis herum, und da wußte ich, daß wir umstellt seien. Na, ich kam unbemerkt wenigstens bis ans Gartentor. Fünfzig Minuten habe ich gebraucht für die hundert Meter. Wenn wir den Bootwagen nicht hätten, säßen wir jetzt mit Handschellen drinnen in der Villa Elise.«

Die Polizeibeamten, die sich mit aller erdenklichen Vorsicht um die Villa herum verteilt und bis zum Schließen des Ringes vier Stunden gebraucht hatten, da einer nach dem anderen gekommen war, hörten das Auto durch die Nacht heranbrausen. Sie lagen gespannt auf ihren Posten und warteten auf den Pfeifenruf, der sie über das Haus und die Verbrecher loswerfen sollte.

Es war ein kleines Intermezzo vor einer Stunde eingetreten. Ein Vogel war auf einmal durch einen Baum geflogen und im Dachwerk des Hauses verschwunden. Einer der Beamten, die dem Haus zunächst lagen, hatte ihn wahrgenommen. Er hatte gesehen, wie der Vogel am Dach herumflatterte und auf einmal irgendwie verschwand, ohne daß er das Dach wieder verlassen hätte. Seine Vermutung, es könnte eine Brieftaube gewesen sein, wurde bald durch die Erscheinung eines zweiten Vogels bestätigt, der auf dieselbe Weise im Dachwerk verschwand.

Der Beamte schlich zum Kommissar zurück und meldete, was er gesehen und vermutete. Der Kommissar erfaßte sofort die Bedeutung, die diese Boten haben konnten: daß Poldringer von München her und von den dort Geflohenen gewarnt wurde.

Er ließ deshalb mit großer Vorsicht einen Beamten von Posten zu Posten gleiten und die Tatsache mitteilen, daß der Hausinsasse nun wahrscheinlich gewarnt sei und daß man mit doppelter Vorsicht, aber auch vervielfältigter Schlagkraft in der gegebenen Minute losmüsse.

Diese Bewegung, die der Bote des Kommissars um das Haus zog, war es, die Georgs feine Witterung empfunden hatte.

Das Auto Mabuses sprang in den Park. Der Kommissar mit zitternden Fingern hob schon die Signalflöte an die Lippen. Er wollte im Augenblick, wo die Insassen den Wagen verlassen und die Tür der Villa hinter sich zuziehen wollten, das Zeichen geben.

Zwei Beamte lagen in den Sträuchern links des Hauseinganges und wären an der Tür, bevor im Innern der Schlüssel umgedreht werden könnte. Aber der Kommissar war nicht zum Flöten gekommen.

Das Auto umbrauste die Ecke und hielt nicht an der Tür. Es stürzte ums Haus herum, als wollte es Hals über Kopf sich in den See werfen. Der Kommissar, in der Aufregung und Enttäuschung alle Vorsicht aufgebend, sprang hervor, ihm nach und sah nun wirklich, daß das Auto in den See hinein verschwand.

Es hob sich gleich einem unheimlichen Amphibium über das Mäuerchen, donnerte den Holzsteg hinab und sprang in die Nachtflut.

Da pfiff er. Die Beamten liefen von allen Seiten herbei und eine Weile durcheinander. »Ans Ufer!« brüllte der Kommissar.

Sie sahen kein Auto mehr. Sie hörten schon zweihundert Meter vom Ufer entfernt ein Motorboot in die Finsternis entlaufen. Sie suchten unter dem Steg, das Ufer hinab und hinauf, kopflos und erschüttert, aber vergeblich.

Da erst verstand der Kommissar, was vor sich gegangen sein mußte. Die unendlichen Mühen, Anstrengungen und Hoffnungen eines ganzen Monats waren zerschlagen. Der große Fang war ihm entglitten. Er war so erdrückt von diesem wahnsinnigen Gedanken, daß er den Revolver, den er nackt in der Hand hielt, unbewußt an seine Schläfe führte, als habe er sein Leben durch das Mißglücken des Unternehmens verwirkt.

Er riß ihn eine Sekunde später wieder weg, und der Schuß fuhr, seine Haare versengend, vergeblich in die Nacht. Auf dem See blinkte ein Lichtzeichen auf. Weiter ein zweites. Der Schuß hatte die Aufpasserboote mobil gemacht.

Da erst erinnerte sich der Kommissar dieser Helfer, die er im Ansturm der Verzweiflung ganz vergessen hatte.

»Die Morselampe!« schrie er. War es möglich, daß er die Boote vergessen hatte?

Die verabredeten Lichtzeichen wurden zu den beiden Booten gesandt: »Flüchtlinge in Motorboot auf den See entkommen!«

»Verstanden!« blinkte es zurück, und einige Augenblicke später schlugen die Scheinwerfer über das finstere Wasser. Es ging nicht lange, so hatten sie das fliehende Boot entdeckt, aber auch gewarnt. Denn es war im Begriff gewesen, in sie hineinzurennen.

Mabuse und Georg merkten sofort die Gefahr. Die beiden Scheinwerfer kamen ihnen entgegen wie die geöffneten Kiefer eines Ungeheuers, das nahte, um sie zu verschlucken. Georg trieb das Steuer nach Backbord, das Boot fiel geneigt in voller Fahrt in die neue Richtung. Das Wasser strömte am Steuerruder auf wie ein Hügel und leuchtete brausend in die Nacht. »Es bleibt nur eins«, sagte leise Mabuse, »die Rheinmündung!«

Er überlegte kühl und rasch. Er stand wieder in einer Lage, die ihm bekannt war, weil er sie ungezählte Male in Gedanken durchlebt und besiegt hatte. Am deutschen Ufer, an das sie leicht hätten zurückfahren können, war wohl weitab alles gegen sie mobil. Am österreichischen lag nur Bregenz, das die Scheinwerfer leicht auf die Beine brachten. Die Rheinmündung hatte zwischen zwei Ländern ein breites, fast unbewohntes Gebiet. Sie konnten in zwanzig Minuten drüben an Land sein und zwischen Österreich und der Schweiz wählen. Glückte es, das Fahrzeug so gut aufs Land zu bringen, wie es ins Wasser gekommen war, so hatten sie einen Vorsprung, der ihre Rettung sicher machte.

Aber eins der verfolgenden Boote lag weit im See. Es schien die Absicht der Fliehenden zu erraten. Es folgte ihnen nicht direkt. Es glitt über Steuerbord, Fahrt mit ihnen haltend, dem Schweizer Ufer zu, als wollte es im günstigen Augenblick ihnen den Weg verlegen.

Vielleicht wollte es aber auch nur sich zwischen sie und die

Schweiz legen. Die Scheinwerfer der beiden Boote schlugen zusammen über Mabuses Boot her. Der Motor schrie. Über dem Pfänder lag ein kaum merkbarer Streifen des kommenden Tages. Schüsse klangen hinter ihnen. Das eine der Boote lag nun in ihrem Kielwasser, blieb aber leicht zurück. Die beiden Verfolger signalisierten durch Morselampen miteinander.

Georg steuerte eine Weile in leichten Zickzacklinien. Das Fahrzeug warf sich hin und her unter dem oft wechselnden Druck des Steuers auf das Wasser. Georg wollte vortäuschen, als versuchte er, nach der Schweiz durchzubrechen. Aber er war auch von den Scheinwerfern erregt. Es gelang ihm nicht, auch nur auf Augenblicke aus der Lichtbahn herauszukommen.

Das eine der Boote, das ihnen im Rücken fuhr, ging wohl nur deshalb jetzt so langsam, weil es keine andere Aufgabe hatte, als sie unter Licht zu halten und ihnen den Rückweg nach dem deutschen Ufer abzuschneiden?

Die Morsezeichen waren geheim. Weder Georg noch Mabuse, die sich sonst auf derartiges gut verstanden, weil sie beide viel auf See gewesen, entzifferten sie.

Auf einmal erlosch auf dem Fahrzeug, das steuerbordseits mit ihnen fuhr, der Scheinwerfer. Sie hörten über dem Höllenlärm, den ihr eigener Motor machte, wie die Maschine dieses Bootes gegen vorher um einen Ton heller und näher klang. Ihr eigener Motor stand auf seiner Höchstleistung.

Die Schüsse hatten aufgehört. Über den Geräuschen ihres Bootes erhob sich ein anderer Lärm. Mabuse hielt seine beiden Ohren hin, ihm entgegen, stahlkalt und aufgereckt, grell beleuchtet von dem Scheinwerfer. Er trug noch die Polizistenuniform, die ihm die Flucht ermöglicht hatte.

Die Gräfin hatte anfangs in einer halben Ohnmacht am Boden gelegen. Die Schüsse, das schießende Dröhnen des Bootes, die Eile, die Aufregung der beiden Männer hatten sie nach und nach wachgereizt. Sie begann zu erfassen, was geschah. Sie hörte auch über dem Lärm ihres Fahrzeuges ein zweites Geräusch. Sie richtete sich auf. Sie hob den Kopf über Bord und hielt das Ohr in die Dunkelheit, woher der zweite Ton kam.

»Was ist das?« fragte sie Mabuse, der neben ihr stand, mit dem Rücken gegen die Fahrt, breitbeinig und sicher scheinend. An die Reling mit den Händen gestützt, ließ er das Licht des Scheinwerfers auf sich liegen, nur um zu horchen.

»Nichts!« zischte er zurück. »Schweig!«

»Was ist das?« fragte die Frau noch einmal mit scharfer Stimme, und ein Ton klang auf in dieser Stimme, den sie lange nicht mehr an sich gehört hatte.

Ihr war, als löste sich ein Stein, der ihr Herz eindeckte, langsam in eine breiige Masse auf. Sie gab sich diesem Vorgang, der halb außerhalb ihres Bewußtseins lag, immer heftiger hin. Sie erkannte immer deutlicher, was in ihr zu geschehen im Begriff war. Da schrie sie auf einmal, sprang auf und stellte sich gegen Mabuse: »Jetzt aber!«

Und hörte den verfolgenden Ton von See und Nacht über sich herfallen wie ein Glück, das außer Rand und Band geraten war. Sie saugte sich mit den Ohren und mit dem Herzen an das leichte, süße Geräusch – sie spürte, wie es sekundenweise stärker wurde. Sie verstand: Der Verfolger fuhr rascher als sie, kam näher.

»Was ist: jetzt aber?« rief Mabuse sie heftig an. »Schweig und setz dich!«

»Was ist das für ein Ton – dort?« fragte sie mit einer singenden Stimme.

»Der Tod – vielleicht!« sagte Mabuse ruhig zurück.

»Für dich!« schrie die Frau über das kreischende Heulen des aufgewühlten Wassers in sein Gesicht. »Ich darf dich abschütteln! Ich werde gerettet vor dir! Der Werwolf wird gefangen. Deine Macht über Menschen und über mich ist aus!«

»Das will ich dir zeigen«, raunte Mabuse ihr zu, sich dicht über sie bückend.

Dann geschah es, so rasch, daß sie kaum auseinanderhielt, was vor sich ging.

»Georg!« rief Mabuse. Nur dies eine Wort. Dann zog er sich die Polizistenuniform von den Kleidern und warf sie hin, und schon hatte Georg sie angezogen und stand neben der Gräfin, sich dem Licht des Scheinwerfers preisgebend, Mabuse aber am Steuerrad.

Sie hörte einen Ruf nahe. »Anhalten!« schrie nochmals eine Stimme aus dem zweiten Ton heraus, der so wollüstig in ihr Ohr gesaugt lag. »Anhalten!«

Eine Kugel zwitscherte. Ein Knall zerspellte die Luft.

Georg schoß zurück. Das Boot schwankte auf. Aber dann hatten es plötzlich zwei hohe Dämme eingefaßt. Wo war der See? Wo war die weite Nacht? Es rauschte. Es kämpfte gegen die Frühjahrswasser des Rheins.

Der Scheinwerfer war verschwunden. Eine sachte, milde Grauheit hob die Flut und die Dämme aus der Finsternis. Sie waren glatt wie Eisenbalken. Eine Brücke stellte sich quer über sie. Der Schall des Motors schoß von ihrem Gewölbe herab auf sie nieder.

Da schlug eine fremde Kraft die Gräfin zu Boden. Das Boot bohrte sich mit einem raschen Schlag in die Höhe. Aber die Frau wurde aus dem Niederstürzen aufgefangen. Etwas nahm sie hoch. Das fühlte sie noch. Etwas lief. Schreie erstickten in einem roten Nebel.

Georg lag an Land. Er hatte einen Arm gebrochen. Er hob mit der gesunden Hand den Polizistenhelm auf und stülpte ihn auf seinen Kopf. Er war von dem Fall leicht betäubt. Aber er hätte fortlaufen können. Dennoch blieb er liegen.

Es dauerte nicht lange, so sah er zwei Revolver auf sich gerichtet. Zwei elektrische Lampen brannten ihre Kreise in seine Augen. »Es ist der mit der Uniform!« sagte eine Stimme.

Georg blieb ruhig. Er wurde vom Land in ein Boot gerissen, an eine Bank gefesselt. Ein Motor setzte an. Das Fahrzeug raste auf der Strömung hinab. Es fuhr quer dann über den See nach Schachen zurück.

Der Tag begann, als sie Georg den Holzsteg hinaufschleppten. Sie zogen ihn in die Villa hinein und schlossen ihn in einen Raum, der vergitterte Fenster hatte und aus dem er nicht hätte fliehen können, selbst wenn nicht zwei Männer bei ihm geblieben wären.

Der Kommissar sagte: »Das ist er, Gott sei Dank! In der Polizistenuniform! Gott sei Dank!«

Wenk stieg um fünf Uhr in der Früh mit dem Wasserflugzeug in München auf und landete zwei Stunden später vor Schachen. Er flog die Treppen hinauf in die Villa Elise und zu dem Raum, in dem der gefangene Räuberkönig seiner wartete – des Besiegers.

»Hier ist der Doktor Mabuse!« schrie ihm der Kommissar entgegen. »Jetzt haben wir ihn, Gott sei Dank!«

Wenk, ganz Musik, ganz Rauschen, Sieg, Kraft und Trompeten, trat in die Tür und sah auf den an den Stuhl festgebundenen Polizisten.

»Wo?« fragte er.

»Dort – auf dem Stuhl der!«

Wenk schaute genauer hin.

Schon wußte er: Entkommen! Schon fiel alles wieder zurück in den endlosen, leeren, schwarzen Schacht, noch bevor er ein weiteres Wort hörte oder sprach.

Auf einmal sagte der Kommissar: »Aber das ist doch der Poldringer, den wir hier überwacht haben!«

»Ja, das ist der Poldringer!« antwortete Wenk traurig. Mabuse war entkommen.

17

Mabuse trug die ohnmächtige Frau mit hastigen Schritten vom Ufer des Rheinkanals fort in das nächste Haus. Es wohnte ein Rietbauer drin.

»Wir sind verunglückt!« sagte Mabuse. Dann stellte er sich ans Fenster und überwachte den Weg draußen, der vom Kanal kam.

Als eine Stunde so vergangen war und die Frau die Augen wieder öffnete, sah Mabuse, wie sie aufzuckte, als sie ihn erkannte, und sich, von einem Schrecken gefaßt, fortwandte.

Er ging rasch zu ihr und flüsterte, über sie gebeugt, ihr zu: »Wir sind gerettet! Wir sind aneinander geschmiedet!«

Seine Worte legten sich eindringlich und im Flüsterton mit einer heißen Heimlichkeit auf ihr Gemüt. Sie widerstand dem Mann nicht mehr und begann sich zu erheben. Die Bäuerin versprach, ihr beizustehen.

Mabuse schaute auf einer Karte das nächste Dorf nach. Dann ging er, sicher, nun nicht mehr unmittelbar verfolgt zu sein. Georg war als Opfer geblieben und hatte ihn gerettet. Schuld daran war die kleine Dummheit der Polizistenuniform.

Das Dorf war nicht ferner als zwanzig Minuten. Es hatte einen Fernsprecher in einem Gasthaus. Mabuse bestellte Kaffee und rief Zürich an. Es kam nach einer halben Stunde. »Wer spricht?« fragte er.

»Rechtsanwalt Ebenhügel, Zürich!« wurde geantwortet.

»Ist Spoerri angekommen?«

»Spoerri ist gerade angekommen. Er ist noch hier.«

Spoerri stürzte ans Telefon.

»Spoerri, ich bin verunglückt. Georg ist liegengeblieben. Wir beide gerettet. Kommen Sie gleich mit dem Auto. Bringen Sie ein Reisekleid und einen Reisemantel für meine Frau mit. Ich erwarte Sie um zwei Uhr am Bahnhof von Au im Rheintal.«

»In Ordnung!« rief Spoerri zurück.

Meine Frau, sagte ich, wohl mit Berechnung und aus Vorsicht – meditierte Mabuse dann. Aber er lehnte sich gegen die Bezeichnung auf. Sie klang wie eine Fessel. Dann schüttelte er aber diese Vorstellung ab: Sie ist meine Frau, ein Besitz von mir. Mein! So ist es wahr!

Spoerri kam pünktlich. »Ich fahre Sie durchs Engadin gleich an die italienische Grenze«, sagte er, nachdem Mabuse erzählt hatte, was vorgefallen war.

Aber Mabuse sagte nur ein Wort dagegen: »Nein!«

»Herr Doktor«, flehte Spoerri, »in der Schweiz können Sie nicht bleiben. Die Münchener Polizei hat Sie jetzt schon hier angekündigt. Wir kämen nicht bis nach Toggenburg. Eher noch nach Deutschland zurück!«

»Etwas anderes will ich auch nicht! Spoerri, das Leben des Staatsanwalts Wenk steht von heut ab unter meiner Garantie. Sie ziehen sofort meine früheren Befehle an die Beseitigungskommission zurück.«

»Merkwürdige Freundschaften schließt der Herr Doktor, hihihi!« lachte Spoerri.

»Ruhig! Unter meiner Garantie!« befahl Mabuse, und sie fuhren durch die flache Ebene zu dem Bauernhaus.

Die Gräfin stieg gleich ein, und das Auto eilte der österreichischen Grenze zu. »Was für Passierscheine haben Sie für uns?« fragte Mabuse.

»Schweizerische! Nehmen Sie bitte!«

Er reichte die beiden Heftchen, in denen eine Anzahl nachgemachter Stempel ein Vertrauen erweckte, das stets getäuscht, aber nie klüger wurde.

Um drei Uhr fuhr das Auto über die Landstraße Bregenz – Kempten nach Bayern hinein. Fuhr an einem Haus vorbei, in dem in der Nacht nach München gemeldet worden war, daß es vorbeigerast sei, und fuhr aufs Württembergische zu.

Die Reisenden übernachteten in einem Städtchen südlich von Stuttgart.

Abends kam Mabuse nochmals zu Spoerri in dessen Zimmer und sagte: »Für mich gibt es jetzt nur noch ein Ding in Deutschland, in Europa – den Staatsanwalt: Wenk lebendig in die Hand zu bekommen. Lebendig wie eine Fliege in einem Glas. Merken Sie sich das! Die Gräfin und ich bleiben morgen hier. Sie fahren nach Stuttgart und kaufen um jeden Preis einen Flugapparat mit zwei Sitzen. Wir sind hier sicher. Der Wirt hat nicht einmal unsere Namen einschreiben lassen. Wenn also die Polizei kontrolliert, muß er uns verschweigen, sonst bekommt er eine Buße zu zahlen. Haben Sie Kognak da?«

Spoerri erschrak. Seine Marter kam wieder. Aber er hatte trotzdem drei Flaschen mit aus der Schweiz geschmuggelt. »Natürlich haben Sie Kognak da!« sagte Mabuse, bevor noch Spoerri antworten konnte.

Mabuse trank aus dem Reiseglas, das er stets in der Tasche hatte. Spoerri mußte sich das Wasserglas vom Waschtisch vollgießen.

Mabuse sehnte sich nach einem Rausch, nach einem bleischweren Rausch, der ihn am Hals faßte und unter das Wasser drückte ... als gäbe man ihm einen Mühlstein als Schwimmgürtel.

Er sah, als er die zweite Flasche geleert hatte, daß es nicht ging. »Haben Sie nicht mehr?«

»Es ist alles. Ich wagte nicht mehr mit über die Grenze zu nehmen!«

Da lachte Mabuse.

»Glänzend. Spoerri hat drei Eisenbahnwagen voll Salvarsan, zwei Wagen Kokain, drei Freudenhäuser voll Mädchen über die Grenze gebracht, aber beim Kognak reicht sein Mut nicht über drei Flaschen hinaus. Leeren Sie Ihr Glas in das meine. Verdient er nicht genug am Kognak?«

Als die dritte Flasche leer war, begab sich Mabuse, klar im Kopf wie zuvor, aber feuriger im Blut, zum Zimmer zurück, das die Gräfin neben dem seinigen hatte. Er war verstimmt. Es war ihm wie einem heißgelaufenen Motor. Alles verdampfte auf den in Glut geratenen Zylindern, und sie waren nicht in Gang zu bringen.

Er trat zu der Gräfin ans Bett. »Wir haben einen Vertrag zusammen. Du hast ihn gebrochen. Du warst bereit, mich zu verraten!«

»Ja!« sagte sie kleinlaut.

Da überfiel den Mann eine mörderische Raserei. Er erfaßte sie aus dem Bett, hob sie, wo er sie zu packen bekam, mit einem Ruck hoch in die Luft über sich, als wolle er sie wie eine morsche Kiste an der Wand zerschellen. Er haßte sie. Sie war die Fleischwerdung aller Schwächen in ihm. Sein Wille war an ihr gebrochen zehn Minuten lang, als das Wachtboot ihnen auf den Fersen war. Und jetzt konnte er sie zerstören und den Kopf, der ihn verraten hatte, an der Wand einschlagen.

Die Frau, mit einem leisen Schrei, sah sich in der Luft hängend und erkannte die Kraft der Arme und die Unbezwinglichkeit des Willens, dem sie anheimgegeben war – unentrinnbar! Sie wünschte den Tod. Leise betete sie einen Satz aus dem Ave Maria, den sie behalten hatte aus der Kinderzeit, und wußte, stürbe sie jetzt, so zöge sie den Mann mit in den Tod.

Aber in Mabuse, da er so seine Macht über den Leib der Frau spürte, den er hochgestemmt hielt, kühlte sich unvermittelt der rasende Anlauf. Er hatte wieder den Anschluß an sein Leben, an seine Rettung und ihr Glück.

Er ließ sie nieder, fast sanft, und begrub sich in sie mit Taumeln, die seine Adern durchklangen, wie die tausendjährige Eiche im Sturz den Wald.

Die Gräfin blieb mit einer irren Enttäuschung im Leben zurück. Jeden Fleck ihrer Haut fühlte sie erniedrigt, entweiht, verpestet. Und ihr Gemüt floß aus wie ein Bach von Blut – stundenlang – die ganze Nacht hindurch – tränenlos, wo sie nur den einen Wunsch hatte, mit ihren Tränen sich in das Nichts zu erlösen.

Am Morgen des nächsten Tages flog Mabuse mit ihr von Stuttgart nach Berlin.

Dort lebte er, eingedeckt in die unentwirrbaren Schlüpfe, die die Millionenstadt und seine Bande, deren Instinkte er ausbildete und benutzte, um ihn legten, nur dem einen Ziel entgegen. Eine Vorstellung wuchs wie ein einsamer, machtvoller Baum aus seinem Blut und überragte ihn. Ein Gedanke ließ ihn ununterbrochen in seinem eigenen Gehirn herumkreisen in taumeliger, alles verzehrender Schnelligkeit.

Dieser Gedanke, die Vorstellung, das Ziel bekamen ihr Blut von dem bösesten und stärksten Trieb, der mit diesem Mann geboren worden war: von der Herrschsucht! Es gab einen Menschen in der Welt, der es unternommen hatte, seinen Wegen zu folgen, der ihn in seinem Land aufgefunden und aus seiner Burg aufgestöbert hatte. Es gab einen Menschen nur, der es gewagt hatte, sein Ziel zu stören, ihn zu einer Flucht zu nötigen, die sein Leben in Gefahr gebracht hatte. Es war die Schuld dieses Menschen, daß sich ganze Organisationen in seine Rechtsprechung gegen die Menschen mischten, deren Entfernung sein Wille verlangte.

Er hatte der ersten Frau, die ihn bis auf den Grund seines Wesens in Flammen gesetzt, ihren Willen abgerungen gegen alle Macht, die ihre Persönlichkeit gegen ihn aufgeworfen hatte. Das war sein Stolz. Er hatte ihr Dasein, ihre Schönheit, ihre Selbständigkeit, ihre Ausschließlichkeit in die Hand gerissen und an sich befestigt. Das war wie der höchste geistige Ausdruck des Bildes seiner Fähigkeiten. Aber zwischen ihm und ihr gab es zehn Minuten, in denen sie seinem Zwang entfallen war, in denen er auf den

Besitz dieses Symbols aller menschlichen und aller männlichen Kraft hatte verzichten müssen. An diesen leeren zehn Minuten, die wie ein Loch unauffüllbar in seinem Leben lagen, war dieser Mensch schuld.

Seine Flucht mit der Frau aus Deutschland und über den Atlantik bereitete er von Berlin aus so vor, daß nur das Schicksal Tod sie stören konnte. Sein Fürstentum Eitopomar wartete mit Urwäldern, schwarzen Tigern, Klapperschlangen, in denen der Tod in einer Sekunde verabreichbar war, mit Gebirgen und Wasserfällen, mit wilden Stämmen auf ihn, um ihn von Europa zu befreien – zu erlösen. Jeder Tag konnte ihn zum Kaiser krönen.

Aber er wäre wie abgestandenes Wasser für den Rest seines Lebens verdorben gewesen, wenn er nicht: mit aller Grausamkeit der Herrschsucht und des Hasses diesen Mann an sich gerissen und zerstört hätte. Sein eigenes Leben und das dieses Mannes liefen um die Wette nach Sein oder Nichtsein.

Dieser Mann war der Staatsanwalt Wenk.

Einmal, als Mabuses Adern schwollen von seinen Plänen gegen ihn, konnte er die Flut nicht mehr von seinem Mund zurückdämmen, und er sagte der Gräfin, die ihn fragte, wann sie Deutschland denn nun verlassen würden: »Ich fange ihn lebend. Ich fange ihn wie eine Meise auf der Rute. Er wird in meinem Leim zappeln. Eher nicht!«

Die Frau wandte sich scheu ab. Sie vermutete nur, wen er meinte. Sie war seit jener Auflehnung und den Hoffnungsaugenblicken auf Freiheit sklavischer ihm verfallen, traumhaft grausamer, dämonischer aufgerührt als zuvor. Sie wagte nicht, etwas zu entgegnen noch zu fragen.

Mabuses Unternehmen gegen Wenk wuchs langsam. Aber Ring um Ring, unaufhaltsam.

Wenk saß in München.

Georg hatte man dorthin ins Gefängnis geliefert. Er spielte den Taubstummen. Seit seiner Verhaftung hatte kein Mensch ein Wort von ihm gehört. Man stellte ihn zusammen mit den Beamten, mit den Kaufleuten aus Schachen, die ihn wochenlang gesehen hatten, mit den Burschen, die er in die Fremdenlegion hatte ausliefern wollen.

Keiner zögerte einen Augenblick, ihn zu erkennen.

Er blieb stumm.

Eines Tages fand man ihn an seinen Hosenträgern erhängt. Er hatte ein Wort an die Wand der Zelle geschrieben, das ein General Napoleons nach der verlorenen Schlacht von Waterloo berühmt gemacht hatte.

Die Durchsuchung der Villa Elise brachte wenig zutage. Man fand nur einige Beweise, daß Mabuse die Gelder, die er durch Spiel und Raub gewann, sofort in einer Schmuggelorganisation in mächtigem Stil weiter vervielfältigte. Man arbeitete zusammen mit den Schweizer Behörden, da man annahm, Mabuse halte sich in der Schweiz auf oder habe sie wenigstens durchreist. Wenk fuhr alle vierzehn Tage nach Zürich. Dann und wann packte man einen Nebenmann von Mabuses Garde. Aber alle waren so streng geschult, daß keiner ein Wort des Verrats über die Lippen brachte. Von Frankfurt kamen Nachrichten an Wenk, daß dort ein Spieler arbeitete, dessen Ähnlichkeit mit Mabuse so groß war, daß er sofort hinreiste. Aber als Wenk ankam, war nichts mehr von dem Mann in Frankfurt zu spüren. Drei Tage später wurde Wenk aus Köln, dann aus Düsseldorf, darauf aus Essen und schließlich aus Hannover alarmiert.

Wenk war immer unterwegs. Es bestand für ihn kein Zweifel, daß es Mabuse war, der so vor ihm davonwich. Er mußte Aufpasser in München haben, die Wenk beobachteten und ihm folgten. Wenk ließ keine Vorsicht außer acht. Er wandte alle Listen an, die er erfinden konnte. Er benutzte Züge, Autos, Flugzeuge für jede Reise durcheinander. Er kontrollierte, als der Verdacht sich nicht mehr abweisen ließ, daß Mabuse unter Wenks eigenen Leuten Helfershelfer hatte, diese aufs hinterlistigste. Er wechselte seinen

Chauffeur, seine Haushälterin, änderte Fernsprechnummer und Wohnung, logierte im Hotel, bei Freunden, auswärts.

Sobald er aber in die Stadt kam, aus der der Spieler gemeldet wurde, war dieser spurlos verschwunden und tauchte einige Tage später in der Nachbarschaft auf. Das ganze Reich dehnte das Dasein und Wirken des Räubers schon zu einer Sage aus.

Dr. Mabuse, der Spieler! zog wie eine Ballade, aus der alle Dämonie des tiefsten Widerstandes der Menschen gegen Gesetz und Ordnung in die Phantasien verschwelte, von Ort zu Ort.

Die Polizei schritt in allen Städten gleich zu Massenverhaftungen. Aber sonderte man die Eingefangenen aus dem Netz, so war nie dieser einzige dabei, um den man alle Verbrecher sämtlicher Gefängnisse hätte laufen lassen wollen. Aber eines fiel Wenk bald auf – die Geographie! Unverkennbar zog Mabuse im Kreis durch das Reich auf Berlin zu.

Wenk erbat von seiner vorgesetzten Behörde Urlaub aus Bayern und setzte sich mit den preußischen Gerichten ins Einvernehmen, die ihn als Spezialisten nach Berlin holten.

Er reiste sofort hin und mietete sich im Zentrum ein. Mabuse sah ihn aus dem Bahnhof gehen und kannte eine Stunde später seine Wohnung.

Nun hatte er ihn hier, wohin er ihn zur Vollendung seiner Rache gewünscht und gelockt hatte. Mabuse hatte in Wirklichkeit Berlin nie verlassen. In allen den Städten, in denen Wenk seiner Spur nachging, waren falsche Mabuses aufgetreten, Leute seiner Truppe, die von ihm unterrichtet und abgesandt. München war zu klein für das, was Mabuse vorhatte. Die Abgründe Berlins waren das sichere Jagdgebiet.

Die Jagd begann schon am zweiten Tag.

Wenk hatte diesen Tag über mit einem jüngeren Kollegen von der Berliner Polizei seine Akten über den Fall Mabuse durchgesprochen. Sie hatten sich über seinen Wirkungsplan unterhalten, waren aber in ihren Gesprächen zu keinem Ergebnis gekommen als zu dem Entschluß, in der ersten Zeit den Spieler selber handeln zu lassen. Ins Blinde hinein nach ihm zu zielen, war höchstens angetan, den Stand des Jägers vorzeitig zu verraten.

Abends, nachdem Wenk in der »Traube« zu Nacht gegessen hatte, ging er in ein Cafe und dann, ermüdet von den langen Gesprächen, durch die Taubenstraße seiner Wohnung zu. Da hielt ihn ein Mann an, in einer Haustür, entfernt von der Laterne. »Bitte!« sagte der Mann.

»Was wollen Sie?« fragte Wenk unwillig zurück.

»Ist dem Herrn vielleicht Äther gefällig?«

Wenk ging weiter, ohne zu antworten. Er sah, der Mann folgte. Er kam dann aber in das Leben der Friedrichstraße und verlor ihn.

Wenk machte sich bald Vorwürfe, so davongegangen zu sein. Er hätte mit diesem Hausierer der Lasterhaftigkeit sprechen sollen. Denn der kam aus dem Land, in dem Mabuse daheim war. Er wollte wieder zurück, ließ sich aber von seiner Müdigkeit abhalten und ging nach Hause.

Am nächsten Abend kam er denselben Weg von der »Traube« durch die Taubenstraße. Aber der Mann war nicht da. Wenk verweilte hier und da.

Als er dann in der Nähe seiner Wohnung am Gendarmenmarkt kam, trat ihm ein Mann aus einer Haustür entgegen und flüsterte: »Wünschen Sie Nackttänze zu sehen?«

Wenk blieb stehen. Er sagte: »Sie kommen mir gerade recht. Ich bin kein Berliner. Ja, so ein echtes Berliner Nachtleben möchte ich einmal mitmachen. Wo sind Ihre Tänzerinnen? Los!«

»Foljen Sie mir. Ick jeh voran! Und wo ick 'rin mach, da man fix hinterher vonwejen die Polizei!«

Wenk versprach es zu tun.

Der Mann ging um die Ecke, horchte stehenbleibend, ob er folgte, und ging dann weiter. Auf einmal war der Mann verschwunden. Wenk ging noch einige Schritte geradeaus. Der Mann mußte doch in eine der nächsten Haustüren eingetreten sein. Wenk verlangsamte seine Schritte, als er ihn nicht fand. Er schaute dann spähend rundum.

Plötzlich sagte in seinem Rücken die Stimme des Mannes leis und vorwurfsvoll: »Det nenn ick nu jar nich fix. Sie wollen sich wohl von die Polypen 'rankriejen lassen. Also man rasch herin!«

Der Mann schob ihn in ein Haus weit zurück, zog ihn in eine Tür. Die Tür öffnete sich in einen finstern Flur. Unversehens und geräuschlos schloß sie sich sofort hinter ihm, und im selben Augenblick war der Flur beleuchtet. Vom Flur ging es in ein Wohnzimmer, von dort in einen kleinen Saal, der gedrängt voll Menschen saß.

Zwei Herren, nahe der Tür, machten Wenk liebenswürdig Platz. Der Mann war verschwunden.

Was Wenk sah, war eindeutig und hatte nur Interesse in der Heimlichkeit, in der es geschah.

Er horchte den Gesprächen seiner Tischnachbarn zu. Der eine sagte: »Also mich interessiert daran nur, wie dieser Unternehmer hundert und mehr Personen so jahraus, jahrein in das Haus locken läßt, ohne daß die Polizei es merkt. Nu, sag du mir das mal als Mann vom Fach!«

Der antwortete in einem fremden Deutsch: »Das weißt du ja nicht, ob das Lokal der Polizei bekannt ist oder nicht. Es gibt solche Anstalten, die die Polizei duldet, weil sie für sie Verbrecherfallen sind, ja geradezu Verbrecherfallen! Bei uns in Budapest ...«

Wenk horchte gespannt zu.

Die Herren zogen ihn in ungezwungener Weise bald selber ins Gespräch. Man nannte sich Beruf, dann Namen. Der eine der Herren war, wie Wenk aus dem Gespräch gleich vermutet hatte, ein höherer Polizeibeamter. Man traf sich öfter.

Der Ungar erzählte interessante und verwickelte Fälle aus seiner Praxis. Er erzählte von den Lasterhöhlen in Budapest, streifte auch die heimlichen Spielhäuser, die seit Kriegsausgang überall so überhandgenommen hätten, und ereiferte sich gegen die immer unverschämter werdende Kühnheit, mit der Verbrecher und Gesindel hervorträten.

Wenk, in einem letzten uneingestandenen Mißtrauen, verhielt sich vorsichtig und behauptete, er sei nur auf Urlaub in Berlin. Seine Tätigkeit liege in München. Aber Berlin, als das größte Sumpfnest, sei gerade für ihn als Münchener Staatsanwalt eine gute Schule.

Wenk streifte das Dasein Mabuses, ohne seinen Namen zu nennen und nur einige seiner grauenhaften und frechen Taten erzählend.

»Wir haben«, nahm ihm der Budapester das Wort ab, »bei uns jüngst einen ähnlichen Abenteurer festgemacht, und zwar auf eine etwas extravagante und nicht gerade gesetzmäßige Weise. Aber wir kamen anders nicht mehr weiter. Wie bei Ihnen ist auch in Ungarn die Zuhilfenahme der Hypnose als rechtliches Zwangsmittel verboten. Wir hatten den Mann, von dem wir ziemlich genau wußten – aber, Herr Staatsanwalt, Sie verraten mich nicht, doch mich rechtfertigt das Interesse, das Sie solchen abseitigen Existenzen entgegenbringen, beruflich entgegenbringen müssen –, also ziemlich genau wußten, daß er derjenige sei, der eine Bande leitete, auf deren Lasten schon mehrere Morde lagen. Wir hatten ihn, wie gesagt, im Gefängnis. Er stellte sich taubstumm. Wir konnten seine Papiere nicht nachkontrollieren. Niemand kannte ihn. Aber wir waren fast sicher. Das ist eine ganz scheußliche Lage für einen Fachmann, wie? Denn wenn er vor die Geschworenen gekommen wäre, wäre die Gefahr eines Freispruchs aus Mangel an Beweisen Sicherheit geworden. Das wollte mir nun gar nicht schmecken. Ich hatte über ein halbes Jahr drangesetzt, ihn hochzukriegen. Sein Unschädlichmachen war meine Leistung. Da hab' ich etwas ganz Verwegenes unternommen. Einer meiner Freunde hatte hypnotische Gaben. Er war Rechtsanwalt und hatte manchmal einiges von seinen Fähigkeiten in Privatgesellschaften vorgeführt. Ich überredete ihn, mit ins Gefängnis zu kommen. Er sagte aber: Ich mach's von draußen! Und wirklich: eine Viertelstunde später wußte ich, daß wir wirklich den Bandenchef hatten, und es wurden mir Dinge verraten, die mir erlaubten, ihn in kurzem an den Strick zu liefern.«

Der Ungar wurde Wenk bei dieser Erzählung unangenehm. Er empfand einen starken seelischen Widerwillen gegen ihn. Aber er konnte sich nicht erklären, was einen solchen Umschwung in seinem Gefühl verursacht hatte. »Interessieren Sie dergleichen mit suggestiver Kraft ausgestattete Persönlichkeiten?« fragte der Polizeidirektor.

»Ungemein!« antwortete Wenk.

»Möchten Sie einmal mit meinem Freund zusammenkommen und etwas von seinen Gaben sehen?«

»Ist er denn in Berlin? Gewiß, das wünsche ich aufs lebhafteste!«

»Ja, er ist hier. Er hat seine Praxis aufgegeben und zeigt seine Fähigkeiten öffentlich. Er ist rasch berühmt geworden. Den Namen Weltmann haben Sie gewiß schon gehört!«

Wenk genierte sich, nein zu sagen. Er antwortete mit einem halb unterdrückten: »Gewiß!«

»Nun, dieser berühmte Weltmann ist es. Sie wissen, er ist bekannt, weil er nur eine Hand hat. Die andere liegt in den Karpaten – 1915! Also abgemacht! Ich werde ihn morgen benachrichtigen. Haben Sie Telefon?«

Wenk nannte seine Nummer.

Die beiden Herren gingen dann in ein Haus, in dem Äther, Kokain, Opium zu bekommen waren, im Durchschnitt aber viel handgreiflichere Laster gepflogen wurden.

Am nächsten Tag schon wurde Wenk angerufen. »Hier Polizeidirektor Vörös! Es trifft sich wie bestellt für Sie, Herr Staatsanwalt. In einem Privathaus bei einem Landsmann von uns, über den ich Ihnen lieber entre nous etwas Persönliches sage, gibt Weltmann heut abend eine Soiree. Es genügt, daß Sie den Wunsch äußern, und Sie können sich als eingeladen betrachten. Ohne weitere Formalität. Es ist ein sehr gastliches Haus. Sie werden sich nicht im geringsten als Fremder fühlen. Es sind mindestens sechzig bis siebzig Leute geladen. Ich übernehme alles Weitere, und wenn es Ihnen recht ist, hole ich Sie per Auto um neun Uhr ab. Die Villa liegt etwas weit draußen. Hinter Nikolassee.«

»Ich danke Ihnen vielmals. Sie überhäufen mich mit Liebenswürdigkeiten«, antwortete Wenk zurück. »Und ich kann es Ihnen gar nicht entgelten.«

»Wir Ungarn halten es immer so. Es macht uns Freude«, lachte die andere Stimme zurück. »Also es ist abgemacht!«

»Abgemacht!«

Wirklich, wie liebenswürdig die Ungarn sind! sagte sich Wenk. Er fand sich undankbar, daß er auf einmal seine Sympathie für den Kommissar aufgegeben hatte. Es war ihm peinlich vor sich selber.

Den Nachmittag verbrachte Wenk im Archiv der Kriminalpolizei, wo er zusammen mit dem Herrn, der mit ihm den Fall Mabuse behandelte, die Lichtbildersammlung des Erkennungsdienstes durchschaute. Gesicht an Gesicht zog an seinen Augen vorbei. Er wollte nicht aufhören, bis er die ganze Sammlung durchgelesen hatte, und als er nach Hause kam, ganz ermattet von der langwierigen Arbeit, hatte er gerade noch Zeit, den Gesellschaftsanzug anzulegen.

18

Der Polizeidirektor Vörös war pünktlich.

»Wissen Sie, ich muß Ihnen nur noch einiges über unsere Gastgeber und meine Landsleute draußen bei Nikolassee sagen«, begann er gleich, als das Auto anfuhr. »Es ist ein ehemaliger Fürst von Komor und Komorek, und er hat eine Tänzerin von der Wiener Oper geheiratet. Gegen die Familie natürlich! Sie haben es ihm so bunt gemacht, daß er ihnen eines Tages sagte: ›Gut! Da habt's ihr euren Fürsten. Ich pfeif euch drauf. Von heut an heiß' ich Komorek.‹ Und ist dann ausgewandert. Reich war er sowieso und nicht von der Familie abhängig. Das einzige, was er noch vom Fürsten hat, ist eine fürstliche Villa da draußen. Sie werden sie ja sehen. Er wohnt schon an die zehn Jahre dort. Und die Frau ist schick und apart. Aparter als eine Fürstin. Nur natürlich nicht mehr ganz jung. Haben Sie schon zu Nacht gegessen?«

»Nein!«

»Ist auch nicht nötig. Man ist gastfrei bei Komorek. Sie werden etwas an Delikatessen erleben.«

Wenk fragte sich: Weshalb ist er so gesprächig? und ließ den peinlichen Gefühlen gegen den Ungarn wieder freien Lauf.

Wenk war heimlich erregt. Es war schwül in seinem Gemüt. Die Augen schmerzten trotz der Dunkelheit im Auto immer mehr. In ihren Winkeln saß eine unaufhörlich stechende Wundheit, die ihn unglücklich machte. Die tausend Lichtbilder drehten drin durcheinander wie verrückt gehandhabte Signalscheiben, die immer wieder versuchten, sich aufeinanderzupassen, obschon es unmöglich zu machen war.

Läge ich doch in meinem Bett! flehte er.

Das Auto fuhr durch Gegenden, die er nicht kannte. Es war ihm sonderbar. Gerade die Fahrt nach Nikolassee hatte er früher oft gemacht, und er dachte, er kenne die Gegenden, die hinter Friedenau lagen. Aber heut war ihm alles fremd. Machte das die dichte Finsternis der heutigen Nacht und die seit dem Krieg so spärlich gebliebene Beleuchtung, oder war eine innere Stimmung schuld daran?

»Wir müßten doch eigentlich schon in Nikolassee sein!« sagte er.

»Ich kenne mich nicht aus!« antwortete Vörös.

»Früher hatte ich Freunde draußen, zu denen ich oft im Auto fuhr. Aber das war ja vor dem Krieg!«

»Ha, ja so, vor dem Krieg. Da war alles anders!« Dann schwiegen sie.

Wenk schaute auf die Uhr. Aber die Finsternis war zu stark. Er erkannte nicht einmal das Zifferblatt. Laternen kamen seit einer Weile keine mehr. Nach längerem Schweigen sagte Wenk: »Der fährt doch nicht etwa drüber hinaus!«

»Es ist ein Berliner Taxameter. Er hat mir gesagt, er kenne sich gut aus.«

Wenk nahm das Sprachrohr: »Chauffeur, Sie wissen doch, Nikolassee, Villa Komorek?«

In diesem Augenblick schwenkte der Wagen, und Lichter erschienen in der Tiefe einer Allee.

»Wir sind da!« sagte der Polizeidirektor.

Bald hielt das Auto zwischen anderen Wagen, die vor einer Freitreppe nebeneinander standen. Die Freitreppe selber war nicht beleuchtet, aber es fiel Licht genug aus den drei hohen Glastüren, die sich auf sie öffneten.

Wenk ging rasch hinan ins Licht hinein. Vörös führte ihn zur Garderobe, die stark mit Kleidungsstücken überfüllt war. Eine Uhr in der Halle schlug zehn mit einem grellen, hastigen Schlag.

Es war, als peitsche sie die Stunden aus sich heraus. Wenk konnte nur mühsam mit Zählen nachkommen.

Zehn Uhr ist es, sagte er bei sich. Wir sind eine Stunde gefahren. Ich hatte den Eindruck, als ob der Wagen seine fünfundvierzig Kilometer machte. So weit ist Nikolassee doch nicht! Ein umwölktes Mißtrauen erfüllte ihn.

Er sah nach dem Ungarn. Der lachte ihm freundlich zu. Dann gingen sie auf die große Flügeltür los.

»Sie erlauben, ich trete vor. Ich werde Sie gleich zur Fürstin bringen!«

Ein Diener zog die Tür auf. Wenk trat hinter dem Polizeidirektor in einen mäßig großen Saal. Die Beleuchtung war stark gedeckt. Das war das erste, was Wenk auffiel. Dann sah er eine Bühne klein und halbrund sich aus einer Ecke erheben. Sie war mit einfarbigen Stoffen und asiatischen Teppichen geradezu kostbar hergerichtet. Einige Stühle und ein Tisch standen darauf. In den Stuhlreihen, die den Saal füllten, bewegten sich Menschen in Abendtoiletten. Herren und Damen, aber viel mehr Herren waren es, und die Damen waren alle auf eine auffällige Art modisch gekleidet.

Da sagte Vörös: »Die Fürstin!« Er stellte Wenk vor.

»Ihr Freund, den Sie uns ankündigten?« fragte die Dame mit einem gewinnenden Lächeln. »Sie sind uns willkommen, Herr von Wenk. Ich glaube, wir brauchen nicht in Sorge darüber zu sein, daß Sie den Abend in unserem Hause ohne Anregung verbringen. Darf ich die Herren meinem Mann übergeben? Pflichten als Hausfrau, Herr Staatsanwalt, nicht wahr!«

Die Frau trat einen Schritt näher in den Kreis eines der Lichter, die in tiefen Seidenschirmen sich verbargen. Da sah Wenk, daß die Frau, die er für sehr jung gehalten hatte, stark geschminkt und gepudert war. Ihr Kleid war entsetzlich grell, so daß er erschrak, als sie ihn plötzlich, sich von ihm trennend, mit einem übermäßig freundlichen Lächeln anblickte.

»Mein Gatte!« sagte sie dann.

»Fürst, grüß Gott«, lärmte der Polizeidirektor auf den Herankommenden los. Der verbeugte sich vor Wenk. Etwas geziert, wie es dem Staatsanwalt schien. Und als der Gastgeber den Kopf wieder emporrichtete, sah Wenk in ein Gesicht mit einem schwarzen Schnurrbart, das dem Bild glich, das sich in ihm am Abend aus der Vermischung der Verbrecherbildnisse zusammengestellt hatte.

Die Dame des Hauses war verschwunden.

Der Fürst, wenn auch im Aussehen von einer weichlichen Gewöhnlichkeit, war von den vollkommensten Manieren. Er hatte die selten gewordene Gabe, zu unterhalten, ohne etwas zu sagen. Seine Gesprächsstoffe lagen sozusagen außerhalb von ihm. Er nahm sie nur auf, scheinbar um ihnen eine Form zu geben. Sonst wären sie unbeachtet liegengeblieben.

Das ist alte Rasse, sagte sich Wenk. Mäßige Gaben, aber diese feine Sehnsucht nach Form, die die größte Trivialität mit solcher Grazie schaumig macht. Aber wie er aussieht!

Der Fürst leitete ihn in die erste Stuhlreihe.

Man wurde gebeten, Platz zu nehmen. In der Gesellschaft selber war Weltmann, den Wenk an der Einhändigkeit ja erkannt hätte, nicht zu sehen.

Wenk saß zur Linken der Hausfrau. Rechts von ihm blieb der Polizeidirektor, der sich an ihn festzuklammern schien.

Eine Woge ging durch die reichen Tuchbehänge, und es trat ein breiter, großer Mann mit einem etwas gewölbten Rücken heraus. Er war mit bester Eleganz gekleidet. Er trug im Gegensatz zu den Gästen, die alle im Frack und Dekollete waren, einen dunkelgrauen Straßenanzug aus englischer Wolle. Man sah gleich, daß die eine mit einem grauen Handschuh bedeckte Hand leblos war.

Der Mann war ein Ungar. Wer das leugnet! sagte sich Wenk. Trotz des deutschen Namens.

Weltmanns Schnurrbart war schwarz und dicht und an den Enden hängend. Die Augenbrauen bogen sich in buschigen, dunkeln Winkeln rasch über den Augenhöhlen auf. Die Haare wie schwarzer Draht, hochgekämmt und umgelegt.

Weltmann sprach einige wenige Worte schmucklos und fast grob. Er sagte: Die Gaben, die er vor den Gästen der Fürstin und des Fürsten Komorek zeigen wolle, seien Gaben der Tat, und er zweifle auch nicht daran, daß den Gästen Tatsachen nähergingen als der Versuch, erst mit Worten etwas zu erklären zu versuchen, das wahrscheinlich nie geklärt werden könne.

Er wolle sich selber zuerst als Objekt vorführen und jemanden bitten, einen Herrn und eine Dame unter den Anwesenden zu nennen. Frau Fürstin sei vielleicht bereit.

Die Fürstin rief: »Als Herrn erbitte ich meinen Nachbar, den Herrn von Wenk!«

»Und die Dame? Vielleicht bezeichnet der Fürst die Dame!«

Der Fürst sagte ohne langes Besinnen: »Wen soll ich anders bezeichnen als meine Gattin?«

Weltmann setzte sich auf einen Stuhl. Er legte die künstliche Hand in auffälliger Weise vor sich auf ein Knie. Die andere vergrub er in der Tasche seiner Jacke.

»Frau Fürstin«, sagte er nach einer Weile, in der er sich gesammelt hatte, »habe ich jemals Ihre Uhr in der Hand gehabt? Die kleine Uhr, die Sie in Ihrer Handtasche bei sich tragen?«

»Ich wüßte nicht!« antwortete die Fürstin.

»Diese Uhr hat die Nummer 56403. Sie ist eine ovale Omega-Uhr!«

Die Fürstin zog die Uhr heraus, öffnete den Deckel, schaute und nickte. Sie zeigte sie ihren beiden Nachbarn und sagte lebhaft: »Es stimmt!«

»Denken Sie sich bitte eine Farbe und schreiben Sie sie auf einen Zettel. Zeigen Sie ihn Ihren Nachbarn!«

Die Fürstin überlegte. Dann schrieb sie: Die Farbe des Amethysts in Herrn von Wenks Ring! Sie gab Wenk den Zettel.

Weltmann brauchte eine Weile. Dann sagte er zögernd: »Es ist eine Farbe, die Sie in Ihrer Nähe ausgesucht haben. Sie ist aber unentschieden. Sie ist durchsichtig, also wahrscheinlich von einem Stein. Ich kann nicht genau sagen, aus welchen beiden Farben sie sich zusammensetzt. Violett ist dabei!«

»Heben Sie Ihren Ring ins Licht, Herr von Wenk«, bat die Fürstin, und man sah, daß der Stein sich wirklich von einem dunklen Violett in ein durchsichtiges Blauweiß umfärbte.

»Welchen Herrn nannte die Fürstin?« fragte Weltmann.

»Meinen Nachbarn, den Herrn von Wenk!«

»Mein Herr, Sie haben«, sagte Weltmann fast ohne Besinnen, ja, nur einen ganz kleinen Ruck hatte Wenk seinen Kopf machen sehen, »in Ihrer Brusttasche rechts Ihre Brieftasche. Darin befinden sich zwei Tausendmarkscheine, Ausgabe 1918, Serie D, Nr. 65045 der eine und der andere Serie E, Nr. 5567. Soll ich fortfahren, oder wollen Sie zuerst kontrollieren, ob es stimmt?«

Wenk griff lächelnd nach der Tasche. »Nein«, sagte Weltmann, »ich habe die rechte Tasche gemeint, nicht die linke. In der linken haben Sie Ihren Browning, Fabrikmarke von Serraing, Herstellungsnummer 201564.«

Nun sah Wenk betroffen zu Weltmann hinauf. Denn es war wahr. Er hatte in der linken Brusttasche seinen Browning, und der war von Serraing. Man beugte sich von allen Seiten zu ihm. Die Fürstin neigte sich herüber. Er roch das Parfüm ihres Puders. Sie sagte: »Nun, Herr von Wenk?«

Der Suggestor lächelte auf ihn herab und sagte noch: »Sie können den Revolver unbedenklich herzeigen. Sie haben ja in einem anderen Fach Ihrer Brieftasche den Waffenschein, der Ihnen das Tragen der Waffe erlaubt. Er ist in München erneuert worden am 1. Januar 1921. Er hat die Nummer 5. Sie haben es eilig gehabt, sich einen Waffenschein ausstellen zu lassen.«

Höhnte der Mensch ihn in einem Traum?

Er legte alles heraus. Es stimmte alles.

»Genug!« sagte Weltmann. »Sie erlauben mir nun, zu Experimenten der Willensübertragung überzugehen. Bitte einen der Herren!«

Jemand kam auf die Bühne. »Ist der Herr Ihnen bekannt, Fürstin?«

»Ja, es ist der Baron Prewitz!«

»Genügt das allen Herrschaften, daß der Baron der Fürstin bekannt ist, um etwa den Glauben an ein Einverständnis zwischen dem Herrn und mir fernzuhalten?«

Es wurde »Ja« gerufen.

Inzwischen schrieb schon Weltmann etwas auf seinen Block so, daß der Baron es unmöglich lesen konnte, und warf den leichten Block in den Saal. Er schaute Prewitz an, ganz ruhig und nicht lange. Dann setzte sich Prewitz in eine schleichende Bewegung, verließ die Bühne und ging vorsichtig und langsam von Stuhl zu Stuhl, indem er jedem eine Weile ins Gesicht schaute.

Weltmann rief: »Ich bitte vier Herren oder Damen, sich rasch zu mir heraufzubegeben. Rasch!«

Ein Rudel stürzte vor. Drei Herren und eine Dame wurden obenbehalten; die anderen gingen zu ihren Sitzen zurück. Der Suggestor setzte sie um den Tisch. Er wies auf ein Spiel Karten, das auf dem Tisch lag.

»Sind diese Dame und die drei Herren der Gesellschaft bekannt?«

Die Fürstin winkte. Ja. Viele Stimmen riefen: »Jawohl!«

Prewitz näherte sich allmählich dem Stuhle Wenks.

Weltmann schrieb lange wieder auf einen Block und schaute in kurzen, gedrängten Pausen die vier auf den Stühlen Sitzenden an.

Einer von ihnen sagte plötzlich: »Einundzwanzig oder Poker?«

Weltmann schrieb stumm weiter.

Man einigte sich auf Einundzwanzig und begann gleich zu spielen.

»Es fehlt einer«, sagte die Dame.

»Ich komme gleich!« antwortete Weltmann. »Halten Sie die Bank, Gnädigste!«

Inzwischen war Prewitz an Wenk herangekommen. Er schaute ihn lange an, griff dann mit großer Sicherheit in die linke Brusttasche und zog den Browning heraus. Er stellte sich, die Waffe in der Hand, seitlich von Wenk auf.

Weltmann sagte von der Bühne herab: »Weil Sie so unvorsichtig sind, einen nicht gesicherten Browning in der Tasche herumzutragen! Bitte«, wandte er sich in den Saal, »vorlesen, was ich auf den Block geschrieben habe!«

Jemand las vor: »Der Baron soll die erste Reihe abgehen, Stuhl für Stuhl, und wo jemand einen ungesicherten Browning in der Tasche hat, diesen herausnehmen und sich seitlich damit aufstellen.«

Man klatschte. Weltmann, mit einer kurzen Handbewegung, verbat sich das. Er hielt mit Schreiben ein, reichte der Fürstin den Block hinab und setzte sich zu den Spielenden.

»Seite eins!« sagte er der Hausfrau.

Sie las es für sich, hielt dann ihrem rechten Nachbar den Block hin und schaute gespannt auf die Bühne. Dort ging folgendes vor sich:

Der Suggestor gewann Spiel auf Spiel. Manchmal schaute er fort vom Tisch, und es war dann Wenk, als zwinkerte er ihm zu, heraufzukommen. Wenk wußte wohl, es war eine Täuschung. Irgendein Licht, das sich so sonderbar in Weltmanns Auge brach, mußte schuld daran sein. Aber er fühlte sich dennoch beunruhigt. Es nistete sich dann, immer stärker drängend, bei ihm die Vorstellung ein, hinaufzugehen und dem Mann von nahem in die Augen zu schauen, um sich zu versichern, daß die blitzenden Blicke nicht ihm galten. Aber das wäre ja närrisch! sagte er sich.

Er versuchte, den Zwang von sich abzuschütteln.

Plötzlich, ohne daß ein Wort gesprochen worden wäre, lehnte sich einer der Spieler zurück und sagte mit kurz aufbellender Stimme, wie laut aus einem Traum sprechend: »Was habe ich jetzt getan? Ich hatte einundzwanzig. Da hat jemand gesagt mit meiner Stimme: Ich habe wieder nichts!«

Er griff seine weggeworfenen Karten wieder auf und zeigte ein As, einen Buben und einen Zehner.

»Zu spät!« sagte Weltmann, der Bankhalter.

Wenk faßte sich an die Schläfen. Dieses Begebnis hatte er schon einmal erlebt. Wann? Wo? Mit wem? Er zersiebte seine Erinnerungen. Er quälte sein Hirn ab. Das Bild stand wie eingeschnitten in ihm. Aber es war losgelöst von aller Atmosphäre des Wann und Wo und Mit wem?

Hinter seiner Stirn wuchs eine Form auf in einer Gleichzeitigkeit mit dem Nachgrübeln hinter der nicht zu erfassenden Erinnerung, die ihn geisterhaft bedrückte. Die Form – war es ein Mensch, eine leblose Säule, ein Untier – er hätte es nicht sagen können. Da blutete die Form irgendwo, und Wenk sah nun durch die flüchtigen, wie Nebel hingehauchten Bilder dieser neuen Vorgänge, daß die Form einen Mund hatte und diesen Mund plötzlich spitzte und skandierend das Wort sprach: »Tsi – nan – fu!«

Dieses Wort erinnerte sich Wenk nun ganz genau aus dem Mund des alten Professors gehört zu haben, der kein anderer war als der Dr. Mabuse, dessentwegen er nach Berlin gekommen war.

Dr. Mab..., Dr. Mab..., flüsterten die heimlichen Stimmen. Wenk versuchte sich das Bild des alten Professors zu vergegenwärtigen und fand es nicht mehr genau zurück. Der Mund ward ihm deutlich, der den Namen der chinesischen Stadt so sonderbar eindringlich gesprochen hatte.

Weshalb, fragte sich Wenk unter dem Strom von Bildern, die aus diesen Erinnerungen aus ihm auftrieben, denke ich jetzt an diesen verkleideten Professor? Weshalb gerade an den Professor und nicht an Mabuse in einer anderen Gestalt, zum Beispiel in einer wirklichen Gestalt, wie ich sie von dem Abend im Saal der Vier Jahreszeiten gut in Erinnerung habe?

Mabuse als Suggestor! Welche Kühnheit! Als öffentlich auftretender Suggestor! Ob Mabuse von ebenso verblüffenden Fähigkeiten war wie Weltmann, und ob Weltmann ein ebenso von Abgründen durchhöhlter Verbrecher war wie Mabuse? fragte sich Wenk. Immer weiter, unklarer und unwirklicher verglitten ihm die Gedanken. Es waren keine Gedanken. Es waren Dunstgebilde, die aus einem Druck dieser zerreibenden Augen da oben seiner Phantasie entströmten und vor seinem Hirn durchtrieben.

Er versuchte und richtete dabei seine Blicke mit zwingender Starrheit auf Weltmann, diesem einen langen, rotblonden Bart umzuhängen, wie jene erste Form, in der Mabuse in seinen Weg getreten war, sie gehabt hatte.

Und da wußte Wenk auf einmal über einen Weg unverkenntlicher Zusammenhänge, woher er die Situation mit dem Spieler kannte, der seine Karten, ohne zu halten, wegwarf, obschon er einundzwanzig und von vornherein gewonnen hatte. Er kannte sie aus der Erzählung des ermordeten Hull. Er hatte sie nach der ersten Unterhaltung mit Hull in seinem Notizbuch wörtlich aufgezeichnet. Sie standen auf einer der ersten Seiten des Buches, das der Chauffeur Mabuses ihm aus der Tasche genommen, als er ihn nachts im Schleißheimer Park abgesetzt hatte. Ja, die Form, an der es blutete, war Hull selber. Sie lehnte sich jetzt über Wenks Stirn wie eine Trauerweide. Leise rannen und raunten die bluttropfenden Blättlein: Von mir – Hull! Von mir – Hull!

Da geschah es in dem bewegten Nebelgebäude, das sich in Wenk ruhelos und so vielgestaltig zusammenbaute, daß, wie ein Knochen aus dem astralhaften Schatten, mit dem die Röntgenstrahlen das Gebein aus dem durchleuchteten Fleisch hervortreten ließen, etwas aufwuchs – ein dunkler Kern, ein wilder, todgeladener Stein – so schwarz – ein Mann!

Die Fürstin reichte ihm den Block Weltmanns. Er schob sich in seinen Vorstellungen etwas zurück. Er kämpfte, um die Worte zu fassen, die er las: »Der Bankhalter gewinnt jedes Spiel. Hat einer der Spieler eine bessere Karte als der Bankhalter, so ist er unfähig, gegen ihn zu halten.«

Kaum hatte Wenk das gelesen, so rief Weltmann mitten aus dem

Spiel mit einer Stimme, die Wenk wie ein niederbrechender Felsen durchschlug: »Blatt zwei lesen!«

Entsetzt drehte Wenk um. Er las: »Unter der Macht des Suggestors versucht einer der Mitspieler die Karten falsch zu geben und sich ein As nach unten zu legen. Er wird erwischt!«

Da raste Wenk alles Blut ins Herz. Wie eine Lawine riß es ihm durch die Adern. Seine Augen wurden kalt und vereist. Seinen Händen, zitternd, entfiel das Blatt. Eine grauenhafte Erkenntnis wälzte sich über ihn: Das Geheimnis des Falles Told!

Mabuse hatte den Grafen unterhalb des Bewußtseins gezwungen, falsch zu spielen, um ihn vor seiner Frau zu zerstören, die der Verbrecher haben wollte. Das war es, daß die Gräfin damals nachts aus der Wohnung Mabuses kam. Mabuse hatte den Grafen getötet!

Was auf dem Blatt stand, geschah auf der Bühne. Die Dame, die inzwischen die Bank wieder übernommen hatte, mischte falsch und wurde erwischt.

Damit schloß Weltmann dieses Experiment. Er erlöste die vier Leute aus dem Zustand, und sie suchten, verstört und mit Augen, die irgendwo fern sich noch verloren, ihre Stühle wieder auf.

Weltmann schaute auf Wenk herab.

Wenk wußte: Du bist Mabuse!

Die Plötzlichkeit der Erkenntnis hatte seinen Willen gelähmt. Er rang mit sich um Ruhe und Überblick. War er in eine Falle gelockt worden? War der Ungar ein bestellter Zutreiber? War dies ganze, von Siedlungen entfernte Haus, die Gesellschaft drin – ein Hinterhalt, nur seinetwegen geschaffen?

Langsam kämpfte er sich durch.

Er stand zwischen zwei Polen. Entweder war alles um ihn im Bund mit Mabuse. Dann gab es für ihn keine Rettung. Dann war, was er hier erlebte, die Vorbereitung einer Rache, an deren Ende nur sein Tod stehen konnte.

Oder war es nur ein Zufall, daß er in eine Gesellschaft geraten war, in der ebenfalls durch einen Zufall Mabuse auftrat? Es konnte ja sein, daß Mabuse Ungar war. Es konnte ja sein, daß er früher Rechtsanwalt in Pest gewesen. Seine Beziehungen zu Geheimrat Wendel bewiesen, welches Doppelleben er geführt hatte. Das war also alles nicht von vornherein ohne Übereinstimmung mit der Annahme, ein Zufall habe ihn und den Verbrecher hier zusammengebracht.

Die nächste Frage, über die Wenk Klarheit zu bekommen versuchte, war die, ob Mabuse ihn kannte.

Da sagte er sich, rasch erbleichend: Ja, er kennt mich. Er hat mich bei Schramms gesehen und in den Vier Jahreszeiten. Das ist sicher.

War dieser Mann so tollkühn und über sich gewiß, daß er trotzdem, ja wie zu einer teuflischen Verspottung Wenks, das aufführte, was Wenk soeben droben auf der kleinen Bühne gesehen hatte ... ihm geradezu Aufschluß über all die Rätsel gab, mit denen er seine verbrecherischen Handlungen eingekleidet hatte?

An Hilfe der Polizei war nicht zu denken; denn Wenk wußte nicht einmal, wo er war. Aber wenn er den Fürsten ins Einverständnis zöge? Aus der Gesellschaft heraus sich Hilfe holte, um den Mörder dingfest zu machen?

Das aber könnte er nur tun, wenn er der Gesellschaft vollkommen sicher wäre; sonst wäre von vornherein alles verloren. Stimmte es schon mit dem Haus, so war ihm durch Erfahrung bekannt, daß dieser Verbrechter stets von einem Teil seiner Bande schützend umgeben war und daß dies Leute waren, die vor keinem Teufel zurückschreckten. Um ihn saßen gewiß zahlreiche Helfershelfer Mabuses.

Aber wenn Wenk sich wie unabsichtlich irgendwo an eine Tür machte, hinausginge und im Schutz der Nacht entflöhe, den Gang mit Mabuse für eine Gelegenheit aufsparend, bei der Wenk bessere Waffen zur Verfügung hätte. Oder wenn er unauffällig ein Telefon aufsuchte im Hause und die Polizei um Hilfe riefe? Aber wohin sollte er sie rufen?

»Grandios! Haben der Staatsanwalt jemals ähnliches gesehen?« fragte Vörös.

Wenk vergaß zu antworten. Er hatte die Frage gehört und sich, noch war sie nicht ausgesprochen, vorgenommen, dem Ungarn harmlos und umständlich begeistert zu antworten. Aber der Vorsatz war rasch in der Flut der Überlegungen und Pläne, die ihn durchtobte, davongeschwommen. Er merkte es nicht einmal.

Vörös warf ihm einen raschen Blick zu. Da erbat der Suggestor neue Mitwirkende.

Wenk, plötzlich zu einem Entschluß kommend, wie mit einem Ruck gefaßt, kühl und kühn, eilte selber hinauf als der erste. Lieber den Wolf im Gesicht als im Rücken!

Da sah er, wie der Baron Prewitz, den man vergessen hatte, ihm folgte. Mit automatisch dem seinen angepaßtem raschem Schritt sprang er hinter ihm her, den Browning in der Hand. »Sie wagen sich nur unter Bedeckung in mein Land, Herr Staatsanwalt«, lächelte der Suggestor.

Das ist Hohn! sagte sich Wenk. Er kennt dich!

Wenk verbeugte sich nur, wie um zu sagen, er heule mit den Wölfen. Er stand nun neben dem Suggestor. Die beiden Gestalten maßen sich aneinander.

Wenk hatte diesen Werwolf gehaßt und mit der Rachsucht verfolgt, die er dem Feind der Ordnung, in der allein das Volk gesunden konnte, entgegenbringen mußte.

Als er sich nun aber neben ihm erhob, eine Weile allein mit ihm auf dem Podium, abgesondert von allen andern, und sie beide auf dem Gipfel des Kampfes umeinander standen, war ihm, als seien sie zwei gleich starke Kräfte, die nur nach verschiedenen Richtungen gingen. Die Begriffe Gut und Böse verwelkten an diesem heimlichen Optimismus und fielen ab. Es war nur mehr: Mensch zu Mensch!

Und aus seinem bedrängten Blut stieg etwas wie ein Vertrauen auf die Ritterlichkeit seines Gegners … ein Vertrauen, das auf einen schwingenden, kaum wahrnehmbaren Instinkt zurückging: sie mußten beide kämpfen stets unter dem Einsatz ihres Lebens. Sie hatten sich wohl einer gegen den andern gewandt, aber das mußten sie sich nachsehen jetzt, in dieser aufs letzte getriebenen, feierlichen, heißen Minute.

Wenn ich schlafen könnte! sagte sich Wenk mit einer innigen und zarten Sehnsucht.

Er sah Weltmann von nahe in die Augen. Er übersah sein ganzes Bild. Es war die aus Muskeln zusammengereckte Gestalt, und Wenk riß in Gedanken den aufgeklebten Schnurrbart weg und die Augenbrauen und die schwarze Perücke, und darunter sah er den kahlgeschorenen, hochgeschwungenen Schädel des Dr. Mabuse.

Wenk hätte ihn jetzt unter allen Verkleidungen erkannt. Er schaute Mabuse ruhig an. Die Blicke des andern flackerten gegen ihn. Die grauen Augen verzehrten sich selber in ihrer Größe und dem kalten Feuer, das sie von sich gaben.

Der Suggestor schien dann eine Weile Wenk nicht mehr zu beachten. Er widmete sich den Heraufkommenden. Kaum hatte einer die Bühne betreten, so machte er unversehens kehrt und begann zurück in den Saal zu laufen. Einer nach dem andern! Ein Dutzend, mehr.

Die unten blieben, lachten. Der kleine Saal wollte entzweibrechen vor Gelächter. Es kamen immer mehr. Einer machte es wie der andere.

Wenk erfaßte mit einer Hand das Gelenk der andern Hand und fühlte, ob er noch Bewußtsein über seine Nerven und Muskeln hatte. Er wollte widerstehen. Die Aufwallung von Herzensgröße und Edelmut war rasch verkältet. Er haßte, bedrohte, verwünschte jetzt. Er nahm den letzten Kampf auf.

Sein begieriges Blut flammte den Gegner an, überwachend und zugleich auf Selbstwehr bedacht. Irgendwo in seinem Körper klang eine Saite an, wie von einer Mandoline. Er begann dieser sonderbaren Musik hinzuhorchen. Sie war so zart und fern.

Aber gleich schlug er sich zurück auf seinen Posten der Wehr und Wache.

Da überfiel ihn ein geradezu wunderbarer Einfall: Wenn er jetzt so täte wie die andern und liefe wie im Zwangstraum, da – an den Stühlen vorbei – die Allee von Stühlen, die süße, rettende Allee – die Tür war offen, groß, verheißungsvoll – Rettung und Pflicht zugleich – ans erste Telefon draußen in der Nachbarschaft – Polizei rufen – eine glänzende List! und schauen, wie die andern es machten, und es denen gleichtun und harmlos traumumfaßt tuend, zurück in den Saal kommen und warten – auf die Polizei, die helfende ... Eine wunderbare List!

Ein Muskel schon zog sich in einem Bein an.

Da rief Weltmann dem Baron streng zu: »Weshalb passen Sie nicht auf? Revolver hoch! Sehen Sie denn nicht, daß dieser Verbrecher fliehen will?«

Er wies auf Wenk, und Prewitz hob den Browning mit einer traumverlorenen Lässigkeit, mit einer Entsetzen gebenden stupiden Gleichgültigkeit. Er hob die Waffe Wenk vors Gesicht. Wenk sah das kleine Loch, schwarz, tief gefährlich tobte die Hölle da drinnen. Er wußte, die Waffe war entsichert.

»Sie schießen beim ersten Schritt, den er tut, ohne meinen Befehl«, sagte Weltmann mit einem vieldeutigen strengen Lächeln.

Wieder klang aus diesem furchtbaren Augenblick heraus die feine Zupfsaite in Wenk an, an einer andern Stelle als vorhin. Eine milde, wehmütige, gut gekannte Weise erklang, als bliese sein Vater an seiner Wiege auf einer Flöte ein Schlaflied.

Er horchte hin, und er rutschte in diesen paar Blutschlägen, wo er sich so an das Horchen nach den rätselvollen Klängen verlor, zwei Handbreiten von der Wirklichkeit ab, die er noch gerade ganz klar mit der einen Hand am Puls des andern Handgelenkes gespürt hatte. Die Flöte ward die Zauberflöte. Was rundum diese eine Vorstellung einbettete, ward ein Zaubergarten; eine hohe, wilde Hecke umschloß seine beängstigende Wirrnis. Aber ein

Loch in dieser Hecke war offen. War von ganz weitem offen, unbewacht – der Himmel der Freiheit flutete herein und kam auf ihn zu, wie mit silbernen Zangen aus Äther, um ihn an sich zu reißen und zu befreien.

Und da lief er trotz der Pistole des Barons. Er machte springende Sätze über die Bühne – der Revolver entsank der Hand des Barons. Wenk hetzte mit einem Sprung die Treppen hinab. Er durchraste die Allee der Stühle auf die Tür zu, warf die Beine wie ein Füllen, das auf der Wiese den Sommer spürt.

Der ganze Saal brüllte vor Ergötzen über diesen Streich des Suggestors. Aber Mabuse sandte ihm ein Lächeln nach, das greulich berstend an den Saalwänden zerschellte.

19

Wenk lief spornstreichs zwischen den Dienern an der Tür durch, die hinter dem Handrücken mit ernsten Gesichtern lachten. Er lief durch die Halle, die offene Tür auf die Freitreppe, purzelte die Stiegen hinunter, riß die Tür des Autos auf, das dort stand. Schon sprang das Auto an und war in wenigen Augenblicken in der Allee und der Nacht verschwunden.

Im Saal sagte Mabuse, sein Lachen auf einmal unterbrechend: »Er fährt ins Cafe Hölle, Ihnen eine Weizensemmel zu holen!«

Der Schlag, mit dem das Auto anfuhr, warf Wenk in den Polstersitz. Aber kaum berührte er den Sitz, so war ihm, als öffnete sich das Leder. Wenk sank rasch zurück in ein Loch hinein. Etwas schlug über ihm zusammen. Es krachte wie von Eisen.

Da erwachte er aus der Hypnose. Er lag unglücklich und unwissend, wie er hingekommen, den Kopf hintenüber, anscheinend in einer Vertiefung des Rücksitzes. Er wollte sich erheben, verstört, nach Ruhe und Erkennen suchend. Aber er vermochte nicht aus der Vertiefung hochzukommen. Etwas preßte ihn immer wieder zurück. Eine harte, unnachgiebige Fessel lag über ihn hin mehrfach gekreuzt.

Das Auto fuhr mit einer werfenden Tobsucht. Es schüttelte ihn gegen die Eisenstäbe, als die er bald die Fesseln erkannte, die ihm das Aufstehen unmöglich machten. Sie lagen eng über ihn gepreßt.

Er stemmte sich in einer aufflammenden Verzweiflung gegen sie. Aber er merkte gleich, das war alles vergebens. Das war alles für die Katze! Also war er verkauft und verloren. Er war auf den Leim gegangen.

Mit einem bösen Trotz wandte er sich gegen sich selber: so ist es recht! Der Stärkere gewinnt! So warst du der Schwache!

Weshalb war er der Schwache? Weil er etwas unternommen hatte, das von vornherein den Rand seiner Fähigkeiten überstieg. Ein jeder bescheide sich zu sich selber.

Was hatte ihn verführt, über sich selbst hinaus zu wagen? Weshalb konnte er jetzt, im verlorensten Augenblick, den sein Leben jemals besessen hatte, und der ihm so unglaubhaft schien, daß ein letzter süßer Zweifel, es möchte alles böser Traum sein, ihn nicht verlassen wollte, weshalb konnte er seine Gedanken führen wie kleine, kühle, wohlgezirkelte arithmetische Probleme und Lösungen? Was hatte ihn verführt?

Er wußte es. Das Gute in ihm war es gewesen. Die Einordnung in die fließende Macht des Gewissens, das er gegen sein Volk hatte. Er hatte diesem helfen wollen. Und weil sein Gewissen mächtiger war als seine Fähigkeiten, war er dem Verderben entgegengegangen.

Wenn dies Erlebnis seinen Tod am Ausgang hatte, so starb er einen Tod, der edel war. So waren die seelischen Atome, die aus seinem Vergehen in neu entstehendes Leben hineinschwebten, von edler Fruchtbarkeit. Er lebte im Geist weiter unter den Menschen.

Der Schall des Motors pochte durch den Wald. Das hörte Wenk.

Was hatte der Feind mit ihm vor?

Das Auto schlug sich mit einer Raserei durch die Nacht wie ein Schiff durch einen Taifun.

Wozu? Wohin brachte man ihn?

Nach München? Aber weshalb?

Wenn man ihn richten wollte, weil er die Wege böser Kräfte gestört hatte und ihnen unterlegen war, weshalb setzte man die Rache noch aufs Spiel, indem man ihn stundenlang verschleppte?

Er sah, die Fenster des Autos waren nicht verhängt. Er erblickte Sterne, die mit bebenden Sprüngen die Scheiben durchtanzten. Nach München kam man nicht bis zum Morgen. Bei Tageslicht aber konnte man es unmöglich wagen, ihn gefesselt hinter unbedeckten Scheiben durch halb Deutschland zu fahren.

Man verschleppte ihn irgendwohin. Wohin? Wohin? flehte er inbrünstig.

Es mochte Mitternacht gewesen sein, als er die Villa verließ. Aber auch das war nicht ganz sicher. Denn er wußte gar nichts mehr von dem, was mit ihm geschehen war, während er noch mit der einen Hand den Puls der andern gefaßt gehalten hatte.

Da stand eine raum- und lichtlose Kluft in ihm. Er kam nicht hinein und nicht hindurch. Der Puls war das letzte, was er jenseits noch in der Erinnerung erblicken konnte.

Ja, er wurde zur Richtstätte geführt.

Er erinnerte sich mit einer Sehnsucht, die keine Grenzen hatte und die ihn wie in ein Meer warf, an seinen toten Vater. Mit allen Sinnen und allen Nerven klammerte er sich an diese von einer schreienden Melancholie hingepeitschen Erinnerungen.

Das Werfen seines haltlosen Körpers im Auto durch Stunden, zusammen mit der Erregung seines Innern, machten ihn krank. Er besudelte sein Gesicht. So wurde er hilflos und verzagt. Sein Gehirn verließ die Kraft, den Vorstellungen genaue Umrisse zu geben. Spuk trieb aus ihm auf. Teufel spielten Ball mit ihm zwischen dem Gaurisankar und dem Aconcagua, ließen ihn fallen und erhaschten ihn wieder, einen Augenblick, bevor er auf dem einsamen Kap der Guten Hoffnung zerschellte.

Dann wieder war ihm, als sei er von einer riesenhaften schwarzen Hand in eine Höhle gestopft worden wie ein Sack. Die Wände der Höhle waren so eng, daß er sich nicht einmal umlegen konnte. Aber plötzlich, langsam und ohne Unterbrechung, begannen die Wände zu wachsen. Sie wuchsen aber nicht auseinander. Sie bewegten sich von allen Seiten mit demselben Maß auf ihn zu. Und vor ihm stand greifbar schon der Augenblick, in dem die Felsen zwischen sich seine Knochen bersten und sein Hirn zerplatzen ließen.

Das Bewußtsein verließ ihn in einem traumähnlichen Zustand, den eine dumpfe, aus der Tiefe gellende, unsichtbare Todesangst beherrschte.

Als er erwachte, lag er ausgestreckt auf einem Ledersitz. Die eisernen Bänder waren nicht mehr über ihm. Aber seine Arme waren an seinen Rücken gefesselt und seine Beine übereinandergebunden. Über das Gesicht war ein breites Tuch mit schmerzendem Druck geknüpft, das ihm den Mund fest verschloß und ihm den Atem schwer machte.

Es war Tag.

Er hörte ein Brausen, das in gleichen Absätzen aufschwoll und verklang. Bald wußte er: es ist das Meer!

Ein Mann schaute hinein und über ihn. Das Tuch verhüllte Wenk nur ein Auge. Er sah mit dem andern über den Rand der Binde halb die Dinge, die auf gleicher Höhe lagen. Er kannte den Mann nicht.

Der Mann rief einen zweiten an: »Komm! Er ist wach!«

Da kam auch der zweite schauen. Jedoch auch diesen hatte Wenk nie gesehen.

Er hörte die beiden zusammen sprechen. »Es geht auf fünf Uhr. Der Doktor muß bald dasein!«

Der andere antwortete: »Wenn er gesagt hat, kurz nach fünf, so kommt er dann auch! Wir müssen uns parat machen!«

»Sieht man noch nichts?«

Die Männer entfernten sich.

Wenk versuchte, den Kopf zu heben. Aber er sah nicht über den Rand des Fensters. Die Landschaft mußte flach sein. Nur Himmel stand draußen.

»Gib das Glas! Da ist er!« hörte Wenk auf einmal rufen. Jetzt kommt die Entscheidung, sagte er sich. Er sammelte alle Kraft, den Vorstellungen zu widerstehen, die mit angsterregenden Fragen seine Phantasie bestürmten und aus dem Dunkel heraus Züge von Bildern zu zerren versuchten, vor denen ihm graute.

Was nun geschah, ging sehr rasch vor sich.

Die Tür des Autos wurde aufgerissen. Hände faßten ihn an der Schulter. Die Schulter lag in der Nähe der Tür. Die Hände zerrten ihn hinaus. Seine Füße schlugen schmerzend auf das Trittbrett und dann auf den Boden. Der zweite Mann hob die Beine auf, und sie trugen ihn ein Stück weit.

Da sah Wenk kurz vor sich Dünen. Nur ein paar Schritte waren es bis zu ihrem Kamm. Diesem kletterten die Männer nun mit ihm entgegen.

»Rascher!« rief der hinten, indem er sich umdrehte und rückwärts in die Landschaft schaute.

Wenk hörte einen Motor. Er wußte, das ist Mabuse, der Motor! Auf einmal baute sich ein lichtes Gewölbe über ihn. Erst nach einer Weile erkannte er, daß es die Tragflächen eines Eindeckers waren.

Die beiden Männer verrichteten alles mit hastigen Bewegungen. Wenk wurde auf den Sand gelegt. Zwei Stricke wurden ihm unter Brust und Armen durchgeknüpft. Ein Mann hob ihn an den Beinen hoch, und auch diese wurden mit zwei Stricken, die irgendwo am Gestänge schon vorbereitet waren, hochgebunden. Ein dritter Strick wurde dann um seinen Leib geschlungen.

Es dauerte nicht lange, bis Wenk erkannte, daß er mit dem Rücken an die Außenwand des Flugzeugsitzes angebunden hing. Er lag da, angepreßt wie ein Paket, das mit auf die Reise genommen wurde.

Mit dem freien rechten Auge sah er über den Rand der Binde hinweg, daß das Flugzeug auf einem vorbereiteten Platz über einer sanft ins Meer fallenden Laufbahn stand. An ihrem Fuß lief der Strand weiter. Es war Ebbe.

Ich werde eine Reise übers Meer machen! sagte eine traurige Stimme in ihm. Wie lang ist es seit meiner letzten Seereise her! Der ganze Krieg liegt dazwischen. Aber jetzt kommt für mich erst der Krieg – erst die Granate.

Aus der Tiefe seiner Muskeln brüllte eine Antwort gegen dieses kleine, wehmütige Stimmlein. Die Muskeln lehnten sich gegen die Fesseln auf. Sein Körper warf sich in den Stricken hin und her. Die Tragfläche bebte unter den Schlägen und schwankte über ihm.

Da neigte sich ein breites Gesicht und ein hochgeschwungener Schädel über ihn, und zwei Augen brannten seinen ganzen Leib an. »So!« preßte sich ein Laut aus dem Mund des Mannes, der sich über ihn neigte.

Ja, das ist der Feind! Mabuse! durchfuhr es Wenk.

»Steig ein!« rief dann Mabuses Stimme.

Man hörte ein Rauschen von Frauenkleidern. Dann stieg aus dem Rauschen eine Stimme – eine Stimme, die ihm unter dem Fleisch auf die Knochen bebte. Er kannte sie!

Das Kleiderrauschen wurde heftig und nah, die Frauenstimme rief: »Was ist das?«

Wenk hörte Entsetzen, Qualen und Grausen aus dieser Stimme und Frage.

»Was ist das?« rief die Stimme schrill und versagend nochmals.

»Steig ein!« schrie Mabuse dagegen.

Da fragte die Stimme der Frau, diese wohlbekannte, süße und dunkle Stimme der Gräfin Told, wie verschüchtert in sich zurückgesunken: »Was geschieht mit diesem Mann?«

Wenk sagte sich: Sie kennt dich nicht!

»Steig ein! Er geht mit auf die Reise! Es ist kein dritter Sitz da! Steig ein, rasch!« rief Mabuse.

Wenk sah, wie Mabuses Arme die Frau erfaßten und über ihn hinweghoben. Dann stieg Mabuse nach. Er benutzte als Tritt Wenks angebundenen Leib, und als er im Führersitz saß, keine zwei Fingerbreit über Wenk, beugte sich Mabuse herüber zu seinem Kopf und sagte mit rohem Hohn: »Der Herr machen die Reise mit. Wohin? Glückauf!«

»Fertig?« fragte Mabuse dann rückwärts.

»Alles in Ordnung!«

Der Propeller klopfte, und unversehens rutschte das Flugzeug in die Bahn, und mit dem Augenblick, als Wenk den Motor stoßen fühlte, waren die Räder schon vom Boden frei, und die Erde fiel unter seinem halben Auge hinab ins Grausige.

Das Flugzeug stieg jäh aufwärts. Es war Wenk, als stünde sein Körper fast aufrecht. Es wurde kein Wort gesprochen. Die Luft prallte brutal an ihn, als sei sie aus fliegendem Holz. Bald begann ihn zu frieren. Die Kälte schlug ihm durch den breiten Ausschnitt des Frackhemds mitten ins Herz. Er spürte nur, daß die Kälte immer tiefer in ihn eindrang, wie mit wühlenden Messern. Seine Haare waren starr und standen aufrecht. Sie waren wie Nadeln schmerzhaft in seine Haut gestoßen.

Von aller Fähigkeit zu denken war nichts mehr in ihm als eine mit dunklen Farben aufgemischte, fließende Scheibe. Eine kleine, unklare Vorstellung sprang ihm daraus nun wieder in die Hände, als erleide er ein Martyrium und als erleide er dieses Martyrium der Gräfin Told zuliebe, die er einmal geliebt habe, wo es nicht erlaubt war.

Dann fühlte er einen kurzen Faustschlag an seinen Kopf. Eine Stimme fragte roh wie ein Holzknüttel auf ihn hernieder: »Ist Ihnen viertausend Meter hoch genug?«

Nach wenigen Augenblicken fragte es nochmals: »Oder haben Sie sich aus Angst schon vorher verabschiedet?«

Die Stimme ging fort wie ein Geist. Wenk spürte, wie sich das Flugzeug geraderichtete. Als es eine kurze Weile so geflogen war, kam eine Hand an seinen Kopf. Sie riß hastig und mit heftigen Stößen die Binde fort.

Da sah Wenk, wie sich weit über seinen Kopf das Gesicht Mabuses vorbeugte. Er blieb stumm. Aber die Züge waren wie auseinandergerissen von einer Lust, die Entsetzen verbreitete. Die grauen Augen hatten keine Form und keine Iris mehr. Sie waren wie alte verwitterte Steine. Sie waren hart und voll von einem Tod, der sich Wenk gleich einem spaltenden Hieb durch den Körper schlug. Dann sagte der verdehnte Mund und öffnete sich wie der Spalt einer Klamm, die ins Rutschen kam: »Sie haben gewagt, meinem Weg entgegenzutreten. Sie stehen vor Ihrem letzten Augenblick. Ich habe Ihnen den Knebel vom Munde gerissen, daß ich mich an dem Schrei ergötze, mit dem Sie die viertausend Meter zurück zu Ihrer Welt fallen!«

Wenk hörte die Stimme wie einen über einen Blitz einkrachenden Donner. Er spürte, wie die Hände Mabuses die Stricke an den Beinen lösten. Er zerrte und riß daran. Auf einmal waren seine Beine frei. Sie fielen hinab, einen Augenblick nur, dann hielt der Strick, der den Leib umschlang, sie wieder an. Die Hände rasten um diesen. In kurzen Sekunden war er gelöst.

Wenks Leib im weiteren Fall richtete sich auf, nur noch gehalten von den Stricken, die seine Brust an die Wand anschnürten. Er fühlte plötzlich, daß seine Hände frei waren, und mit diesem Gefühl schlug eine jähe Hoffnung durch sein Blut.

Aus dem Verhüllten seiner Phantasie stieg, wie ein Märchen, prangend mit Wollust und Sehnsucht beladen, mit Glück durchstrahlt, die Erinnerung, daß er die Schönheit und Menschlichkeit der seinem Ende jetzt so nahen Gräfin Told einmal angebetet und nicht vergessen hatte. Eine wundersame Macht ging von diesem Gefühl aus, das sich im nächsten Blutschlag schon, in der Kraft des letzten Augenblicks vor dem Tod, zu einer unlösbaren Blutsbrüderschaft gesteigert hatte und wie ein Gewölbe voll Stolz und Mut über den wilden Schädel des Mörders hinweg auf der anderen Seite auf das menschliche Herz dieser Frau einen Fuß absetzte.

Er sah, wie auf einmal die Augen der Gräfin irr, wie Vögel, die aus dem Äther abgeschossen werden, über Mabuses weit und gierig vorgebeugten Kopf sich erhoben. Er sah, wie die Hände aus den Pelzhandschuhen zuckten und weiß funkelten, so nackt, als böte sich ihm ihr ganzer Leib in keuschem, heißem Opfer dar, sich an Mabuses Schulter krallten und ihn zurückreißen wollten.

Aber Mabuse schüttelte die Frau mit einem Ruck seines Körpers zurück. Er hob die Hände mit einer tobenden Wut an den letzten Strick. Sie rissen die ersten Knoten auf – der Körper Wenks rutschte etwas tiefer –, schlugen Wenks Hände mit geschlossenen Fäusten zurück.

Da erhob sich ein letzter Widerstand aus einem flutenden Schein von Lebenswillen heraus, und Wenks Stimme brüllte in die Luft hinauf, die das Flugzeug brausend umschwankte: »Der ist der Mörder des Grafen Told. Der ließ ihn falschspielen! Der gab ihm das Rasiermesser in die Hand, um sich die Kehle zu durchschneiden!«

Eine Faust schlug ihn in den Mund. Er spürte Blut hinter der Zunge fließen, und es schmeckte in diesen vorletzten Augenblicken, in denen er noch sein Leben besaß, voll von einer seinen Geist vulkanisch durchbrausenden Süßigkeit.

Dann war es, als wollte ihn eine letzte Gewalt aus dem Strick stoßen. Ein furchtbares Gewicht preßte sich auf seinen Kopf, rollte über seinen Leib, um ihn abzudrücken. Das Gewicht war grenzenlos, schwarz, von einer tosenden Eile erfüllt.

Aber mit einemmal war das eiserne Gewicht von ihm abgerutscht. Ein Teil löste sich vom Flugzeug ab, unerkenntlich, und versank. Wenks Hände hielten den Rand des Führersitzes umklammert wie Zangen. Das Flugzeug schwankte, als sei es von der hohen dünnen Luft betrunken.

Es war folgendes geschehen:

Als der Name des Grafen Told durch die Luft klang, wie hergeworfen von der raum- und zeitlosen Höhe, war es der Gräfin, als erwache sie aus einem Traum auf dem Grund eines Moores. Seit jener Nacht, die sie von ihrem Mann gerissen und an den bösen Willen Mabuses gefesselt hatte, war dieser Name von ihr nicht mehr gesprochen und nicht mehr gedacht worden. Er hatte sich in ihr Inneres, tief in das Chaos, aus dem sich ihr Leben nährte, verkrochen. Er war da hineingeschlagen worden von der dämonenhaften Gewalt des Herrscherwillens Mabuses, und die Frau hatte es geduldet, in einer Art unbewußter Selbstwehr. Sie wäre sonst ganz und ohne Rettung dem Werwolf verfallen gewesen.

Dort im Innern hatte der Name nun gelegen und gewartet, hatte gelauert, bis er wieder emporsteigen konnte, um ihre Seele zu retten.

Wenks letzter Schrei hatte ihn aus dem Unterdunkel hervorgerissen. Die Gräfin hatte ihn empfangen wie eine erste Waffe gegen die geheime Kraft des Mannes, der ihren Willen und ihre ganze Persönlichkeit so lange vergewaltigt hatte. Sie war auf einmal wieder zu sich selber empor erwacht. Das Erstarrte zerschmolz. Die Finsternis, in die sie eingekrallt lag, erleuchtete sich. Es ward Tag in ihr.

Und da bekam sie all die stolze junge Kraft ihres Gemüts wieder in die Hand. Sie geriet in einen Grimm, den Gott ihr einflößte. Ihre Muskeln nährten sich an ihm unüberwindlich. Ihre Hände wurden eisern wie ihr Herz, und sie nahm die erste Waffe, die herumlag, den schweren Schraubenschlüssel, und schlug dem Verbrecher zur Rache und zur Befreiung mit ihm von hinten den Schädel ein.

Mabuse, gerichtet, bekam das Übergewicht und stürzte über Wenk hinüber in die Tiefe, die ihn gleich begrub.

Wenk erreichte mit den Beinen eine Querstange, schob sich blitzschnell hoch, der Knoten über der Brust, gelockert, löste sich von selber. Wenk fiel in den Sitz. Das Flugzeug stürzte schon in irren Schwankungen im Raum. Da bekam Wenk noch rechtzeitig die Hebel zu fassen. Der Motor tobte weiter. Das Flugzeug richtete sich wieder auf, und nach einer raschen Orientierung den Motor ausschaltend, ließ es Wenk im Gleitflug zur Erde zurück und auf das Ufer zu sinken.

Es landete an den Dünen der ostfriesischen Küste.

Wenk half der Gräfin heraus. Sie war bleich, aber bei vollem Bewußtsein. Sie fiel vor ihm nieder und drückte ihr Gesicht an seine Hände.

Er hob sie auf und sagte: »Wir haben uns gegenseitig das Leben gerettet. Wir wollen schweigen! Und versuchen zu vergessen. Trennen wir uns!«

Aber da sagte die Gräfin: »Nein! Ich habe nichts zu verschweigen und nichts zu vergessen. Das Blut, das ich vergießen mußte, kam vom Bösen. Ich habe ihn von sich selber und die Menschen von ihm befreit. Wer kann gegen mich zeugen?«

Wenk schaute sie stumm an. Langsam begriff er. Dann gingen Schauer durch ihn. Wie stolz! Wie kühn sie ist! wollte er sich sagen. Aber sein Herz warf Strahlen auf in ihm. Er breitete die Arme aus in einer selbstopfernden und sich hingebenden Gebärde. Das Leben, jung, wiedergewonnen, überstürzte ihn, und in demselben Augenblick brach die von so vielen Geschehnissen verschüttete Liebe wieder auf, die sich nie erfüllt hatte.

Dann stiegen sie zusammen über die Dünen dem nächsten Dorf und wieder den Menschen zu.